Saskia Louis lernte durch ihre älteren Brüder bereits früh, dass es sich gegen körperlich Stärkere meistens nur lohnt, mit Worten zu kämpfen. Auch wenn eine gut gesetzte Faust hier und da nicht zu unterschätzen ist ... Seit der vierten Klasse nutzt sie jedoch ihre Bücher, um sich Freiräume zu schaffen, Tagträumen nachzuhängen und den Alltag einfach mal zu vergessen.

Mordsmäßig gerädert

LOUISA MANUS
SIEBTER FALL

Erstausgabe Juni 2021

© 2021 dp Verlag, ein Imprint der dp DIGITAL PUBLISHERS
GmbH

Made in Stuttgart with ♥
Alle Rechte vorbehalten

Mordsmäßig gerädert

ISBN 978-3-96817-853-0
E-Book-ISBN 978-3-96817-748-9

Covergestaltung: ARTC.ore Design
Umschlaggestaltung: ARTC.ore Design
Unter Verwendung von Abbildungen von
shutterstock.com: © Ho Van Ty, © t_korop, © Mark Yuill,
© jannoon028
Lektorat: Janina Klinck
Korrektorat: Katrin Gönnewig
Satz: dp DIGITAL PUBLISHERS GmbH
Druck und Bindung: Books on Demand GmbH, Norderstedt

*Für Jonas und Lotta, die, wenn sie groß sind,
Dinoforscher und Abrissbirne werden wollen.
Ich hoffe, all eure Wünsche gehen in Erfüllung!
Danke, dass ich eure Tante sein darf.*

Kapitel 1

„Du fährst zu schnell, Josh.“

„Das passiert, wenn man schnell ankommen möchte, Lou.“

„Du fährst *nie* zu schnell!“, erinnerte ich ihn und sah beunruhigt auf den Zeiger des Tachometers, der langsam, aber sicher auf die siebzig zukroch – und wir befanden uns in der Kölner Innenstadt!

Josh hatte sich vor drei Wochen noch darüber beschwert, dass ich mit fünfzehn km/h durch eine Spielstraße gesaust war. Sobald ich so schnell rennen und ihm somit beweisen könne, dass es sich dabei um Schrittgeschwindigkeit handele, dürfe ich fünfzehn km/h fahren. Davor müsse ich mich wie jeder Normalsterbliche an die Verkehrsregeln halten.

Und jetzt plötzlich war er Herr Bleifuß, der bei Kirschgrün über die Ampel fuhr und seine Hupe so oft benutzte, wie sonst nur die vollen Kapazitäten seines Stimmvolumens?

Nein! Das war inakzeptabel und ein wenig beängstigend, wenn ich das bemerken durfte.

„Stell dich nicht so an, Lou“, gab Mo seinen Senf dazu, der es sich hinten auf der Rückbank gemütlich gemacht hatte. „Er ist kaum zwanzig drüber. Das ist nicht zu schnell. Das ist höflich gegenüber den Leuten hinter uns.“

Wütend drehte ich mich zu Joshs Bruder um. Reichte es nicht, dass er vor einer Viertelstunde Joshs Fast-Heiratsantrag kaputt gemacht hatte? Musste er jetzt auch noch falsche Verkehrswahrheiten verbreiten?

Mist zu erzählen, war normalerweise meine Aufgabe, und ich fühlte mich überhaupt nicht wohl mit dieser verkehrten Rollenaufteilung.

Gott, das hier war ein Desaster! Ich hatte keine hohen Anforderungen an diesen Abend gehabt. Alles, was ich mir gewünscht hatte, waren ein romantisches Candle-Light-Dinner und ein tränenreicher Heiratsantrag. Bekommen hatte ich ein halbes Glas Wein und Rispos Bruder, der wie wild an die Tür hämmerte und verkündete, er habe neue Informationen zum Mordfall ihrer Mutter!

Ich verstand ja, dass Josh unser Essen abgebrochen hatte und sofort ins Auto gesprungen war, um auf dem Präsidium den neuen Fährten nachzugehen, die Mo gefunden hatte. Die Sache war unglaublich wichtig für ihn. Seit dem Tod seiner Mutter vor mehr als fünfzehn Jahren suchte er vergeblich nach Hinweisen, die er bei seiner eigenen Fallrecherche möglicherweise übersehen hatte. Das änderte jedoch nichts daran, dass Mos Timing unfassbar schlecht gewesen war und ich ihm gerne mit einer schweren Taschenuhr gegen den Kopf geschlagen hätte.

Hätte er nicht fünf Minuten später schreien können, dass es einen zweiten Mord gegeben habe, der mit derselben Waffe begangen worden sei wie der an ihrer Mutter?

Das wäre sehr nett gewesen.

„Josh“, sagte ich freundlich und mit weicher Stimme. „Wenn du uns auf der Fahrt zum Präsidium umbringst, wirst du dich nie mit diesem Mordfall beschäftigen können, von dem Mo geredet hat. Würdest du also die Güte besitzen, deinen Fuß vom Gas zu nehmen – bevor ich ihn dir abhacke?“

Rispo seufzte schwer, doch tatsächlich wurde das Auto langsamer und an der nächsten Ampel hielt er sogar.

„Mo“, sagte er schroff. „Wo genau hast du die Infos über diesen zweiten Mord eigentlich her?“

„Ach, bin darüber gestolpert“, sagte sein Bruder vage und als ich mich stirnrunzelnd zu ihm umwandte, bemerkte ich, dass er konzentriert aus dem Fenster sah. Sein Gesichtsausdruck so unschuldig, wie eine in weiß gekleidete Nonne mit Baby auf dem Arm.

Ich kannte den Ausdruck. Ich hatte ihn erfunden!

„Wie?“, fragte Josh sofort scharf – auch er war mit dem Ausdruck vertraut. „*Wie* bist du darüber gestolpert? Einzelheiten zu Waffe und Tathergang sind nicht öffentlich zugänglich. Bitte sag mir, dass du dir nicht irgendwo widerrechtlich Zutritt verschaffen hast.“

„Ach … öffentlich, nicht öffentlich. Rechtlich, widerrechtlich. Moralisch, unmoralisch. Login-Daten zur Polizeidatenbank auf der Straße finden oder sie aus deinem Büro stehlen.“ Mo machte eine wegwerfende

Handbewegung. „Wieso muss man heutzutage alles in Kategorien einteilen?“

„Du hast die Polizeidatenbank gehackt?“, fragte ich ungläubig. „Mo! Das ist ein Verbrechen. Dafür kannst du ins Gefängnis wandern.“

„Du sitzt da in einem sehr zerbrechlichen Glashaus, Lou, auf das du keine Granaten werfen solltest“, bemerkte Mo trocken.

Ach, bitte! Meine illegalen Machenschaften beschränkten sich auf Beamtenbeleidigung, kleine, freundschaftliche Einbrüche sowie zeitweilige Erpressung. Aber ich tat nie etwas wirklich *Schlimmes*!

„Du hast dich mit meinem Namen eingeloggt?“, wollte Josh mit kühler Stimme wissen.

„*Dein* Name ist auch *mein* Name, ich habe da nicht so das Problem gesehen“, erklärte Mo zögerlich.

Rispos Kiefer knackte, doch dann nickte er steif und sagte: „Okay. Was soll’s.“

Ich machte große Augen und sah ihn mit offenem Mund von der Seite her an. Wenn ich ungefragt auf sein Handydisplay linste, glich das einem Tötungsdelikt, aber wenn Mo sein Passwort stahl und die Polizeidatenbank hackte, dann war das *okay*?

„Wie hieß das Opfer?“, hakte Josh weiter nach und entweder bekam er nicht mit, dass ich versuchte, ihn mit meinen ungläubigen Blicken zur Vernunft zu zwingen oder er ignorierte es.

„Konstantin Rubens. Er wurde zweimal in den Rücken geschossen, Josh! Ein paar Stunden später hat ihn ein Passant in einer dunklen Gasse gefunden. Seine Habseligkeiten befanden sich in einem Mülleimer nicht weit entfernt. Ansonsten ist der Tatort so sauber wie deine Küchenanrichte. Keine Fingerabdrücke, keine DNA-Spuren, keine sonstigen Hinweise. Gar nichts. Die Polizei tappt im Dunkeln und hat noch immer niemanden festgenommen. Genauso wie bei Mama! Er wurde mit derselben Waffe auf dieselbe Art und Weise umgebracht. Das kann kein Zufall sein. Es muss sich um denselben Täter handeln."

„Ein Serienkiller, der im Rhythmus von fünfzehn Jahren zuschlägt?", meinte Josh zweifelnd.

„Keine Ahnung, kann doch sein, oder?", fragte Mo ungeduldig. „Gab schon verrücktere Dinge. Diesen Ausdruck auf Lous Gesicht zum Beispiel."

Josh warf mir einen hastigen Seitenblick zu und schnaubte prompt. „Schraub deine Augen zurück in den Kopf, ich will sie nicht in meinem Fußraum herumkullern haben, Lou. Was würde bloß deine Mutter sagen, wenn sie dich jetzt so sehen könnte?", fragte er kopfschüttelnd.

Oh, ich konnte ihre Stimme praktisch hören: *Du bist fast dreißig und hast immer noch keinen Heiratsantrag von dem Mann bekommen, den du liebst? Louisa Josephine Manu, dein Uterus ist schon lange nicht mehr faltenfrei, du hältst dich besser ran!*

Sie war einfach eine hochsensible Frau.

„Wie hoch ist die Wahrscheinlichkeit, dass es sich wirklich um denselben Täter handelt, Josh?", murmelte ich ernst. „Der Mörder eurer Mutter könnte seine Waffe weggeworfen oder verkauft haben. Es wäre sogar klüger von ihm gewesen, sie loszuwerden!"

„Lou, es gibt zu viele Parallelen", widersprach Mo hitzig. „Der Ort, die Art und Weise ..."

„Jemanden in einer dunklen, einsamen Gasse in den Rücken zu schießen, ist weder eine innovative noch einzigartige Weise, jemanden umzubringen, Moritz!", unterbrach ich ihn scharf. „Der Rücken ist sogar ein äußerst geeigneter Ort, um ein paar Kugeln zu versenken – denn er bietet die größte Angriffsfläche. Und jemanden in einer belebten Einkaufsstraße zu erschießen, wäre doch auch dämlich, oder nicht? Das ist beides kein Argument dafür, dass es sich um denselben Täter handelt. Es beweist lediglich, dass es den Mördern an Einfallsreichtum mangelt."

„Sie hat recht, Mo", sagte Josh schroff und zog sein Handy aus der Mittelkonsole. „Nichtsdestotrotz ..." Im nächsten Moment drückte er auf seinem Display herum und hielt sich das Telefon ans Ohr.

Moment. Was passierte hier gerade?

„Es ist verboten, am Steuer zu telefonieren, Josh!", rief ich schockiert.

Rispo schnaubte. „Du hast dir vor ein paar Wochen während des Fahrens die Nägel lackiert, Lou! Du schminkst dich beim Fahren, du putzt dir die Zähne, du löst Sudokus ... du machst andauernd so einen Mist."

„Zweimal die Woche ist nicht andauernd!", erwiderte ich verärgert – und das mit den Nägeln war eine Ausnahme gewesen, meine Finger steckten zu oft im Dreck, als dass sich hübscher Lack auf ihnen lohnte. „Aber ja, ich weiß. Ich bin verantwortungslos und du der regelverliebte Spielverderber. So kennen und lieben die Leute uns. Aber wenn du jetzt anfängst, das Gesetz nicht allzu ernst zu nehmen, dann verlieren wir unsere bezaubernde Dynamik!"

„Das hier ist eine Ausnahmesituation", sagte Josh ungeduldig und sprach im nächsten Moment ins Telefon: „Marvin, tun Sie mir einen Gefallen: Suchen Sie alle Informationen zusammen, die Sie bezüglich des Mordes an Konstantin Rubens finden können. Liegt zwei Monate zurück. Ich bin in zehn Minuten da und will das Material auf dem Schreibtisch in meinem Büro vorfinden ... Nun, Ihre Mutter wird mit dem Essen warten müssen." Eine Sekunde später legte er auf und konzentrierte sich wieder auf die Fahrbahn. Sein aufmerksames, düster dreinblickendes, grüblerisches Ich.

Okay, das war wirklich halb so wild gewesen. Ich atmete tief durch und versuchte mich zu beruhigen.

Josh hatte recht. Es war eine Ausnahmesituation. Ich sollte etwas mehr Verständnis aufbringen. Die Rispos drehten alle etwas am Rad, wenn es um den Tod ihrer Mutter ging. Was nachvollziehbar war. Natürlich wollte Josh sich die Akte zu Konstantin Rubens Mord genauer ansehen. Natürlich wollte er sichergehen, dass kein Zusammenhang zwischen den beiden Fällen bestand.

Ich würde dasselbe tun, wenn es um meine Familie ginge.

Herrgott, ich *hatte* bereits dasselbe getan, obwohl ich den Toten nicht gekannt hatte und keine Polizistin war.

Die restlichen zehn Minuten, die wir im Auto verbrachten, schwieg ich also. Ließ Josh und Mo weiter Vermutungen darüber anstellen, weshalb die Waffe, mit der ihre Mutter umgebracht worden war, erst jetzt wieder zum Einsatz gekommen war. Ob es einen

Zusammenhang zwischen Konstantin Rubens und Frau Rispo gab? Ob die beiden sich gekannt hatten?

Erst als wir auf dem fast leeren Parkplatz des künstlerisch wenig wertvollen Betonklotzes hielten, der sich Polizeipräsidium schimpfte, sprach ich wieder.

„Was genau haben wir jetzt vor? Wir rollen den Mord von diesem zweiten Opfer neu auf … und hoffen, dass wir mehr Glück als die Beamten haben, die den Fall bisher bearbeitet haben?"

Rispo zog die Augenbrauen zusammen und stellte den Motor ab „*Wir …*", murmelte er und starrte durch die Windschutzscheibe zum hell erleuchteten Eingang des Präsidiums. „Interessantes Wort."

Ich seufzte schwer. „Wir haben uns noch vor einer halben Stunde darüber unterhalten, dass es okay für dich ist, wenn ich mich weiterhin in Mordfälle einmische, solange ich dir Bescheid gebe."

Rispo lachte trocken auf und löste seinen Gurt. „Erstens: Ich habe sicherlich nicht gesagt, dass es *okay* für mich ist. Das ist deine freie Übersetzung. Zweitens: Nicht dieser Fall, Lou."

Er schnallte sich ab und stieg aus.

„Er meint damit nur dich, richtig?", hakte Mo unsicher nach, bevor er seinem Bruder hastig folgte. „Ich darf mitmachen, nicht wahr?"

Mit zusammengepressten Lippen öffnete ich ebenfalls meine Tür. Zu meiner Überraschung stand Josh noch immer beim Wagen. Ich hatte fest damit gerechnet, dass er bereits zum Präsidium vorgeprescht war und uns einfach zurückließ.

Doch stattdessen verschränkte er die Arme und sah zögerlich zwischen mir und Mo hin und her.

Schließlich murmelte er: „Geh schon mal rein, Mo. Ich komm gleich. Ich will noch kurz mit Lou reden."

Sein Bruder hob die Augenbrauen und blickte flüchtig zu mir hinüber, nickte dann jedoch und folgte Joshs Anweisung.

Wow. Mo musste wirklich durch den Wind sein. Er hörte sonst nie auf das, was Josh ihm sagte. Womöglich hatte er einfach zu große Angst, dass Josh es sich anders überlegte und ihn mit geöffnetem Fenster im Auto sitzen ließ. Das Schicksal, das mir vermutlich blühte.

Ich öffnete den Mund, um ihm zu widersprechen, doch Josh kam mir zuvor.

„Lou, es tut mir leid", murmelte er kopfschüttelnd und rieb sich übers Gesicht. „Ich habe mir den Abend etwas anders vorgestellt."

Unfreiwillig musste ich lächeln. „Ach so. Mo, der an unsere Tür hämmert, war also nicht dein geplantes Unterhaltungsprogramm für unser romantisches Dinner?"

„Nein, nicht wirklich. Wenn ich mir schon die Mühe mache, ein paar Kerzen anzuzünden, will ich meine Brüder normalerweise nicht dabeihaben", bemerkte er und zog eine Grimasse.

„Gut zu wissen."

Er seufzte und fuhr sich durch die Haare. „Ich weiß, die Lasagne wird kalt, der Wein warm, und unsere Unterhaltung haben wir auch nicht zu Ende geführt ... aber können wir das Ganze einfach verschieben? Ich muss mir angucken, ob an Mos Vermutung was dran ist."

Ich nickte. „Natürlich. Das verstehe ich. Ich warte nur ungeduldig auf den Teil deiner Rede, in dem du mir erklärst, dass ich jetzt nach Hause gehen muss."

Er verzog das Gesicht. „Kann ich den Teil nicht überspringen, wenn du schon weißt, dass er kommt?"

„Ich will helfen, Josh!"

„Ich weiß und ich werde dich helfen lassen."

„Du … was?" Perplex öffnete ich den Mund.

„Ich werde dich helfen lassen", wiederholte er. „Ich werde dich darüber auf dem Laufenden halten, was Mo und ich herausfinden. Dir sagen, ob die beiden Morde zusammenhängen. Dich mitnehmen, falls ich Zeugen befrage, bei denen ich glaube, dass sie ein … nun, freundliches Gesicht brauchen."

Ich verengte die Augen. „Aber?"

„Aber heute Abend brauche ich Ruhe. Heute Abend möchte ich keine Fragen beantworten und mir keine Sorgen machen müssen. Ich weiß alles über den Fall meiner Mutter, Lou. Mo ebenso. Du hingegen hast keine Ahnung." Er holte tief Luft. „Lass mich heute einfach nur gucken, ob die beiden Morde miteinander zusammenhängen. Vielleicht ist das alles nur ein falscher Alarm und ich muss dich nicht in meine dreckige Familiengeschichte mit reinziehen. Wenn nicht …" Er zögerte. „Nun, dann kannst du immer noch mit rotem Cape und einer Menge verrückter Ideen um die Ecke kommen."

Sekundenlang sah ich ihn nur unverwandt an. Blickte in seine warmen, braunen Augen und wünschte mir, dass ich seine Vergangenheit mit einem Fingerschnippen ändern könnte. Dass ich ihm die Unruhe und Unsicherheit, die ich seit Mos Überfall auf uns in seiner Miene erkannte, einfach wegwischen könnte.

Aber bis auf die Fähigkeiten einen Teller Kekse verschwinden zu lassen und elegant über meine eigenen Füße zu stolpern, besaß ich leider keine Superkräfte.

„Okay", wisperte ich schließlich und schluckte. „Ich verstehe." Und das tat ich. „Aber wenn ich dir irgendetwas Gutes tun kann, wie zum Beispiel bei Marvins Mutter anzurufen und ihn für seine Verspätung zu entschuldigen ..."

Josh lächelte matt. „Dann melde ich mich."

„Gut. Dann rufe ich mir ein Taxi."

„Nicht nötig. Nimm mein Auto." Er drückte mir den schweren Schlüssel seines Audi A5 in die Hand. „Ich lass mich später von Marvin nach Hause bringen."

Verblüfft öffnete ich den Mund. Rispo liebte seinen Wagen mehr als Liegestütze – und ich hatte eine erschreckende Erfolgsbilanz, wenn es darum ging, ihm Kratzer und Dellen zuzufügen. „Okay", sagte ich dennoch perplex. „Gut. Ich versuch, ihn nicht im Graben zu versenken."

Josh hob einen Mundwinkel, legte eine warme Hand in meinen Nacken und küsste mich sanft. „Ein ehrenwerter Vorsatz. Schlaf schön und iss die Lasagne."

Ich nickte und ließ seine Hand los, bevor er mir ein letztes Mal zulächelte, sich umdrehte und über den dunklen Parkplatz schritt.

Unwohl trat ich von einem Bein auf das andere und sah ihm nach, bis er in den hellerleuchteten Empfangsbereich des Präsidiums trat, Mo am Arm packte und aus meinem Sichtfeld verschwand.

Ich presste eine Hand auf die Brust und ermahnte mein wild schlagendes Herz zur Ruhe. Doch es hörte nicht auf mich. Es flatterte gegen meine Rippen, als wolle es sich Freiraum verschaffen, um mehr Platz für weitere Sorgen zu haben.

Seufzend schloss ich die Augen, sog Luft durch die Nase ein und stieß sie durch den Mund wieder aus. Rispo hatte recht. Ich wusste nicht viel über den Mord an seiner Mutter. Ich wäre heute Abend eher eine Ablenkung als eine Hilfe.

Er musste sich die Akte in Ruhe ansehen. Allein mit Mo. Ich verstand es. Halb so wild.

Dann gab es heute eben keinen Heiratsantrag für mich. Das war nicht schlimm. Es eilte nicht. Ich konnte warten.

Ich würde mich einfach in Geduld üben.

Kapitel 2

Vier Monate, vierzehn Tage und achtzehn Stunden
später ...

(Aber wer zählt schon mit?)

„So langsam verliere ich die Geduld", sagte ich und schluckte fest. „Hör auf, mich so anzusehen, okay? Denkst du, mir fällt das hier leicht? Es tut ja schon weh, dich auch nur in Blickweite zu haben, also ..." Meine Stimme war mittlerweile nur noch ein heiseres Flüstern. „Du musst meine Entscheidung akzeptieren. Es ist egal, wie süß du bist ... ich kann das nicht mehr. Immer wieder gebe ich dir neue Chancen und du enttäuschst mich jedes Mal aufs Neue. Du tust mir nicht gut. Tut mir leid, das sagen zu müssen, aber ... ich bin über dich hinweg. Ich will dich nicht mehr wiedersehen."

Meine Mutter seufzte lautstark. „Louisa, würdest du bitte aufhören, mit dem Nutellaglas zu reden?"

Blinzelnd sah ich auf. Ich hatte vollkommen vergessen, dass ich mich nicht allein mit meiner Versuchung am Tisch befand. „Es macht mir seit einer halben Stunde unmoralische Avancen, Mama", beschwerte ich mich. „Wer hat es überhaupt so provokant vor mir auf den Tisch gestellt? Das ist Folter."

„Ich", verkündete meine Nichte Isabell überschwänglich und hob die Hand. „Weil, ich darf es nicht essen, aber Nutella ist lecker."

„Natürlich ist es das. Es schmeckt nach Palmöl und Zucker. Was will man mehr?", bemerkte ich lächelnd.

Meine Nichte kniff konzentriert die Augen zusammen. „Was ist Palmöl?", wollte sie wissen. „Ich geh zwar schon in die erste Klasse, aber das hatten wir noch nicht."

„Palmöl ist Öl, das Urlaub gemacht hat", erklärte ich überzeugt.

Womöglich hätte ich ihr die Wahrheit sagen sollen, sie würde früh genug lernen, dass Palmöl in Wirklichkeit ein Speisefett war, das die Verantwortung für die großflächige Abholzung von tropischem Regenwald trug und somit die Klimakrise begünstigte.

Doch dank einer schlaflosen Nacht, und meinem selbstauferlegten Zuckerverbot, besaß ich an diesem Tag schlichtweg keine Kraft, Isabells Weltansicht zu zerstören.

Müdigkeit und Verzicht taten mir einfach nicht gut. Aber was sollte ich machen? Da ich die selige Erinnerung an Weihnachten noch immer in zwei warmen Ringen um meinen Bauch trug, musste ich mich zusammenreißen.

„Das kann nicht richtig sein", meinte Lara kopfschüttelnd. Sie ging bereits in die dritte Klasse und hatte ein paar Weisheitslöffel mehr intus als ihre jüngere Schwester. „Du erzählst Blödsinn, Lou!"

Der Vorwurf in ihrer Stimme erinnerte mich erschreckenderweise an meine Mutter, die mir gegenübersaß und zufrieden nickte. Ertappt zog ich die Schultern hoch.

Isabell und Lara waren mittlerweile sieben und neun Jahre alt. Das Alter, in dem man klug genug war, um das Nachbarsmädchen mit Hilfe eines matschigen Schneeballs um ihre Süßigkeiten zu erpressen – aber noch nicht subtil genug, um diesen Umstand vor seiner Mutter geheim zu halten.

Das war zumindest der Grund, hatte meine Schwägerin Steffi mir erklärt, warum die beiden heute auf Nutella verzichten mussten.

„Tut mir leid", meinte ich zerknirscht und bedachte meine Nichten mit einem entschuldigenden Blick. „Ich darf nur auch kein Nutella essen und das macht mich sehr traurig. Euer Vater erklärt euch nach dem Frühstück, was Palmöl ist." Ich klopfte Jannis, die sieben Jahre ältere und sehr viel männlichere Version meiner selbst, gönnerhaft auf die Schulter.

„Klar", sagte der lässig und winkte ab, bevor er sich zu mir hinüberbeugte und leise murmelte: „Weißt du, ich hab mich den ganzen letzten Monat gefragt, warum Mama in der Weihnachtszeit nie Kekse im Haus hatte ... Jetzt weiß ich, wo sie alle hinverschwunden sind." Er grinste und pikste mir mit dem Zeigefinger in die Seite. „Dahin."

Verärgert sah ich Jannis an und schubste seinen Finger weg. Große Brüder waren nur für zwei Dinge gut: Schmierige Ex-Freunde bedrohen und ihre kleinen Geschwister in Rage bringen.

Ich befand mich beim sonntäglichen Brunch meiner Eltern und so sehr ich es sonst auch genoss, von meiner Mutter bekocht, von meinen Nichten durchgekitzelt und von meinem großen Bruder beleidigt zu werden – heute war ich so müde, dass mir nicht einmal mehr eine kluge Erwiderung auf Jannis' Bemerkung einfiel. Dabei war meine Schlagfertigkeit die einzige Waffe, die ich besaß.

Doch ich hatte den ganzen gestrigen Tag damit verbracht, im Laden Sträuße für eine Hochzeit zu binden, die ich heute Morgen in aller Frühe noch vor dem Brunch ausgeliefert hatte. Leider hatte das bedeutet, dass ich das Haus verlassen hatte, als Rispo noch tief geschlafen hatte. Man sollte meinen, dass es einfach sei, sich zu sehen, wenn man zusammenwohnte – aber in letzter Zeit verpassten wir uns ständig.

„Wo ist eigentlich Emily?", wollte ich wissen, um von mir abzulenken, und sah stirnrunzelnd zur Tür. Ich hoffte fast, dass meine Schwester sich dahinter versteckte, ich brauchte sie heute als Puffer.

„Wo ist Joshua?", stellte meine Mutter die Gegenfrage.

Wie automatisch sank mein Blick auf das Handy in meinem Schoß.

Joshs Nachricht, die vor einer halben Stunde eingetrudelt war, blinkte noch immer auf dem Display auf.

Sorry, schaff es nicht. Bin mit Mo unterwegs.

Bin mit Mo unterwegs, konnte nur eines bedeuten – sie recherchierten im Fall Konstantin Rubens beziehungsweise im Fall ihrer Mutter.

„Der ist arbeiten", sagte ich und winkte ab. „Aber ich soll euch lieb grüßen. Emily also ...?"

„Deine Schwester hat abgesagt. Aber das ist jetzt nicht wichtig." Mama räusperte sich. „Ich wollte über etwas anderes reden: Lou, du hast nächsten Samstag Geburtstag."

„Schon wieder?", sagte ich gespielt überrascht. „Ich hatte doch erst letztes Jahr Geburtstag."

Pikiert schürzte meine Mutter die Lippen. „Weißt du, immer wenn du so sarkastisch bist, bildet sich eine Falte zwischen deinen Augenbrauen – und irgendwann wird diese Falte bleiben und dich daran erinnern, dass Sarkasmus unhöflich ist und ich recht hatte", sagte sie ungerührt und spießte sich selbstzufrieden noch ein Stück Mortadella auf die Gabel.

Widerwillig rieb ich mit dem Zeigefinger über besagte Stelle, bevor ich gähnte. „Entschuldige. Ich habe nicht lang genug geschlafen. Ja, du hast recht. Ich habe Samstag Geburtstag. Freut mich, dass du dich daran erinnerst."

„Wie sollte sie das vergessen?", brummte mein Vater. „Dein Dickkopf hatte die Größe einer jungen Wassermelone. Deine Mutter hat geschrien wie am Spieß."

Ich nickte wehleidig. „Vielen Dank für dieses lebendige Bild und meine darauffolgenden Albträume, Papa."

„Ich wollte wissen, was du planst", fuhr meine Mutter ungerührt fort. „Schließlich wirst du dreißig."

Ja, auch das hatte ich nicht vergessen. Die große Drei schwebte seit Monaten wie eine schwarze Regenwolke unheilvoll über meinem Kopf. Früher hatte ich immer gedacht, dass mir dieser besondere Geburtstag nichts ausmachen würde. Aber früher war ich ja auch naiv und dumm und zweiundzwanzig gewesen!

„Dreißig zu werden, ist keine so große Sache", sagte ich vage. „Es ist nur eine Zahl."

„Eine große Zahl", erinnerte sie mich.

„Ach, was", meinte ich kopfschüttelnd. „Es gibt eine Menge Zahlen, die größer sind! Einunddreißig zum Beispiel."

„Da hat sie recht", bestätigte Lara ernst. „Wir rechnen in der Schule schon bis tausend. So alt kann Lou also noch gar nicht sein."

Eben. Wenn ich tausend Jahre alt würde – *dann* musste ich mir Gedanken machen.

Ungeduldig schnalzte meine Mutter mit der Zunge. „Der Dreißigste ist ein wichtiger Geburtstag. Es ist das Alter, in dem man anfangen sollte, sich ernsthaft Gedanken über seine Zukunft zu machen. Hochzeit, Familienplanung ..." Bedeutungsschwer hob sie die Augenbrauen. Als wäre ihr Wink mit dem enormen, kanugroßen Zaunpfahl noch nicht auffällig genug.

„Heutzutage sieht das niemand mehr so eng", meinte ich. „Dreißig ist das neue zwanzig."

„Jannis war schon verheiratet und Vater, als er dreißig wurde", bemerkte sie beiläufig.

Ich verdrehte die Augen. „Jannis hat aber auch schon mit neun gewusst, wo die Babys herkommen, und mit elf das erste Mal Bier getrunken. Er ist offensichtlich frühreif."

„Ach, Mama, lass sie in Ruhe", sprang mir mein Bruder überraschenderweise zur Hilfe. „Lou ist noch so jung! Warum sollte sie schon heiraten wollen? Sie hat noch genug Zeit, sich einen Ehering auf den Finger zwängen zu lassen."

Steffi räusperte sich vernehmlich und warf ihrem Ehemann ein verkniffenes Lächeln zu. „Ähm, ich meine ... heiraten ist toll", ruderte er hastig zurück und lief rot an. „Die Ehe ist das größte Glück auf Erden."

Steffi verdrehte die Augen und meine Mutter ignorierte sie beide.

„Feierst du jetzt, oder nicht?", wollte sie schneidend wissen. „Ich würde diesen besonderen Tag nämlich gerne mit dir verbringen und wenn du nichts vorhast, plane ich selbst etwas für dich."

„Das ist nicht nötig", sagte ich seufzend. „Ich feiere, und ich habe Trudi schon versprochen, dass sie die Partyplanung übernehmen darf."

Meine dreiundsiebzigjährige ehemalige Angestellte, jetzt nur noch Freundin, Komplizin und Teilzeit-verrückte, hatte angemerkt, dass ich von Natur aus eine Spaßbremse sei, mir Partyplanung also kaum liegen könne. Daher wolle sie diese Aufgabe übernehmen, damit ich meinen Geburtstag nicht allein mit einer Torte in meinem Bett verbrachte.

Ehrlich gesagt hatte sich der Tortenplan fantastisch angehört, doch ich hatte es nicht übers Herz gebracht, ihre Begeisterung zu dämpfen. Also hatte ich nur genickt und ihr das Versprechen abgenommen, nichts allzu Verrücktes zu planen.

Leider war das Spektrum von *Verrückt*, wenn es um Trudi ging, sehr weit gefächert. Zurückhaltung oder Vernunft waren keine von Trudis Stärken. Glitzer, Chaos und Brandgefahr allerdings schon.

„Du planst also wirklich eine Party? Aber wir haben noch keine Einladung erhalten", bemerkte meine Mutter perplex.

„Klar habt ihr das. Ich hab sie per Mail verschickt."

„Per *Mail*?" Sie spuckte das Wort aus, als hätte ich versucht, ihr einen Computer in den Rachen zu stopfen.

Es war offensichtlich, dass ich in ihren Augen genauso gut Hundehaufen aus Plastik als Einladung hätte verschicken können.

„Jap", bestätigte ich. „Ist umweltfreundlich und kostenlos."

„Aber geschmacklos!"

„Das nächste Mal schicke ich einen glitzernden Männerchor vorbei, der dir die Einladung singend und mit einer Menge Verbeugungen vorträgt", versprach ich lächelnd.

Mama stieß einen langgezogenen Seufzer aus, den ich das letzte Mal zu Ohren bekommen hatte, als ich mit zehn verkündet hatte, ich wolle das Krümelmonster heiraten.

Die Aussicht auf einen lebenslangen Keksvorrat hatte sie offenbar nicht davon überzeugen können, dass eine blaue Stoffpuppe ein geeigneter Ehemann für mich sei. Ich hingegen dachte noch heute, dass ich es schlechter hätte treffen können.

„Na gut, in Ordnung", sagte sie und nickte. „Frank wird das Postfach überprüfen müssen und ich ... nun, ich denke, dann rufe ich Trudi einfach mal an und frage, ob ich mich an der Partyplanung beteiligen darf."

Meine Augenbrauen fuhren in die Höhe. „Was? Du willst mit ... du und Trudi ... *zusammen*?"

Unruhig rutschte ich auf meinem Stuhl hin und her. Meine Mutter und Trudi zusammen in einen Topf zu werfen, war wie die heilige Maria auf ein Date mit der etwas in die Jahre gekommenen Harley Quinn zu schicken!

„Ja. Ist das ein Problem?“ Sie hob fragend die Augenbrauen.

Mist. Was für eine gemeine Fangfrage. „Nein. Natürlich nicht“, sagte ich hastig. „Sie freut sich bestimmt.“

„Wunderbar, dann ist das abgemacht.“ Meine Mutter lächelte zufrieden, dann langte sie über den Tisch und zog das Nutella aus meiner Reichweite. „Damit es dich nicht länger in Versuchung führt“, sagte sie knapp, stand auf und brachte es in die Küche.

Sehnsüchtig sah ich ihr nach, sah dann jedoch mit schwerem Herzen ein, dass es besser so war. Meine Selbstbeherrschung war so bröselig wie ein Keks in Händen des Krümelmonsters.

Ich straffte meine Schultern und warf einen weiteren Blick auf das Handy in meinem Schoß. Es sah so aus, als wäre Rispo die nächsten Stunden über beschäftigt.

Was fing ich also mit diesem Tag an?

Leider machte ich den Fehler, diese Frage laut auszusprechen, als meine Mutter zum Tisch zurückkehrte.

Es war längst dunkel, als ich zehn Stunden später mein Elternhaus verließ.

„Wenn dir langweilig ist, kannst du mir ebenso gut dabei helfen, auszumisten!“, hatte meine Mutter verkündet und mich nach dem Frühstück sofort in den Kerker ... ähm, Keller geführt.

Der Keller meiner Mutter hatte etwas Magisches an sich. Wenn man sich nur genug oder aber auch gar keine Mühe gab, konnte man hier alles zum Verschwinden bringen.

Als Kind hatte ich das schamlos ausgenutzt, um all die zerbrochenen Dinge, die einem zu aggressiven Flummi oder meinem Versuch, fliegen zu lernen, zum Opfer gefallen waren, zu verstecken.

Mamas Neujahrsvorsatz war es leider, all das, was dort unten verschollen war, dieses Jahr zu bergen, wegzuwerfen, zu verkaufen oder mir anzudrehen.

Was der Grund dafür war, dass ich nun mit einem zerbeultem Eierkocher, einem alten Springseil, meiner Barbie-Taschenlampe und einer Tüte voller Drei-Fragezeichen-Kassetten, die ich der Mülltonne nicht zum Fraß hatte vorwerfen können, durch den Vorgarten meiner Mutter schritt.

Der kalte Januarwind schlug mir beißend ins Gesicht und ließ mich frösteln, sodass ich den Jackenkragen aufschlug und den Kopf zwischen die Schultern zog, während ich den Bürgersteig entlang zu meinem Passat lief.

Als Kind hatte ich den Winter immer für die magischste aller Jahreszeiten gehalten. Nicht nur deswegen, weil er im Dezember so viele Süßigkeiten und Geschenke versprach.

Nein, all die Weihnachtsfilme, die ich gesehen hatte, waren mir zu Kopf gestiegen. Die weichen Schneedecken, die weitläufige Wiesen in einen weißen Mantel hüllten. Jauchzende Kinder, die Schlitten fuhren. Heißer Kakao am Kamin.

Das hatte meiner Vorstellung vom Winter entsprochen.

Das Problem war: In Köln gab es nicht allzu viele weitläufige Wiesen. Schlittenfahren konnte man nur mit seinem Auto auf den vereisten Straßen und die meisten Kamine waren vor etlichen Jahren zugeschüttet worden.

Winter in Köln war nicht magisch. Er war kalt und eklig.

Wenn es hier schneite, dann fiel dicker, grauer Matsch vom Himmel, der einen in Kragen und Schuhe lief – und sobald die erste Flocke eine Straßenbahnschiene berührte, warf das Nahverkehrssystem das ölverschmierte Handtuch und verkündete, dass weder Bus noch Bahn bei diesem Sauwetter fahren konnten.

Ich war mir ziemlich sicher, dass Karneval nur erfunden worden war, um die schrecklichen Wintermonate mit Hilfe einer Menge Alkohol zu vergessen.

Meine Füße waren zwei Eisklötze und ich bibberte bereits, als ich mein Auto erreichte, umständlich mit der eierkocherhaltenden Hand die Tür öffnete und das nutzlose Zeug, das Rispo vermutlich aufregen würde, auf den Beifahrersitz fallen ließ.

Ich schüttelte mich und rieb die Hände aneinander, als mein Handy klingelte. Mit tauben Fingern zog ich es aus der Manteltasche und eilte um die Motorhaube herum.

„Hey", meldete ich mich und hielt das Telefon an mein Ohr.

„Hallo? Lou?", zischte eine hohe Stimme.

Besorgt runzelte ich die Stirn. Sie klang alarmiert und ängstlich. „Ariane?", fragte ich vorsichtig. „Bist du das?"

„Ja", wisperte meine beste Freundin.

„Alles in Ordnung?"

„Nein", kam die direkte Antwort. „Lou, es tut mir leid, dass ich dich so überfalle, aber … ich glaub, da ist jemand in meinem Garten."

Mein Magen zog sich zusammen. „Was?"

„Jemand schleicht in meinem Garten umher!", flüsterte sie hastig. „Ich weiß, es ist dunkel, aber … ich habe gesehen, wie sich etwas bewegt hat und dann war da ein lauter Aufprall, als wäre jemand über die Hecke gesprungen. Ich glaub, jemand will bei mir einbrechen."

Ein dicker Kloß formte sich in meinem Hals und hastig öffnete ich die Fahrertür und schwang mich hinter das Steuer. „Hast du die Polizei gerufen?"

„Nein, ich … ich will mich nicht zum Deppen machen, falls ich mir das Ganze nur eingebildet habe."

Als Person, die sich schon etliche Male vor der Polizei zum Deppen gemacht hatte, verstand ich diesen Gedankengang.

„Ach, wahrscheinlich ist es nichts", fuhr sie fort, doch ihre Stimme zitterte. „Wahrscheinlich haben mir die Schatten der Bäume oder der Wind nur einen Streich gespielt, aber …"

„Schließ deine Türen und beweg dich nicht vom Fleck, Ari", unterbrach ich sie. „Ich bin auf dem Weg."

Kapitel 3

Ich erreichte Josh nicht auf seinem Handy, deswegen stand ich zwanzig Minuten später allein, bewaffnet mit der Barbietaschenlampe und meine Haustürschlüssel zwischen die Fingerknöchel geklemmt, vor Arianes Tür. Sie bewohnte eine Erdgeschosswohnung mit Terrasse und überschaubarem Garten, die sie vor Ewigkeiten von ihrer Tante vererbt bekommen hatte.

„Ariane?", sagte ich laut durch die Tür. „Ich bin es. Du kannst aufmachen."

Keine zwei Sekunden später zog meine beste Freundin die Tür auf. „Gott sei Dank bist du hier", sagte sie erleichtert und fiel mir um den Hals. „Ich weiß wirklich nicht, was über mich gekommen ist, normalerweise bin ich kein ängstlicher Mensch, aber ..." Sie brach ab, atmete tief durch und ließ mich los. „Keine Ahnung. Allein zu sein, war plötzlich keine Option mehr."

Ich lächelte aufmunternd und drückte ihre Schulter. „Ist doch kein Problem. Wie du dich vielleicht erinnerst, wurde bei mir schon einmal eingebrochen – und ich habe die darauffolgenden Wochen mit Messer unterm Kopfkissen geschlafen."

Erst, als ich mir über Nacht eine flache, aber ansehnliche Schnittwunde auf der Stirn zugezogen hatte, hatte ich damit aufgehört. Ich schlief schlichtweg zu unruhig, die Gefahr, mich selbst im Schlaf zu erstechen, war einfach zu groß.

„Hast du denn noch irgendetwas gehört oder gesehen?", fragte ich und trat hastig über die Schwelle, um die Tür hinter mir zu schließen. Meine Schlüssel steckte ich wieder in die Handtasche.

Ari schüttelte den Kopf und rieb sich unruhig die Hände. „Es ist still draußen, seitdem ich dich angerufen habe." Sie lachte zittrig auf. „Gott, wie albern. Wahrscheinlich war es überhaupt nichts."

Ich hob eine Schulter und durchquerte den schmalen Flur in Aris gemütliches Wohnzimmer, das zum Garten hinausging. „Gibt nur eine Möglichkeit, das herauszufinden ... wir gucken nach."

Ich deutete auf die gläserne Terrassentür.

Sie zog eine Grimasse. „Möchten wir wirklich die dummen Teenager im Horrorfilm sein, die allein in den Keller gehen und einem bleichgesichtigen Axtmörder zum Opfer fallen?", gab sie zu bedenken.

Ich lächelte. „Du brauchst dir wirklich keine Sorgen zu machen. Die jungfräuliche Blondine überlebt immer in diesen Streifen. Die Brünette mit zweifelhafter Moral hingegen ..." Ich deutete auf mich. „Die geht blutig zugrunde."

„Prima. Dafür rennt mir dann eine Horde testosterongestörte Rispos die Tür ein und macht mich für deinen Tod verantwortlich."

Ich winkte ab. „Ach, Josh wird klar sein, dass ich das Unheil selbst über mich gebracht habe." Denn das war es, was ich nun einmal tat.

Ariane sah jedoch immer noch nicht zufrieden aus.

„Wo hat sich denn vorhin überhaupt was bewegt?", wollte ich wissen und trat auf die Glastür zu.

„Da hinten, bei den Bäumen", murmelte sie und nickte in Richtung der Rispo-hohen Hecke, die ihr Grundstück umgab. „Ich habe gerade die zehn Uhr Nachrichten geguckt, da habe ich einen dumpfen Knall aus dem Garten gehört. Als wäre jemand über meine Hecke gesprungen. Dann habe ich dorthin geguckt", wieder gestikulierte sie zur Hecke, „und einen Schatten gesehen." Sie schluckte hörbar. „Dann war es erst einmal wieder still, aber kurz darauf haben Reifen gequietscht und ... nun, ich habe dich angerufen."

Abwesend nickte ich, während ich mit verengten Augen versuchte, etwas in der Dunkelheit zu erkennen. Doch Ariane hatte offenbar jede mögliche Lichtquelle in diesem Zimmer eingeschaltet, sodass das Glas stark spiegelte.

Kurzerhand drängte ich mich an ihrem türkisem Sofa vorbei, um die Deckenleuchte, die Standlampe und die auf dem farblich passenden Sessel liegende Taschenlampe auszuschalten sowie die beiden Kerzen auszupusten, die sie auf das Sideboard gestellt hatte, das auch den Fernseher beherbergte.

Schließlich war das Zimmer vollkommen dunkel und das Glas wieder durchsichtig.

Erneut stellte ich mich ans Fenster und starrte nach vorn.

Arianes Garten war zwar nicht breit, dafür aber lang, sodass es unmöglich war, bis in die hinterste dunkle Ecke zu schauen. Zusätzlich reihte sich eine Gruppe von Kastanien an ihre Grundstücksgrenze, die dem schwarzen Rasen noch dunkleren Schatten spendete.

„Du hast keine Lichter draußen, was?", hakte ich nach.

„Nein, aber ich werde direkt morgen welche kaufen."

„Gute Idee. Aber fürs Erste ..." Ich öffnete die Terrassentür, die mit einem unheilvollen Quietschen aufschwang.

Sofort legte Ariane fröstelnd die Arme um ihren Oberkörper. Im Gegensatz zu mir trug sie keinen dicken Mantel, sondern nur ein dünnes Spitzennachthemd.

Ariane war eine dieser eleganten Frauen, die selbst im Schlaf stilvoll waren und wahrscheinlich von Natur aus nur mit abgespreiztem kleinen Finger Klopapier von der Rolle zogen.

Wenn ich mich bettfertig machte, sah ich aus wie eine Vogelscheuche, die sich am Schrank ihres Bruders, dem Michelinmännchen, vergriffen hatte.

Wenn Ariane sich aufs Schlafengehen vorbereitete, sah sie aus, als erwarte sie einen Prinzen, der sie am Morgen wachküssen würde.

Aber eigentlich störte mich das nicht wirklich, Josh meinte immer, ich sähe süß aus, wenn ich so zerknautscht war, und ich hatte beschlossen, ihm zu glauben.

„Warte kurz", murmelte sie, bevor sie in den Flur hastete und mit einer Winterjacke zurückkehrte.

Ich checkte währenddessen mein Handy, doch Josh hatte sich immer noch nicht gemeldet. Mist, ein wenig männliche Verstärkung wäre nett gewesen.

„Sag mal, warum hast du eigentlich nicht Alejandro angerufen?", wollte ich deshalb wissen, schaltete meine Barbie-Taschenlampe an und trat auf die Terrasse.

Ihr spanischer Halbgott von Gärtner-Freund wäre sicherlich eine etwas muskulösere Wahl gewesen.

Zögerlich folgte Ari mir nach draußen, auch sie trug eine Taschenlampe im Anschlag. Doch anstatt in den Garten zu sehen, betrachtete sie ihre Fingernägel. „Nun, es wäre irgendwie unpassend, meinen Ex-Freund panisch um Hilfe zu bitten. Das wäre mir sehr unangenehm gewesen."

Mit geöffnetem Mund starrte ich sie an. „Was? Ihr habt euch ... was?"

Meine Freundin seufzte schwer und hob ihren Blick. Sie schob den Kiefer hin und her und zog die Schultern hoch. „Ich hab mich vor ein paar Wochen von Ale getrennt", flüsterte sie dann.

Bestürzt legte ich mir die Hand auf die Brust – und leuchtete mir dabei unangenehm ins Gesicht. „Was? Warum? Vor ein paar *Wochen*? Aber warum sagst du denn nichts?"

„Wir wollten verschiedene Dinge", sagte sie leise und zuckte die Achseln. „Ale und ich. Ich will heiraten, Lou. Und Kinder. Ich weiß, das ist langweilig und konventionell, aber so bin ich nun einmal! Alejandro würde gerne die Welt bereisen und von einem Tag auf den nächsten leben. Deshalb ..." Sie räusperte sich. „War die Trennung unausweichlich, oder? Und dann lieber zu früh als zu spät."

„Oh, Ari“, sagte ich mitfühlend, während mein Herz schwer wurde. „Das tut mir unglaublich leid.“ Fest legte ich einen Arm um ihre Schultern.

„Ach, es ist schon okay. Ich habe ehrlich gesagt schon länger über eine Trennung nachgedacht, deswegen hatte ich Zeit, mich damit abzufinden. Und wir waren *nur* drei Jahre zusammen.“ Doch sie seufzte, während sie das sagte.

„Jede Trennung ist scheiße. Egal, aus welchem Grund man die Beziehung beendet. Egal, wie lang man zusammen war“, murmelte ich und drückte ihr einen Kuss auf die Wange. Ganz abgesehen davon, dass drei Jahre in meinem Universum einem Beziehungs-Ritterschlag gleichkamen. Sechsunddreißig Monate ... das waren drei Elefantenschwangerschaften! So viel Zeit brauchte ich normalerweise nicht, um es zu verbocken. Und Rispo und ich hatten diese Marke noch nicht ganz überschritten.

„Aber wieso hast du denn nichts gesagt?“, hakte ich nach und ließ die Taschenlampe wieder sinken.

„Ach, keine Ahnung. Ich musste wohl erst einmal selbst damit klarkommen und na ja ... du hast doch deine eigenen Beziehungsprobleme.“

„Es sind keine *Probleme*“, stellte ich klar und meine Wangen wurden heiß. „Eher ... Problem*chen*.“

„Also hat er dir mittlerweile einen Heiratsantrag gemacht?“

„Na ja, nein ...“

„Und er steckt nicht mehr bis zum Hals im Mordfall seiner Mutter und taucht kaum zum Atmen auf?“, wollte sie sanft wissen.

„Doch, das schon, aber ...“

„Mir hast du gesagt, dass du das noch bis Silvester mitansiehst und dann ein ernstes Gespräch mit ihm führen musst, weil er sich selbst, nicht zu vergessen dich, mit seinen abnormalen Arbeitszeiten einer Menge Stress aussetzt. Jetzt ist Mitte Januar."

Ich zog eine Grimasse und starrte nach rechts in die Dunkelheit. Jaja, einen Kalender hatte ich – es war der Mut und die Selbstdisziplin, die mir fehlten.

„So schlimm ist es nicht", murmelte ich.

Noch nicht. Aber zugegebenermaßen verspürte ich in den letzten Wochen eine innere Unruhe. Jedes Mal, wenn ich nachts im Bett lag und Josh noch unterwegs war.

Ich komme klar, Lou. Solange ich mich nicht wieder wie ein Besessener in Mamas Fall verstricke, ist alles gut.

Das hatte er mir gesagt. Die Frage war … ab wann galt man als besessen?

„Egal", meinte ich kopfschüttelnd. „Wir haben gerade über dich gesprochen." Warm lächelte ich ihr zu und zog sie wieder an mich. „Das nächste Mal kannst du mich wirklich direkt anrufen, wenn irgendetwas ist. Ich hätte alles für dich stehen und liegen lassen, um mit dir und ein paar Flaschen Wein einen romantischen Abend zu verbringen."

„Weiß ich doch", murmelte sie und schluckte hörbar. „Ich diskutier so was lieber erst mal mit mir selbst aus, bevor ich andere mit in meine Misere ziehe."

Ich nickte. Das konnte ich verstehen. Trotzdem. „Kann ich irgendetwas für dich tun?"

„Ja, du kannst gucken, ob wirklich jemand in meinem Garten umhergeschlichen ist", sagte sie mit fester Stimme und drückte ihre Schultern durch.

„Gut." Ari würde schon Bescheid sagen, wenn sie weitere emotionale Unterstützung brauchte.

Ich hielt meine Freundin Barbie wie eine Waffe im Anschlag und ließ den Lichtkegel über den Rasen schweifen, bevor ich mich in Bewegung setzte.

Das gefrorene Gras knirschte unter unseren Schuhen, als wir Schritt um Schritt auf die Hecke zugingen. Eisige Luft wehte uns entgegen und verwirbelte die Kondenswölkchen vor unseren Mündern zu gespenstischen Figuren. Ari folgte meinem Beispiel, ihre Schulter an meine gedrängt.

In der Ferne konnte man Autos über die naheliegende Autobahn brettern hören und hier und da schnappte ich einen laufenden Fernseher aus einer der Nachbarswohnungen auf, ansonsten jedoch war es still. Die Lichtkreise unserer Lampen huschten hastig wie Ungeziefer über den Boden, doch ich konnte nichts Auffälliges entdecken.

Der Rasen war unberührt, keiner von Arianes Blumentöpfen umgeworfen. Ich konnte weder Fuß- noch andere Spuren erkennen, die darauf hindeuteten, dass jemand Größeres als ein Eichhörnchen Aris Garten betreten hatte. Ich blickte zu den Seiten, tastete mit dem Licht auch die Nachbarszäune ab, die Aris Grundstück vor neugierigen Blicken schützten, doch auch dort war nichts zu erkennen.

Ariane seufzte. „Ich hab es mir wohl nur eingebildet. Die Nachrichten sind wohl schlichtweg zu gruselig f…" Mitten im Satz brach sie ab und krallte im nächsten Moment ihre Nägel in meine Jacke. „Oh Gott", wisperte sie und stolperte zurück.

Instinktiv streckte ich den Arm nach ihr aus, um sie auf den Füßen zu halten und schnellte herum.

„Was?", fragte ich verwirrt, justierte meine Taschenlampe, strahlte auf die dicken Baumstämme … und fuhr zusammen, als das Licht eine leblose Hand benetzte, die dahinter hervorlugte.

„Fuck", entfuhr es mir und beinahe hätte ich die Taschenlampe fallen lassen. Mein Herz sprang in meine Luftröhre und hinderte mich am Atmen. In meinem Magen rumorte es, während Adrenalin und Angst ihn mit kalter Hand zusammenpressten.

Okay, ich musste die Ruhe bewahren. Noch war nichts verloren.

Die Person, die zu der Hand gehörte, musste nicht tot ein. Vielleicht war sie nur verletzt oder betrunken oder … hielt Winterschlaf.

Ich schluckte, zerquetschte Barbie zwischen meinen Fingern und lief vorsichtig um den Stamm herum.

Zwischen der Hecke und der Kastanie war nicht viel Platz. Nur etwa ein Meter.

Doch ein Meter reichte völlig, um einem den Tag zu versauen.

Das Bild, das sich mir bot, verschlug selbst mir die Sprache.

Und ich war bereits über einen abgehackten Finger im Sperrmüll, ein totes Haifisch-Maskottchen und eine Leiche auf meiner Couch gestolpert.

Doch an den Anblick von toten Leuten gewöhnte man sich nicht … und leider war der junge Mann, der mit den Armen und Beinen ausgestreckt, als wolle er einen Seestern nachahmen, unter Arianes Baum lag, sehr tot.

Er trug Jeans und ein Feinripp Unterhemd, seine rot glänzenden Schuhe fast gänzlich unter der dichten Buchsbaumhecke verborgen. Seine dunklen Haare waren raspelkurz, die bläulichen Lippen ein paar Zentimeter geöffnet, als wolle er etwas sagen, seine braunen Augen aufgerissen und starr. Da war Blut an seinen Händen und Armen und sein Brustkorb wirkte merkwürdig eingefallen, so als besäße er keine Rippen … oder als wären sie ihm allesamt gebrochen worden. Die blutige, braun-rote Spur, die einmal quer über das Unterhemd führte, ließ mich ahnen, woran das lag.

Denn es war ein Reifenabdruck. Ein deutlich erkennbares Profil, das das Hemd schmückte wie eine rote Kugel einen Weihnachtsbaum.

Der Junge war überfahren worden.

Übelkeit schwappte gegen meine Magenwände und ein schummriges Gefühl drängte in meinen Kopf. Ich schluckte mehrfach und wehrte mich gegen die schwarzen Punkte, die vor meinen Augen tanzten. Eine ohnmächtige Louisa würde niemandem helfen und überhaupt, *ein* lebloser Körper im Garten war mehr als genug. Stattdessen biss ich auf meine Unterlippe und leuchtete mit der Taschenlampe um die Leiche herum. Da lag etwas. Auf den ersten Blick hatte es wie Laub ausgesehen. Doch als ich mir jetzt die Tränen aus den Augenwinkeln blinzelte, erkannte ich, dass es sich um Geld handelte. Um orange-braune Fünfzig-Euro-Scheine. Dutzende davon lagen neben und auf dem jungen Mann, der höchstens Anfang zwanzig sein konnte. Sie bedeckten seine Brust, versteckten sich zwischen seinen Beinen, hingen in den kahlen Ästen des Baumes über ihm. Als hätte ihm jemand das Geld hinterhergeworfen. Das mussten mindestens 10.000 Euro sein, wenn nicht sogar mehr. Ich wusste es nicht. Ich hatte wirklich keine Erfahrung mit hohen Geldsummen, denn ich besaß sie nie.

„Scheiße", wisperte Ariane und bohrte ihre Fingernägel in meine Handfläche. „Scheiße, scheiße, scheiße."

Ja, damit hatte sie die Situation exzellent zusammengefasst.

Es war ihre erste Leiche und wenn ich genauer darüber nachdachte, dann war ich beeindruckt von meiner Freundin. Als ich den Finger gefunden hatte, hatte ich mehr als einmal ein fremdes Blumenbeet mit meinem Mageninhalt gedüngt.

„Nun, jetzt wissen wir zumindest, was das für ein Geräusch war, das dich aufgeschreckt hat", bemerkte ich tonlos.

Ariane lachte hoch und gekünstelt auf. „Ja, Gott sei Dank. Bleibt nur noch die Frage offen: Ist eine Leiche im Garten besser als ein Einbrecher im Haus?"

Ich zog eine Grimasse. „Na ja, für dein Eigentum ist es besser, würde ich sagen, aber wenn ich die Wahl hätte, würde ich eher einen Gartenzwerg, als einen toten Mann unter meinem Baum positionieren."

„Lou!", unterbrach Ariane mich hysterisch. „Hör auf mit dem Quatsch! Ich weiß, dass du anfängst, Blödsinn zu reden, wenn du nervös und schockiert bist, aber jetzt ist weder die Zeit noch der Ort dafür. Jemand hat ihn offensichtlich überfahren, Lou!" Mit zitternden Fingern deutete sie auf das Opfer. „In meinem Garten!"

„Falls es dich beruhigt, ich glaube nicht, dass ihn jemand *hier* überfahren hat", bemerkte ich und versuchte meinen flatternden Magen zu beruhigen, indem ich mich auf die Hecke und nicht auf die Leiche vor unseren Füßen konzentrierte. „Es ist viel zu eng. Außer du versteckst irgendwo einen E-Roller, mit den Reifen eines riesigen Geländewagens."

„Mensch, das ist ja total erleichternd. Die Leiche wurde hier also nur *entsorgt*. Wie freundlich!" Arianes Stimme wurde mit jedem Wort lauter.

Ich hob die Hände und schluckte mehrfach. Mein Versuch, die Stimmung zu lockern, schlug offenbar fehl. „Okay, du musst dich beruhigen, Ari", sagte ich mit einer Ruhe in der Stimme, die ich nicht verspürte. „Wenn du anfängst, zu hyperventilieren, muss ich dir eine Papiertüte über den Kopf ziehen. Und alle Bäcker haben schon längst geschlossen, wo sollte ich so eine Tüte also herbekommen? Wir müssen durchatmen, die Polizei rufen ..."

„Wie soll ich ruhig sein?", fragte meine Freundin ungläubig. „Ein toter Mann wälzt sich in meinem Garten in Geld. Ich weiß ja, dass du verrücktere Dinge gewohnt bist ... aber das hier ist *nicht* normal! Ich meine ..." Tränen stiegen in ihre Augen und mit bebenden Lippen starrte sie auf die Leiche. „Was ... was liegt er da überhaupt so halbnackt herum? Es ist schweinekalt draußen! Warum hat er nichts an? Wir sollten ihm eine Decke holen oder ... irgendetwas!"

„Ich glaube, die Kälte stört ihn jetzt nicht mehr, Ari", gab ich leise zu bedenken und zog einen Arm um meinen Oberkörper. Die Taschenlampe verrutschte dabei in meinem Griff und strahlte nun den Baumstamm an. Etwas Weißes blitzte auf, einen Meter von der Hüfte der Leiche entfernt. Stirnrunzelnd trat ich vor und beugte mich hinunter. Da lag ein weißer Zettel, der das

Licht der Lampe reflektierte. Er war in der Mitte gefaltet. Vielleicht war er aus der Tasche des jungen Mannes gefallen. Ich wusste es besser, als ihn anzufassen ... doch wenn ich den Kopf neigte, konnte ich zwischen die Seiten blicken. Jemand hatte eine scheinbar willkürliche Zahlenfolge, eine verwirrende Buchstabenkombination und ein einzelnes Wort darauf festgehalten.

220110 IGASENDT Rosenkrieg.

Was sollte das denn be... Ein lautes Klingeln zerriss die Stille der Nacht.

Quietschend schraken Ari und ich zusammen und ich brauchte eine Weile, bis mir klar wurde, dass es sich bei dem Geräusch um mein Handy handelte.

Ich trat einen Schritt zurück und zog es mit zittern-den Händen aus meiner Jeanstasche. *Josh* blinkte auf der Anruferkennung.

„Hallo?", hob ich atemlos ab.

„Hey", sagte Rispo knapp. „Du hast angerufen?"

Erleichterung durchströmte mich, sobald ich seine dunkle Stimme hörte. Es würde alles gut werden, Josh würde wissen, was zu tun war. Sobald er aufgehört hatte, sich über mich aufzuregen.

„Ja", meinte ich, atmete tief durch und schloss einige Sekunden lang die Augen. „Josh, erinnerst du dich da-ran, dass du irgendwann mal meintest, es wäre schon fast witzig, über wie viele Leichen ich so stolpere?"

„Wann habe ich das gemeint?"

„Keine Ahnung. Irgendwann. Vor ein paar Monaten. Kurz vorm Schlafengehen."

„Daran erinnere ich mich nicht.“

Ja, ich leider auch nicht. Aber ich hoffte, dass eine falsche Erinnerung ihn besänftigen würde. „Doch, das hast du gesagt.“

„Lou“, erwiderte Josh ungeduldig. „Das ist Schwachsinn. Woran ich mich erinnere, ist, dass jedes Mal, wenn du eine Leiche findest, mein Herzinfarktrisiko steigt.“

Ich seufzte. Es half ja doch nichts. „Nun, dann hoffe ich, du hast einen Defibrillator zur Hand. Ich hab eine Leiche gefunden, Josh.“

Stille.

„Weißt du, das Problem wird nicht verschwinden, nur weil du es ignorierst“, erinnerte ich ihn.

Ich hörte, wie er einen langen, gedehnten Schwall Luft ausstieß.

„Fürs Protokoll“, sagte er dann schroff. „Ich finde es nicht witzig. Überhaupt nicht.“

Ich schluckte. „Ja, ich auch nicht wirklich.“

„Wie beruhigend. Also: Wo? Wer? Wie? Wann?“

„Ich weiß nicht, wer. Ein dunkelhaariger Jugendlicher oder Tween oder wie man diese Leute auch nennt, die noch nicht ganz erwachsen sind, aber schon wählen und trinken dürfen. Es scheint, als wäre er überfahren worden. Wir haben ihn vor ein paar Minuten in Arianes Garten entdeckt.“

„Natürlich habt ihr das. Andere entdecken einen verletzten Igel in ihrem Garten. Du einen Toten.“

„Ich mache das nicht mit Absicht, Josh!“, erwiderte ich gereizt.

„Ich weiß. Das ist ja das Schlimme. Stell dir mal vor, wie viele Tote dir über den Weg lägen, wenn du es darauf anlegen würdest."

Darüber wollte ich wirklich nicht nachdenken.

Er seufzte schwer. „Okay, pass auf: Ich bin gerade am anderen Ende der Stadt und gehe einer Spur nach, aber ... tretet vom Tatort zurück, fasst nichts an, bleibt ruhig. Ich sage meinen Kollegen Bescheid, die werden innerhalb der nächsten Viertelstunde bei euch sein."

Ungläubig öffnete ich den Mund. „Du kommst nicht her?"

„Nein. Tut mir leid, ich kann hier gerade nicht weg. Aber ich schicke würdigen Ersatz."

„Aiaiai", sagte Marvin eine halbe Stunde später mit großen Augen und kratzte sich an seinem flaumigen Kinn. „Das ist wirklich kein schöner Anblick."

Marvin war der Mann, den Rispo als seinen Partner bezeichnete – aber auch nur, weil *eifriger Laufbursche* politisch einfach nicht korrekt war. Er hatte blondes, glattes Haar, wässrige blaue Augen und die Statur eines Teenagers, der zu schnell gewachsen war. Auch wenn ich sicher war, dass man mindestens siebenundzwanzig Altersringe zählen könnte, wenn man ihn aufschnitt.

Heute trug er ein zu großes pinkes Hemd, das an meine Barbie-Taschenlampe erinnerte, und eine hellblaue Jeans. Doch sein Gesichtsausdruck war konzentriert und wie sein großes Vorbild Rispo hatte er einen Notizblock gezückt.

„Nun, einen Raubüberfall können wir wohl ausschließen", überlegte er laut und notierte sich etwas.

„Es wäre doch etwas komisch, wenn ein Dieb nur seine Jacke stiehlt, aber das ganze Geld liegen lässt und ..." Er hielt inne und sah blinzelnd zu mir auf. „Oh. Das sollte ich euch alles gar nicht sagen."

„Nein, nein", sagte ich unschuldig. „Das ist kein Problem. Rede ruhig weiter."

Aus den Augenwinkeln bemerkte ich, wie er mir einen besorgten Blick zuwarf, doch ich war noch immer auf die Leiche konzentriert. Ich suchte nach weiteren Hinweisen dazu, wer da lag und was er getan hatte, um den tödlichen Kuss eines Reifens zu verdienen.

Die Polizei hatte innerhalb weniger Minuten große Scheinwerfer aufgestellt, sodass der tote Körper und seine nähere Umgebung jetzt viel leichter zu erkennen waren. Doch da waren nur das Geld, der einsame weiße Zettel, die blutigen Schlammspuren ...

„Wir sollten reingehen", sagte Marvin hastig. „Die Spurensicherung kommt jeden Moment und das hier ist ... nun, nicht für fremde Augen bestimmt."

„Meine Augen sind nicht fremd. Du kennst ihre Farbe, ihre Form ..."

„Gehen wir rein", beharrte Marvin und mied meinen Blick. Vielleicht, weil er wusste, dass er unter meiner bittenden Miene schneller nachgab als zu dünnes Eis unter einem Elefanten.

Ach, Mist. Einiges hatte Rispo ihm wohl tatsächlich beigebracht. Wie zum Beispiel, neugierige Zivilisten des Tatorts zu verweisen.

„Klar", sagte ich dennoch leichthin und wandte der Leiche widerwillig den Rücken zu.

Ariane brauchte er das ebenfalls nicht zweimal zu sagen. Sie hatte die letzten Minuten damit verbracht, krampfhaft auf ihre Hände zu starren und die Leiche so gut wie möglich zu ignorieren.

„Also“, bemerkte Marvin auf dem Rückweg zum Haus. „Könnten Sie noch einmal in eigenen Worten erläutern, was heute Abend geschehen ist?“

Erwartungsvoll sah er Ariane an und schlug eine Seite von seinem Notizheft um.

Wir traten durch die Terrassentür ins Wohnzimmer, während Ariane noch einmal haarklein zu Protokoll gab, was sie heute Abend gehört und gesehen hatte. Marvin nickte und schrieb fleißig mit.

Als Ari geendet hatte, packte er das Heft weg und sah auf. „Nun, danke, dass …“ Er brach ab. Sein Blick war auf Arianes Gesicht zum Liegen gekommen und jetzt weitete er die Augen. „Oh“, machte er.

Ich tarnte mein Seufzen als Gähnen. Offenbar hatte er gerade mitbekommen, wie schön sie war.

Marvin räusperte sich und blinzelte mehrfach. „Nun, danke. Das hilft uns sehr.“

„Freut mich“, sagte Ari knapp und zog die Hände in ihre Jackenärmel. „Und tut mir wirklich leid, dass wir den Mann nicht morgen früh finden konnten. Es gibt sicherlich Schöneres, als sich am Sonntagabend eine Leiche ansehen zu müssen.“

„Ach, das … das macht doch nichts“, erwiderte Marvin eilig und winkte ab. „Ich war ohnehin auf der Wache. Musste einen langweiligen Bericht über Falschgeld schreiben, das im Moment im Umlauf ist. Ein überfahrener Mann ist da viel ansprechender.“

Ariane hob skeptisch die Augenbrauen. „Wirklich?“

„Also, nicht *ansprechender*", ruderte Marvin hastig zurück. „Aber interessanter."

„Mhm. Wenn es nach mir ging, würde ich jetzt lieber schlafend und unwissend im Bett liegen", bemerkte Ariane.

„Das ist verständlich, ich würde auch lieber in Ihrem Bett ... ähm, im Bett sein. Aber ich fürchte, das ist noch nicht möglich." Marvin streckte die Schultern durch, so als würde er sich gerade daran erinnern, dass er Polizist und kein schüchterner Schuljunge war. „Wir werden hier die Nacht über den Tatort sichern und Fingerabdrücke nehmen müssen", sagte er und räusperte sich. „Tut mir wirklich sehr leid für die Unannehmlichkeiten, aber das lässt sich nicht ändern. Außerdem müsst ihr wohl beide mit auf die Wache kommen, um noch einmal eure Aussage zu Protokoll zu geben. Aber das ist reine Routine und wird hoffentlich nur ein, zwei Stunden dauern." Er fixierte wieder Ariane. „Ein Verhör ist nur halb so spektakulär, wie einem die Medien weismachen wollen. Außerdem kann ich gerne das Gespräch mit Ihnen übernehmen, wenn Sie wollen. Ich bin auch sehr ... unspektakulär."

Ariane lächelte ihm erschöpft zu. „Danke. Das ist schön zu hören."

Er lief ampelrot an und nickte hastig. „Kein ... Geschehen. Ähm, ich meine, gern Problem."

Ich hielt mich davon ab, die Augen zu verdrehen.

Natürlich. Der Gute war schon halb verschossen. Jeder verliebte sich in Ariane! Warum auch nicht? Sie war ein freundlicher Engel mit großen Brüsten, der nach Schokolade roch. Meine Traumfrau.

„Kann ich mich noch kurz umziehen, bevor wir fahren?", fragte meine Freundin, die nichts von Marvins Nervosität mitzubekommen schien.

„Sicher." Marvin nickte eifrig, woraufhin Ariane den Flur hinab und hinter der Tür zu ihrem Schlafzimmer verschwand.

Ich wandte mich um und erwischte Marvin dabei, wie er Ariane mit glasigen Augen und geöffnetem Mund hinterhersah.

„Marvin", sagte ich mit gesenkter Stimme und zog ihm am Ärmel tiefer in den Flur hinein. „Ich weiß, ich habe vor ein paar Monaten gesagt, dass ich dir helfen will, eine Freundin zu finden, aber … nicht sie."

Der Recherchist blinzelte verwirrt und wandte sich zu mir um. „Was?"

Meine Güte, wie konnte er Polizist sein, wenn er in etwa so aufmerksam wie ein Neugeborenes mit Rassel vor der Nase war?

„Ist nicht so wichtig", meinte ich kopfschüttelnd. „Sag mal, weißt du, wann Rispo kommt?"

Marvins dünne Augenbrauen wanderten in die Höhe. „Ähm … gar nicht."

„Was?"

„Er ist beschäftigt. Ich soll diesen Mordfall übernehmen. Als leitender Ermittler." Seine Ohren verfärbten sich pink. „Hat er dir das nicht gesagt?"

Perplex blinzelte ich ihn an. „Nein, er … na ja, er meinte, dass er würdigen Ersatz schickt, aber …"

„*Würdig*?", wiederholte Marvin und machte Augen so groß wie Autoreifen. „Das hat er gesagt?"

Ich lächelte. Marvin fehlte oft das nötige Selbstvertrauen und Rispos sonstige Komplimente, die aus einem Nicken oder einem schroffen *Okay* bestanden, konnten dem wohl kaum abhelfen. Deswegen sagte ich: „Ja, er meinte, ich solle mir keine Sorgen machen, du würdest dich schon um alles kümmern."

Stolz reckte Marvin das Kinn. „Nun, ich werde mein Bestes geben."

„Mhm", machte ich und betrachtete ihn nachdenklich. „Sag mal, für wie viele Fälle hast du bisher schon die alleinige Verantwortung getragen, Marvin?"

Der Recherchist kratzte sich unsicher den Nacken. „Ähm, dieser hier wäre mein erster."

„Aber diesen hier hast du noch nicht gelöst, deswegen zählt er nicht", erinnerte ich ihn.

„Ach ja. Dann wohl noch für keinen."

Innerlich seufzte ich schwer, dennoch lächelte ich ihm aufmunternd zu. „Es gibt immer ein erstes Mal. Du machst das schon."

„Richtig", erwiderte er und wirkte direkt etwas zuversichtlicher.

Und warum sollte er das auch nicht sein? Wenn ich eins über Marvin wusste, dann, dass er immer für eine Überraschung gut war. Er würde sich sehr viel Mühe geben. Es war nett von Josh gewesen, ihm diesen Fall anzuvertrauen.

...

Warum war ich dann nur so wütend auf ihn?

Kapitel 4

Wenn man anfängt, in Gedanken intensive Gespräche mit seinem Kopfkissen zu führen und ihm zu versichern, dass es nicht mehr lange einsam bleiben wird, weiß man, dass man müde ist.

Wenn man trotz allem noch die Energie hat, mit zusammengepressten Lippen die Treppen hochzustürmen und den Schlüssel in die Haustür zu rammen, weiß man ebenso, dass man wütend ist.

Als ich um kurz nach eins in unsere Wohnung trat, wusste ich also zwei Dinge: Ich war müde und wütend. Erfahrungsgemäß vertrugen sich die beiden Gemütszustände überhaupt nicht gut miteinander und es war Rispos Pech, dass er nicht im Bett war, sondern mit einem Stück kalter Pizza in der Hand auf der Couch saß. Er hatte offenbar auf mich gewartet, denn er schaltete den Fernseher aus, sobald ich die Tür energisch hinter mir zuschlug.

„Hey", sagte er und stand auf.

Ich ignorierte ihn, schlüpfte stattdessen aus meinen Schuhen und lief zur Küchenanrichte, um die Habseligkeiten, die ich aus dem Keller meiner Mutter mitgenommen hatte, darauf abzulegen. Auf einmal wünschte ich mir, ich hätte noch viel mehr Zeug eingepackt, nur um Josh aufzuregen!

Doch der achtete gar nicht auf den Kram. Stattdessen stützte er sich mir gegenüber mit den Händen auf die Anrichte, sodass sein blödes graues T-Shirt über seinen dummen Bizeps spannte, und betrachtete mich mit hochgezogenen Augenbrauen. „Alles okay?", fragte er vorsichtig.

Mit verengten Augen sah ich ihn an. „Nein, nicht wirklich. Falls du dich erinnerst: Ich habe eine Leiche in Arianes Garten gefunden."

Er nickte. „Ich weiß. Deswegen bin ich wach geblieben."

„Wie großzügig von dir", sagte ich kühl und wollte mich an ihm vorbei, in Richtung Badezimmer drängen. Doch bevor ich auch nur einen Schritt tun konnte, schloss Rispo die Finger sacht um mein Handgelenk und zog mich zurück.

„Lou, was ist los?", fragte er rau und verschränkte seine Finger mit meinen. „Dir ist doch nicht nur eine Leiche über die Leber gelaufen."

„Nein, *du* bist mir über die Leber gelaufen", erwiderte ich gereizt. „Und du trampelst ganz schön, wenn ich das bemerken darf."

„Was hab ich getan?", fragte er verblüfft.

„Nichts, Josh!"

Stirnrunzelnd neigte er den Kopf. „Dafür kann man jetzt auch schon belangt werden?"

Ich schnaubte. „Ich hätte deine Hilfe benötigt und du hast *nichts* getan, Josh. Ich meine, wo warst du heute?", fragte ich feindselig. „Du hast mich hängen lassen. Ich hätte dich heute Abend wirklich gut gebrauchen können. Heute Morgen übrigens auch! Du warst seit Wochen nicht mehr beim Sonntagsbrunch und meine Mutter wirft mir jedes Mal, wenn du wieder nicht da bist, einen dieser missbilligenden Blicke zu. Als wäre es meine Schuld, dass du draußen herumläufst und Held spielst, anstatt ihre Eier zu essen."

„Aber das ist es nicht", sagte er verwirrt.

„Ja, *ich* weiß das! Mir ist klar, dass du zu siebzig Prozent der Zeit ein Idiot bist. Aber meine Mutter denkt, du läufst ausschließlich mit Heiligenschein durch die Welt."

„Siebzig Prozent der Zeit?", hakte Josh zweifelnd nach. „Ich finde, ich bin bei einer soliden fünfzig." „Josh!"

Er hob einen Mundwinkel und strich beruhigend mit seinem Daumen über meinen Handrücken. „Nur ein Witz, Lou."

„Jetzt ist nicht der richtige Zeitpunkt, um Witze zu machen."

Josh schüttelte den Kopf. „Nein, der falsche Zeitpunkt für Witze war vor drei Stunden, als du über eine Leiche gebeugt in Arianes Garten standest. Und trotzdem hast du welche gemacht – was der Grund dafür war, warum ich dachte, dass es dir halbwegs gut geht und du mich nicht brauchst."

„Aber so bin ich nun einmal", sagte ich aufgebracht. „Ich klopfe dumme Sprüche und mache noch dümmere Witze, wenn ich nervös bin. Ich bin furchtbar unsensibel, wenn es um Tatorte geht. Das weißt du doch am besten von allen. Das heißt aber nicht, dass ich innerlich nicht am Rad drehe!"

„Okay. Es ist dein gutes Recht, am Rad zu drehen. Gerade in Anbetracht der Tatsache, dass der Tote überfahren wurde. Aber ich konnte deine Gedanken nicht lesen", bemerkte Josh leise und nahm auch meine andere Hand. „Ich spreche Louisa Manu leider noch immer nur gebrochen. Tut mir leid, wirklich, ich war mit dem Kopf woanders und ich dachte, du kriegst das schon hin. Mittlerweile bist du doch fast erfahren, was Leichen angeht."

Ich verengte die Augen. Natürlich hatte er recht. Die erste Leiche war Pech. Die zweite Zufall. Die dritte eine vorhersehbare Wahrscheinlichkeit ... die sechste fast nicht mehr erwähnenswert. Die Wahrheit war, dass ich über die letzten Jahre hinweg tatsächlich abgestumpfter gegenüber toten Menschen geworden war. Eine Leiche fand ich mittlerweile in etwa so eklig wie einen Berliner, der von einem Bäcker mit Salz-Zucker-Schwäche bestäubt worden war. Das war nichts, worauf ich stolz war, aber es war ja keine Absicht gewesen, mich daran zu gewöhnen. Es war einfach passiert. Wie wenn man zu oft das Nachmittagsprogramm auf RTL 2 sah und einem nach einer Weile bei falsch genutzten Dativen oder *„ihm das seine"*-Konstruktionen kein kalter Schauer mehr über den Rücken lief.

Ich senkte den Blick und atmete tief durch. „Wir haben uns die vergangenen Wochen kaum gesehen, Josh", sagte ich leise. „Ich ... Ich vermisse dich, okay? Das hört sich blöd an, weil wir zusammenwohnen, aber so ist es nun einmal. Du arbeitest dich im Moment zu Tode und ich möchte nicht die nervige Freundin sein, die beleidigt ist, weil du ihr nicht genug Aufmerksamkeit schenkst – aber verdammt noch mal, ich bin genau das.

Und heute Abend war wirklich beschissen und du hättest mir das Ganze mit deiner bloßen Anwesenheit extrem erleichtern können. Aber das hast du nicht, weil du irgendetwas für den Fall deiner Mutter tun musstest … und das regt mich auf."

Josh ließ meine Hände los und fuhr mit den Fingern meine Arme hinauf, bevor er meine Schultern drückte. „Ja, versteh ich."

Stirnrunzelnd sah ich auf. „Wirklich?"

Dieses Streitgespräch verlief äußerst merkwürdig. Normalerweise war Rispo derjenige mit den Aggressionsbewältigungsproblemen und ich beruhigte ihn, nicht andersherum. Doch er stand noch immer gelassen vor mir, einen ernsten Ausdruck auf dem Gesicht, Verständnis und Bedauern in seinen Augen.

Hm. Ärgerlich. Es war viel leichter, wütend auf ihn zu sein, wenn er aus der Haut fuhr.

Josh seufzte und rieb sich übers Gesicht. „Lou, ich weiß, die letzten Wochen … nein, Monate sind alles andere als optimal verlaufen. Du hast recht. Ich arbeite zu viel. Ich habe kaum Zeit für dich. Aber ich verspreche dir, das ist eine absolute Ausnahmesituation."

„Wenn eine Ausnahmesituation mehr als vier Monate lang anhält, ist es keine Ausnahme mehr, Josh", murmelte ich trocken. „Dann ist es die neue Regel."

„Eine Ausnahmeregel."

Ich schnaubte. „Lirum, Larum."

Josh kratzte sich an der Stirn. „Wir suchen immer noch nach weiteren Gemeinsamkeiten zwischen Konstantin Rubens und meiner Mutter", sagte er leise. „Sobald wir welche gefunden haben …"

„Aber vielleicht gibt es sie nicht", gab ich zu bedenken.

„Lou. Die Kugeln, die den Tod meiner Mutter und den Tod Rubens herbeigeführt haben, sind vom selben Hersteller. Es *muss* weitere Gemeinsamkeiten geben."

Ja, das erzählte er mir seit Monaten. Und trotzdem hatten weder Mo noch Josh – noch ich! – irgendetwas gefunden, was die beiden Mordopfer bis auf ihren Kölner Wohnsitz miteinander gemein hatten.

Rispos Mutter war Journalistin gewesen, Konstantin Rubens hatte in einer Metallverarbeitungsfirma gearbeitet. Er hatte in Höhenberg, außerhalb der Stadt gewohnt. Rispos Mutter relativ zentral in der Südstadt. Rubens war Single gewesen, Frau Rispo war verheiratet gewesen und hatte fünf Kinder.

Sie hatten keine gemeinsamen Hobbys gehabt, keine gemeinsamen Freunde, keine verdammten gemeinsamen Interessen! Nach allem, was wir wussten, waren die beiden sich in ihrem ganzen Leben nicht einmal über den Weg gelaufen.

Abgesehen davon hatte der Täter so wenig Hinweise hinterlassen, dass sich die Suche nach ihm anfühlte, wie der Brotkrumenspur von Hänsel und Gretel zu folgen – nachdem eine Horde hungriger Möwen auf sie losgelassen worden war.

Konstantin Rubens Familie und Freunde hatten keinen Schimmer, wer Grund gehabt hätte, ihn umzubringen. Er wäre ein regelgetreuer und aufrichtiger Mensch gewesen, der sich nicht in zwielichtige Geschäfte mitreinziehen ließ. Seine Schwester hatte behauptet, dass er mit seiner Ehrlichkeit noch jede Überraschungsparty kaputt gemacht und jeden Zeugen Jehovas in die Flucht geschlagen habe, und bis jetzt hatten Josh und Mo nichts gefunden, was auf das Gegenteil hinwies.

„Und wenn es Zufall ist?", fragte ich eindringlich. „Wenn der Mörder von Konstantin Rubens die Waffe, die er benutzt hat, vor fünfzehn Jahren irgendwo im Müll aufgelesen und darauf gewartet hat, bis er sie mal braucht?"

Josh seufzte und ließ mich los. „Das ist unerheblich. Es ist mein Fall, Lou. Meine Verantwortung. Selbst wenn Rubens Mörder nicht derselbe Täter ist wie der meiner Mutter – es ist trotzdem meine Aufgabe, ihn zu finden und festzunehmen."

„Aber das sollte es nicht sein", sagte ich steinern. „Das Ganze ist viel zu persönlich für dich. Du steckst eindeutig in einem Interessenskonflikt."

„Und trotzdem ist der Polizeichef der Meinung, dass ich ihre beste Option bin", beharrte er.

Ja, natürlich war er das! Weil Rispo so verdammt gut in seinem Job war, dass er für *jeden* Kriminalfall die beste Option war.

Ich seufzte schwer. „Es ist trotzdem nicht ganz fair, dass du Marvin jetzt diesen Mord aufdrückst, nur weil du keine Lust oder Kapazitäten hast, dich mit ihm zu beschäftigen."

Rispo verengte die Augen. „Schwachsinn. Ich habe ihm den Fall anvertraut, weil es an der Zeit ist, dass Marvin sich als leitender Ermittler erprobt. Er fährt schon viel zu lange mit Stützrädern, irgendwann musste ich sie ihm wegnehmen. Sonst fangen seine Freunde an, sich über ihn lustig zu machen."

Eindringlich sah ich ihn an. „Das ist gelogen und das weißt du. Du steckst im Moment all deine Energie in

den Mordfall von Konstantin Rubens, der genauso unlösbar zu sein scheint wie der deiner Mutter. Da hätte
ein zweiter Mord gar keinen Platz in deinem Termin-
kalender. Genauso wenig wie eine gesunde Ernährung,
genügend Schlaf und regelmäßige Atemzüge. Wenn
das so weitergeht, kippst du irgendwann um. Wegen
Unterzuckerung, akuter Erschöpfung oder eines über-
raschenden Papaver-Rhoeas-Vorfalls."

Josh runzelte die Stirn. „Was soll das sein?"

„So werde ich es nennen, wenn ich dich mit Hilfe eines Blumenkübels niederstrecke", erklärte ich.

Rispos Mundwinkel zuckten. „Ah. Es gibt schlimmere
Arten zu sterben."

Angesäuert presste ich die Lippen zusammen. „Er-
wähnte ich, dass sich in dem Blumenkübel ein Kaktus
befindet? Ein bereits abgestorbener, damit ich nur dich
und kein unschuldiges Wesen umbringe?"

„Scheiße, du hast dir darüber wirklich schon Gedanken gemacht, was?", stellte Josh fest und zog eine Grimasse.

„Ein wenig", gab ich zu. „Ich kann nachts nicht schla-
fen, wenn du unterwegs bist, und mit irgendwelchen
Gedankenexperimenten muss ich diese neugewonnene
Freizeit ja füllen. Abgesehen davon: Mich hat das heute
Abend wirklich wütend gemacht."

Josh seufzte und umfasste sanft mein Gesicht. „Lou,
ich finde es süß, dass du dir Sorgen um mich und meine
Gesundheit machst, aber alles ist okay. Und Ernäh-
rungstipps werde ich mir erst von dir geben lassen,
wenn du aufhörst, Lebkuchen unter deinem Kopfkissen zu verstecken!"

„Ich *verstecke* ihn nicht. Ich halte ihn warm“, korrigierte ich ihn. Abgesehen davon roch mein Kissen dadurch himmlisch.

„Klar“, sagte Josh amüsiert. „Kalter Lebkuchen wäre ja auch witzlos.“

Ich nickte salbungsvoll. Jetzt verstand er mich.

Josh räusperte ich. „Lebkuchenkrümel im Bett mal beiseite ... Marvin ist seit mehr als einem Jahr mein Partner. Es wird Zeit, dass er das erste Mal die Ermittlungen selbst leitet. Er bittet mich seit Wochen darum, mehr Verantwortung übernehmen zu dürfen – und jetzt komme ich seiner Bitte nach. Das heißt aber nicht, dass ich ihn Amok laufen lassen werde, okay? Ich werde mich ebenso mit dem Mordfall beschäftigen wie er. Nur dass ich weniger Laufarbeit machen werde.“ Er strich mit den Daumen sacht über meine Wangen. „Außerdem tut es mir leid, dass ich heute nicht für dich da war, obwohl du mich gebraucht hast. Wenn du das nächste Mal Witze machst, während du neben einer Leiche stehst, werde ich das deiner inneren Hysterie zuschreiben nicht etwa deinem makabren Humor. Sorry. Wird nicht wieder vorkommen. Als Wiedergutmachung würde ich dir vielleicht sogar erlauben, noch eine weitere Pflanze in unser Schlafzimmer zu stellen.“

Misstrauisch beäugte ich ihn. „Wirklich?“

Er grinste. „Ja. Du darfst ein paar Gänseblümchen auf deinen Nachttisch stellen. Nein, sagen wir eins.“

Ich musste lachen. „Wow. Welch ein Opfer. Du musst mich wirklich lieben.“

Er lächelte schief und küsste mich sacht auf die Lippen. „Das tue ich. Sehr. Hab noch ein bisschen Geduld mit mir, ja? Dieser Mordfall kann nicht mehr ewig dauern. Ich verspreche, mir die nächsten Wochen über mehr Mühe zu geben und: nächsten Samstag hab ich frei."

Na, da hatte ich auch Geburtstag. Wenn er an dem Termin auch noch arbeitete, würde der Papaver-Rhoeas-Vorfall schneller zur Realität, als mir lieb war. Grundsätzlich mochte ich Rispos Gesicht nämlich sehr und mir lag etwas daran, seine Nase heil zu lassen. Ich war es schließlich, die ihn dauernd ansehen musste.

„Also …", sagte Josh langsam und küsste meine Wangen, meinen Kiefer, meine Augenwinkel. „Verzeihst du mir noch mal? Und wir essen morgen Abend zusammen? Ich mach Lasagne und zünde eine Kerze an?"

Unzufrieden zog ich die Augenbrauen zusammen. „Du machst das absichtlich, oder? So unerträglich süß zu sein, dass es mir schwerfällt, mich daran zu erinnern, warum ich mit dir streiten wollte?"

Josh grinste. „Funktioniert es denn?"

„Nein", log ich.

Er lachte leise und ließ die Hände sinken. „Es ist die Lasagne, was?"

Größtenteils. Die Kerze gefiel mir aber auch. „Nein", widersprach ich erneut. „Es ist dein Versprechen, dass du dir mehr Mühe gibst und dieser Fall hoffentlich bald abgeschlossen ist."

Er nickte, bevor er beiläufig meinte: „Apropos Fall. Du denkst an unsere Abmachung?"

„Klar, ich kaufe keine pinke Bettwäsche mehr und wechsle meine Zahnbürste alle zwei Monate", erwiderte ich scheinheilig.

Josh schnaubte und sah mich düster an. „Du weißt genau, wovon ich rede."

Natürlich tat ich das. Er sprach von meinem Versprechen im August. Damals hatte ich geschworen, dass ich Rispo darüber informieren würde, sollte ich mich wieder in einen Kriminalfall einmischen. Außerdem musste ich ihn über meine stümperhaften Ermittlungen auf dem Laufenden halten, ihn anrufen, bevor ich etwas Gefährliches tat und davon absehen, Mitglieder der Polizeiwache um Informationen zu erpressen.

Da verhielt man sich ein, zwei Mal moralisch verwerflich und schon wurde der Freund misstrauisch!

„Ich habe noch nicht entschieden, ob ich meine Identität als Blumendetektivin neu aufleben lassen will", sagte ich achselzuckend, was der Wahrheit entsprach. „Also ... keine Ahnung. Lass dich überraschen."

Josh legte den Kopf in den Nacken und stöhnte leise auf. „Dieser Satz wird für die nächsten Tage unheilvoll über mir schweben."

Grinsend stellte ich mich auf die Zehenspitzen und schlang die Arme um seinen Hals. „Vor ein paar Wochen hast du noch gemeint, du magst Überraschungen."

„*Nackte* Überraschungen, Lou", stellte er klar. „Nur nackte."

Ich lachte. „Okay, also wenn ich nackt ermittle ..."

„Dann würde mich das überaus zufriedenstellen, denn innerhalb kürzester Zeit würde dich ein Kollege wegen Erregung öffentlichen Ärgernisses festnehmen und deine Sicherheit wäre in einer gemütlichen Zelle gewährleistet."

Ich stieß einen Schwall Luft aus. „Da bleib ich doch lieber angezogen. Ist auch praktischer, wenn man unauffällig bleiben will."

„Sagt die Frau, die ihre sogenannten Ermittlungen hin und wieder mit Trudi, dem Paradiesvogel, durchführt?", fragte er skeptisch und zog mich an sich.

Nun, meine subtile Vorgehensweise war im besten Fall noch ausbaufähig.

Kapitel 5

Als ich am nächsten Morgen aufwachte, war das Bett neben mir bereits leer. Doch ein Zettel und ein Schokobon lagen auf Joshs Kopfkissen.

Mach keine Dummheiten.

Ich lächelte, griff nach der Schokolade und quälte mich aus dem Bett.

Dann fiel mir ein, dass ich keinen Zucker aß und Josh, der Bastard, schon wieder versuchte, mich zu verführen! Ich konnte die Wette kein weiteres Mal verlieren, also schob ich den Schokobon widerwillig in meine Handtasche. Für schlechte Zeiten.

Josh hatte Kaffee gekocht und ihn auf der Küchenanrichte stehen lassen. Er war zwar nur noch lauwarm – ich hatte heute Morgen dreimal den Snooze-Button betätigt –, doch ich hatte es eilig und würde mich damit begnügen müssen. Bevor ich mich jedoch dem braunen Gebräu widmete, fiel ich eilig vor der Küchenanrichte auf die Knie, um den Schrank mit den Töpfen und Pfannen zu öffnen.

Vorsichtig tastete ich mich in dem Fach vor, bis ich in einem der hintersten Töpfe fand, wonach ich suchte. Ein quadratisches, blaues Samtkästchen. Ich zog es heraus und öffnete es. Ein Ring mit blassblauem Stein und eingravierter Mohnblume kam zum Vorschein.

Seufzend betrachtete ich ihn einige Momente lang, dann packte ich ihn wieder an seinen angestammten Platz.

Ich schaute fast jeden Morgen danach. Eine lästige Angewohnheit, die ich mir die letzten Monate über angeeignet hatte.

Ich wusste auch nicht genau, warum ich es tat. Eigentlich war ich keine dieser Frauen, deren Lebensziel Mann und Kind waren. Aber die letzten Monate hatten mich verunsichert und … wie auch immer. Vielleicht beruhigte es mich, den Ring immer und immer wieder anzusehen, weil er mich daran erinnerte, dass Josh seinen Plan, mich zu heiraten, nicht aufgegeben, sondern nur vertagt hatte.

Keine Ahnung, wie ich reagieren würde, falls sich der Ring eines Morgens nichts mehr an Ort und Stelle befand. Aber darüber würde ich mir Gedanken machen, wenn es so weit war.

Ich stürzte den Kaffee hinunter und schlurfte ins Bad. Als ich mich dort im Spiegel betrachtete, verzog ich seufzend das Gesicht. Dunkle Ringe lagen unter meinen Augen und meine Haare hatten sich zu einem beeindruckend stabilen Vogelnest aufgetürmt. Dort würde problemlos ein junger Storch Platz finden.

Egal, mit Hilfe von ein wenig Schminke würde schon niemand merken, dass ich zwei katastrophal schlechte Nächte gehabt hatte.

„Meine Güte, du siehst aus, als hättest du eine Zombieapokalypse überlebt – aber das nur, weil du unter ihnen nicht aufgefallen bist", begrüßte meine kleine Schwester Emily mich und rümpfte kritisch die Nase. „Du riechst auch etwas verwest."

Verärgert schlug ich ihre Hand weg, mit der sie eine meiner leider schon etwas fettigen Haarsträhnen anhob.

Ich hatte nun mal keine Zeit zum Duschen gehabt! Das war kein Verbrechen. Mir war selbst klar, dass Deo kein würdiger Ersatz für Wasser und Seife war, aber für heute würde es reichen müssen.

„Ich sehe fantastisch aus", log ich. „Du musst gestern Nacht zu viel geraucht haben."

Emmi schüttelte den Kopf. „Ich halte mich im Moment vom Gras fern", sagte sie und hob selbstzufrieden das Kinn. Als wäre es eine großartige Leistung, sich nicht jeden zweiten Tag vollzudröhnen. „Weil ich erwachsen und verantwortungsbewusst und all der andere Mist bin, den du an Mitarbeitern so wertschätzt."

„Ah, bist du deshalb so pünktlich im Laden?", fragte ich verwundert und blickte auf die Uhr. Es war zwanzig vor neun. *Schlafenszeit*, wie Emily es nannte.

„Klar", sagte sie leichthin und reckte die Brust, auf der überraschenderweise das bunte Logo meines Blumenladens prangte.

„Du trägst das Arbeitsshirt", bemerkte ich beeindruckt.

„Hab doch gesagt, ich würde es anziehen!", meinte sie empört.

Das war wohl wahr. Allerdings hatte ich ihr auch versprechen müssen, die Rechnung für den Augenarzt zu zahlen, falls ihre Sehkraft aufgrund von so viel Hässlichkeit spontan nachließ.

„Cool. Freut mich", sagte ich zufrieden. „Hast du zufällig schon die Bestellungen zusammengesucht, die Freddy gleich mit dem Van abholt?"

Freddy war mein neuer Blumenlieferant, der Frauen sowie Männer ganz Kölns den Tag über mit unseren Arrangements beglückte.

Missmutig schob Emily den Unterkiefer hin und her. „Nein, das hat ..." Sie brach ab und verdrehte die Augen. „Leonie ist auch schon da."

Ich verkniff mir ein Lächeln. Ach, daher wehte der motivierte Wind.

Leonie war genau wie Emily eine neue Azubine. Sie hatten gemeinsam im Herbst bei mir angefangen und lieferten sich seitdem ein Rennen um den Platz des Mitarbeiters des Monats. Nicht dass ich einen solchen ernennen würde oder dass Leonie sich darüber im Klaren wäre, dass Emily eine Konkurrentin in ihr sah. Nein. Meine Schwester veranstaltete ein Rennen, ohne ihre Gegnerin darüber informiert zu haben. Es half ihr auch nicht, dass Leonie fast zehn Jahre jünger war als sie.

Ich musste zugeben, dass ich einige Zweifel gehabt hatte, als ich meine kleine Schwester eingestellt hatte – aber Emily überraschte mich jeden Tag aufs Neue.

Die scheiß-perfekte Leonie, ihr zärtlicher Kosename für die andere Azubine, hatte ungeahnten Ehrgeiz in ihr geweckt. Sogar ihre Schulnoten hatten sich seit ihrem imaginären Konkurrenzkampf drastisch gebessert.

Deswegen gab ich mir keinerlei Mühe, ihr auszureden, sich an Leonie zu messen.

Das war vielleicht moralisch verwerflich ... aber auch geschäftsfördernd. Die paar Rosendornen, die ab und an in Leonies Jacke landeten, waren es mir wert.

„Also hat Leonie die Bestellungen schon herausgesucht?", fragte ich unschuldig. „Meine Güte, seit wann ist sie hier?"

„Seit kack acht Uhr!", beschwerte sich Emily. „Sie hat sogar schon die Kühlschränke geputzt. Dabei bezahlst du sie dafür nicht einmal. Sie macht es nur, damit du zufrieden bist und weil sie Dreck nicht ausstehen kann."

Der entgeisterte Unglaube auf der Miene meiner Schwester ließ mich wissen, dass ihr dieses Konzept absolut fremd war.

Ich nickte anerkennend. „Wow. Das ist ganz schön motiviert. So eine Mitarbeiterin kann jeder gebrauchen."

Emmi sah mich düster an. „Jaja", sagte sie genervt. „Ich bau dann schon mal auf."

„Wunderbare Idee", sagte ich mit überschwänglichem Enthusiasmus. „Dann können wir heute ja trotz meiner eigenen Verspätung pünktlich öffnen."

„Hurra", kommentierte meine Schwester tonlos.

Ich grinste ihr zu und beobachtete sie dabei, wie sie sich reckte, um einen der mit Rosen gefüllten Eimer aus dem Kühlfach zu holen ... und erkannte eine dicke, rote Pustel an ihrem Hals. Also entweder war das ein Knutschfleck oder sie hatte beim Staubsaugen schrecklich versagt.

„Du hast wieder mit Finn geschlafen, oder?", murmelte ich kopfschüttelnd, überbrückte die Distanz zwischen uns und presste den Daumen auf den Fleck.

Sofort zog Emily den Kragen ihres grünen Arbeitsshirts höher. „Was?", fragte sie unschuldig. „Sex? Ich und Finn? Niemals. Ich verabscheue körperliche Gelüste."

Ich schnaubte. „Emily! Ich dachte, du wolltest endlich vernünftig und erwachsen werden."

Verständnislos sah sie mich an. „Das bin ich. Finn ist fantastisch im Bett. Es wäre unvernünftig, mir das durch die Lappen gehen zu lassen, nur weil ich immer noch wütend auf ihn bin und eigentlich nicht mit ihm reden will! Ich kann doch heißen, schweigsamen Sex mit meinem Ex-Verlobten haben, all unsere Probleme ignorieren und trotzdem erwachsen sein, oder nicht?" Der steilen Falte zwischen ihren Augenbrauen nach zu urteilen, war das eine ernstzunehmende Frage, auf die sie gerne eine Antwort hätte.

„Kommt auf deine Definition von erwachsen an", meinte ich und wiegte unschlüssig den Kopf von der einen zur anderen Seite.

„Ich finde Sex sehr erwachsen", bemerkte Leonie in diesem Moment. Sie war aus dem Lagerraum getreten, ihre Wangen tiefrosa. „Ich zumindest hatte noch keinen."

„Es ist vollkommen okay, zu warten."– „Du verpasst da was.", sagten Emily und ich gleichzeitig.

Böse sah ich meine Schwester an, bevor ich meiner wundervoll unschuldigen achtzehnjährigen Azubine ein Lächeln schenkte. „Guten Morgen, Leonie. Lass dir von niemandem vorschreiben, wann du das erste Mal

Sex haben sollst“, sagte ich ernst. „Es macht dich weder prüde noch weniger erwachsen, wenn du noch nicht bereit bist.“

„Klar, du musst das sagen“, murmelte Emmi düster. „Du hast deine Jungfräulichkeit ja erst mit zweiundzwanzig verloren.“

Nein. Ich war *dreiundzwanzig* gewesen.

Gott sei Dank hörte Leonie Emilys Worte nicht. Sie warf mir lediglich einen dankbaren Blick zu, bevor sie damit anfing, die durcheinandergeratenen Blumentöpfe in dem Regal direkt neben dem Eingang zu sortieren.

„Also ... Finn“, sagte ich seufzend. „Ihr beide könnt doch nicht ...“

„Du warst es, die uns wieder zusammengebracht hat, Lou“, erinnerte Emmi mich mit erhobenem Zeigefinger. „Du kannst mich jetzt nicht dafür verurteilen, dass ich deinen Rat angenommen habe.“

„Ich hab dir gesagt, ihr sollt miteinander *reden*, nicht das letzte bisschen Gehirn aus euch rausvögeln“, meinte ich ungläubig.

Emmi klopfte sich etwas Erde vom T-Shirtsaum. „Reden ist einfach nicht unsere Stärke, Lou. Und alle Selbsthilfebücher sagen einem, man solle sich auf keinen Fall auf seine Schwächen konzentrieren.“

Ich verdrehte die Augen und konzentrierte mich wieder auf die Kasse, die vor Ladenöffnung noch mit neuem Thermopapier ausgestattet werden musste.

Was machte ich mir überhaupt die Mühe? Emily und Finn war nicht zu helfen. Sie konnten weder mit- noch ohneeinander. Immerhin ging es meiner Schwester zurzeit sehr viel besser als noch vor ein paar Monaten.

Und wenn ihr ein lockeres, undefiniertes Techtelmechtel mit dem Mann, den sie ziemlich sicher liebte, ein Lächeln aufs Gesicht zauberte, wer war ich, sie daran zu hindern?

Ich hatte gerade das Papier eingelegt und die Kassenschublade aus meinem Safe geholt, als ein glockenhelles Klingeln einen Kunden ankündigte.

„Wir haben noch gesch…", fing ich an, brach jedoch mitten im Satz ab.

Oh mein Gott, roch das köstlich.

Ich seufzte wohlig auf, ließ die Schublade einrasten und schloss die Augen, um den schokoladig-süßen Duft zu genießen.

Ich hatte heute Nacht davon geträumt mit ein paar Keksen in den Händen in einem Nutellaglas zu baden – und dem Geruch nach zu urteilen, würde zumindest ein Teil meines Traums wahr werden.

Aber nein. Ich aß ja zurzeit keinen Zucker.

Abrupt riss ich die Augen auf … und mein Blick fiel unglücklicherweise auf den Teller gefüllt mit Schoko-Knusper-Keksen, den Trudi, meine ehemalige Angestellte und neuerdings Partyplanerin, gerade vor mir abgestellt haben musste. Daneben hatte sie eine taschenbuchgroße verschlossene Holzbox gestellt, die mich jedoch nicht den Keks … ähm, die Bohne interessierte.

Ich war zu sehr damit beschäftigt, den süßen Duft einzuatmen und mir vorzustellen, dass die Kekse bereits auf meiner Zunge lägen.

Denn die Vorstellung allein reichte mir schon. Ich brauchte den Zucker nicht. Ich konnte mir einbilden, ihn zu mir zu nehmen, und war zufrieden … Oh Gott, machte mich diese erbärmliche Lüge unglücklich.

„Hey, Trudi", sagte ich gequält und nickte ihr zu. Selbst das braune Kleid mit den pinken Punkten, das sie trug, erinnerte mich an Kuchen. Schokomuffin mit Streuseln. „Was verschafft mir die Ehre?"

„Ach, ich war gerade in der Gegend und dachte mir, ich schaue mal vorbei, um dich zu fragen, ob ich deine Blumen zum Schmücken der Räumlichkeiten deiner Geburtstagsparty nehmen darf."

„Klar. Warum nicht. Kannst dich gerne bedienen."

„Wunderbar." Sie klatschte zufrieden in die Hände. „Außerdem habe ich mit deiner Mutter gesprochen."

Unwillkürlich zuckte ich zusammen. Kleine schlechte Angewohnheit noch aus der Schulzeit. Ich räusperte mich. „Ja, sie wollte dir bei der Planung helfen. Aber ich verstehe natürlich, wenn dir das nicht lieb ist. Sag ihr also gerne ab." Möglicherweise klang meine Stimme etwas zu hoffnungsvoll – doch Trudi ignorierte diesen Umstand geflissentlich.

„Ach was. Ist doch toll! Ich wollte Sabine schon immer besser kennenlernen."

„Meine Mutter heißt Gitti, Trudi."

„Hmh." Verwirrt neigte mein Gegenüber den Kopf, sodass ihre goldenen Riesenohrringe geräuschvoll klirrten. „Sicher?"

„Ziemlich, ja."

Sie hatte mich schließlich aus ihrem Geburtskanal gepresst. Das Mindeste, was ich meiner Mutter schuldete, war es, mir ihren Namen zu merken.

„Aber wer ist denn dann Sabine?", wollte Trudi wissen.

„Keine Ahnung.“

„Nun, ein Rätsel für einen anderen Tag.“ Sie winkte ab. „Auf jeden Fall habe ich mich gefreut. Wir werden schon eine fesche Fete auf die Beine stellen.“

Das fürchtete ich auch. „Ich freu mich“, sagte ich mit wackligem Lächeln.

Meine ehemalige Angestellte blickte mich skeptisch an.

Oje. Hatte sie bemerkt, dass ich eine schlechte Lügnerin war?

„Du hast heute irgendwie eine ungesunde graue Gesichtsfarbe, Louisa“, bemerkte sie unzufrieden. „Wie diese schrecklichen Leichen, die du immer findest. Geht es dir gut?“

„Jaja. Bei mir ist alles prima.“

„Mhm. Na, iss erst mal einen Keks, dann geht es dir bestimmt besser“, sagte sie großmütterlich und schob den Teller näher zu mir heran.

„Nein. Ich darf nicht. Ich bin auf Zucker-Diät“, meinte ich und seufzte wehleidig.

Trudi schüttelte verständnislos den Kopf. „Zucker-Diät? Welch ein Blödsinn. Du musst doch nicht auf Zucker verzichten, um abzunehmen.“

„Doch, schon“, sagte ich lahm.

„Papperlapapp. Diese Lüge ist doch nur Teil des Komplotts der Pampelmusen-Industrie.“ Missbilligend schnalzte sie mit der Zunge. „Zucker macht glücklich, Kind. Salat und Obst hingegen nur Falten. Du verziehst den Mund, wenn du sie ansiehst – und schwupps sieht dein Gesicht aus wie eine getrocknete Pflaume.“

Ich wusste nicht, woher sie ihre Informationen nahm, aber ich fand ihre Argumentation schlüssig. Dennoch ...

„Ich kann nicht", meinte ich wehleidig. „Ich hab mit Josh eine Wette am Laufen. Er meint, ich würde es keine Woche ohne Kekse aushalten." Und wir wetteten jetzt bereits zum vierten Mal innerhalb von sechs Tagen. Es half natürlich nicht, dass der Wetteinsatz eine Packung Kekse war, die Josh dann immer absichtlich irgendwo auf Augenhöhe herumliegen ließ.

„Aber er muss es doch nicht erfahren", meinte Trudi und beugte sich verschwörerisch zu mir vor.

„Er ist Kriminalkommissar, Trudi. Er erfährt es *immer*." Größtenteils weil ich so eine lausige Lügnerin und unfähig war, alle verräterischen Krümel von meinem T-Shirt zu wischen.

„Schön", sagte sie knapp, bevor sie lauter hinzusetzte: „Leonie, Emmi, wollt ihr einen Keks?"

Meine beiden schlanken Azubinen stürzten sich auf den Teller und besaßen auch noch die Dreistigkeit, vor meinen Augen genussvoll in die Kekse zu beißen und dabei orgasmische Laute von sich zu geben.

„Gott, du bift wirklif die befte Bäckerin der Welt!", bemerkte Emmi mit vollem Mund, stöhnte auf und schluckte herunter. „Die kommen gerade recht! Witzigerweise habe ich, seitdem ich aufgehört habe, Gras zu rauchen, andauernd Heißhungerattacken!" Sie stopfte noch einen zweiten Keks hinterher. „Mann, ich würde meinen erstgeborenen Sohn gegen eine tägliche Ration von diesen hier tauschen."

Leonie kicherte. Sie fand Emily nämlich witzig und mochte sie recht gerne – was meine Schwester umso mehr aufregte.

Trudi klopfte sich zufrieden auf die eigene Schulter und ...

Es fiepte.

Verwirrt blinzelte ich. „Was war das?"

„Hm?" Die Rentnerin sah mich fragend an. „Es hat gefiept!", stellte ich perplex fest.

„Gefiept? So ein Blödsinn", sagte Trudi etwas zu hastig und legte beschützend eine Hand auf den Holzkasten neben dem Keksteller.

Stirnrunzelnd betrachtete ich ihn näher.

Wieder fiepte es.

Der Kasten hatte Löcher im Deckel.

Alarmiert richtete ich mich auf. „Was ist das, Trudi?"

„Ach, nur etwas, das ich für deine Geburtstagsfeier besorgt habe", sagte sie leichthin und winkte ab.

„Ich bin nicht Aschenputtel", sagte ich warnend. „Ich mag weder Mäuse noch Vögel. Selbst dann nicht, wenn sie mir ein Kleid schneidern."

„Jaja", flötete sie fröhlich, zog die Kiste vom Verkaufstresen und stellte sie mit einem lauten Ächzen vor ihren Füßen ab.

Leider gab mir das keinerlei Aufschluss darüber, ob sie nun schwer oder leicht war. Trudi ächzte nämlich eigentlich bei jeder Bewegung. Egal, ob sie sich einen Schal um den Hals schlang oder versuchte, ein fremdes Auto auf einen Behindertenparkplatz zu schieben, damit Emmi mehr Platz zum Parken hatte.

„Trudi", sagte ich warnend und sah sie ernst an. „Keine lebenden Tiere auf meiner Geburtstagsparty. Und wenn ich es mir recht überlege: Auch keine toten."

„Okay, wenn du meinst", sagte sie mit noch immer unschuldig großen Augen.

Eine tiefe Unruhe überkam mich, die sonst nur von mir Besitz ergriff, wenn Josh vorschlug, wir könnten ja mal zusammen joggen gehen.

„Trudi ...", setzte ich auf ein Neues an, doch die Türglocke läutete und lenkte mich ab.

Ein blonder Engel in rotem Wintermantel trat ein.

„Ariane", sagte ich verblüfft. „Was machst du denn hier?"

„Möchtest du einen Keks?", fragte Trudi sofort. „Jemand muss die zehn Stück essen, die sonst immer Lous Magen zum Opfer gefallen sind."

Ich presste die Lippen zusammen. „Es waren nicht *zehn*."

„Deine Nase wächst, junge Dame", meinte Trudi tadelnd.

„Gerne", sagte Ariane und langte zu. Sie biss genüsslich in einen Keks, reckte den Daumen in die Höhe und schluckte schließlich, bevor sie feierlich sagte: „Lou, ich möchte mit dir gerne über den toten Mann in meinem Garten reden."

Emmi fiel der vierte Keks aus dem Mund – ja, es waren vier, ich hatte neidisch mitgezählt. „Was? Ein Toter in deinem Garten?" Verwirrt blickte sie zu mir. „Das hast du gar nicht erzählt."

„Hast du nicht?", fragte Ariane verwundert.

„Ich bin noch nicht dazu gekommen."

„Du erzählst mir von deiner dummen Zucker-Diät, aber

den Leichen-Dünger lässt du aus?", echauffierte sich Trudi. „Ihr jungen Leute von heute setzt wirklich falsche Prioritäten. An erster Stelle kommen die frischen Leichen, an zweiter das neuste Katzenvideo und erst an dritter komische Essgewohnheiten."

Leonie starrte uns nur mit großen Augen an und ließ von den Blumentöpfen ab. „Eine Leiche? Das ist ja schrecklich. Das hätte ich auch als Erstes erzählt. Ich meine … das passiert einem ja nicht jeden Tag."

Ariane sah sie interessiert an. „Du kennst Louisa noch nicht allzu lang, oder?"

„Schluss jetzt", griff ich ein, bevor meine wundervoll unschuldige Azubine noch weiter nachhakte. Wenn ich von meinen Erfahrungen mit toten Menschen berichtete, sahen die meisten Leute mich nicht mehr auf dieselbe Art und Weise an wie zuvor. „Ariane, wir können gerne über die Leiche reden. Falls du emotionale Unterstützung oder einen Platz zum Schlafen brauchst, dann …"

„Nee", unterbrach meine beste Freundin mich. „Ich möchte mit dir auf Mörderjagd gehen. Das ist es doch, was du tust."

„Wirklich?", hakte Leonie nach, ihre Augen so rund wie Trudis perfekten Kekse.

„Ach was." Hastig schüttelte ich den Kopf.

Alle Anwesenden im Raum schnaubten laut.

Ich seufzte schwer und beugte mich über den Tresen „Ariane, so einfach ist das nicht. Es ist gar nicht so leicht, sich in eine Mordermittlung zu stürzen. Ich meine, wir haben nicht einmal den Namen des Opfers."

Ari runzelte die Stirn. „Klar haben wir den. Jannek von Strauß. Zweiundzwanzig Jahre alter BWL-Student."

Ich blinzelte perplex. „Was? Woher weißt du das denn?"

„Hat Marvin mir erzählt."

„Ach so. Na gut, aber ohne weiteren Anhaltspunkt ..."

„Würden der Name und die Adresse seiner Freundin helfen?", fragte Ari ungeduldig.

Mit offenem Mund sah ich sie an. „Ähm ja, schon, aber ..."

„Vanessa Kemper. Wohnt in der Landauerstraße 27."

„Wie zur Hölle ..."

„Ich hab Marvin gesagt, dass ich ihr gerne mein Beileid ausdrücken würde."

„Du hast ihn angelogen?", fragte ich schockiert. Ariane log nicht. Außer wenn sie damit jemandes Gefühle schonen konnte. Andererseits hatte sie mir letztens noch ins Gesicht gesagt, dass ich aufhören musste, das Wort Epiphanie zu benutzen, das würde niemand verstehen. Diese Aussage war eine echte Epiphanie gewesen. Und unhöflich. Unterm Strich: Ariane log nicht.

„Es ist nicht gelogen", sagte sie und zupfte mit gesenktem Blick an einem der schwarzen Knöpfe ihres Mantels. „Ich will ihr wirklich mein Beileid ausdrücken. Wenn du aber als emotionale Unterstützung mitkommen und ihr dann noch ein paar Fragen stellen wolltest ..." Sie hob die Schultern. „Was sollte ich dagegen unternehmen? Du bist in diesem Bereich sehr aufdringlich."

Diesmal war es an mir zu schnauben. „Ich weiß nicht, Ari. Du hast das noch nie gemacht, aber Mörder zu jagen kann manchmal ganz schön strapaziös für die Nerven sein." Abgesehen davon beizeiten gefährlich.

Meine Freundin verengte die Augen. „Was soll denn das heißen? Denkst du, ich bin zu zart besaitet, um einem Mörder nachzustellen? Ich arbeite mit Karamell, Lou. *Den ganzen Tag.* Ich weiß mit brenzligen und frustrierenden Situationen umzugehen."

Ich kratzte mir unwohl den Nacken. „Na ja, aber ..."

„Lou", sagte Ari mit fester Stimme und ebenso festem Blick. „Ich habe Angst in meiner eigenen Wohnung zu sein. Angst, mich im Garten aufzuhalten. Angst, in meinem eigenen Bett zu schlafen. Ich dachte mir, wenn ich herausfinde, warum der Mörder die Leiche unbedingt über meine Hecke werfen musste ... dann kann ich vielleicht ruhiger schlafen. Ich muss es zumindest probieren. Die Sache ist persönlich."

Ich zog eine Grimasse. Den Spruch kannte ich irgendwoher. Mir war so, als hätte ich ihn erfunden. „Okay", kapitulierte ich seufzend.

„Oh, das ist ja klasse", sagte Trudi aufgeregt. „Der erste Mord des Jahres. Leider werde ich bei diesen Ermittlungen nicht so eifrig mitmachen können wie sonst, Lou." Entschuldigend sah sie mich an. „Ich hab ja deine Geburtstagsfeier vorzubereiten."

„Oh, schade", sagte ich und setzte eine enttäuschte Miene auf.

„Keine Sorge, zu den spannenden Teilen werde ich bestimmt dazustoßen. Aber die Befragung von Leuten ist nichts für mich. Langweilige Geschichten höre ich im *Seniorenheim Himmelspforte* schon genug."

„Gar kein Problem", sagte ich großzügig. „Das schaffen wir schon allein."

„Moment mal", meldete sich Leonie zu Wort. Ihre Wangen waren pink angelaufen und sie blinzelte ungefähr siebzig Mal pro Minute. „Ich verstehe nicht ganz. Ihr ist eine Leiche in den Garten gefallen", sie deutete auf Ariane, „und jetzt … jetzt wollt ihr den Mörder schnappen?"

„Jap", sagte Emily knapp.

„Aber … ist dafür nicht die Polizei zuständig? Ihr seid doch gar nicht dazu ausgebildet, Mördern nachzustellen. Ihr bringt euch noch um!"

Jetzt hörte sie sich schon an wie Rispo. „Wir sind sehr vorsichtig, darüber brauchst du dir keine Gedanken zu machen", versicherte ich ihr.

„Aber …" Sie schüttelte verständnislos den Kopf. „Ihr könnt doch nicht einfach so loslegen und versuchen, einen Kriminalfall zu lösen! Das ist doch absurd. Ich meine … Was für Kompetenzen habt ihr denn überhaupt, die euch zu geeigneten Detektiven machen?"

Unverschämtes Glück, ein vertrauenswürdiges Gesicht und eine Menge weibliche Intuition.

Emmi seufzte schwer. „Du musst hier wirklich noch eine Menge lernen, Leonie. Wir hinterfragen Lous Methoden nicht. Dafür sind nämlich schon ihr Freund und die Hälfte der Kölner Polizei zuständig. Da braucht sie uns nicht auch noch."

Wo sie recht hatte …

„Gut, ihr passt auf den Laden auf", ich nickte Emmi und Leonie zu, „während Ariane und ich zu Vanessa fahren. Auch wenn ich mir keine allzu großen Hoffnungen mache, Ari. Wir haben dieses Mal wirklich nicht viele Hinweise. Bis auf diesen Zettel, der bei der Leiche lag, und dem Geld …"

„Was denn für ein Zettel?", wollte Ari verwundert wissen.

Ach ja, davon hatte ich ihr gar nicht erzählt. „Es lag ein Zettel neben Yannik, auf dem die Zahlen *220110, die Buchstaben IGASENDT und Rosenkrieg* standen."

„Jannek", korrigierte Ari mich. „Nicht Yannik. Und was soll das bedeuten?"

Ich zuckte die Schultern. „Keine Ahnung. Vielleicht kann uns Vanessa da ja weiterhelfen ... oder du rufst einfach Marvin noch mal an." Ich lächelte ihr zu. „Der scheint dir ja all deine Wünsche zu erfüllen."

Aris Hals und Ohren verfärbten sich rosa. „Na ja, ich habe freundlich gefragt und er ist ein zuvorkommender Mann."

Oh, Marvin. Er war wirklich leichter zu manipulieren, als ein Kind beim Memoryspielen. Er würde für einen Korb Muffins und ein schüchternes Lächeln auch seine Dienstmarke verleihen.

Vielleicht war es für diesen Mordfall gar nicht so schlecht, Ariane auf meiner Seite zu haben ...

Kapitel 6

Vanessa Kemper wohnte in Buchforst, einem etwas schäbigeren, aber auch sehr günstigen Stadtteil Kölns. Also überquerten Ariane und ich in meinem dunkelgrünen Passat den Rhein, fuhren an der Lanxess Arena vorbei und bogen schließlich nach links in eine Wohnbausiedlung aus Plattenbauten ein.

Ich kreuzte den Fluss nicht gerne, einfach deswegen, weil Köln so schrecklich viele Einbahnstraßen besaß, dass man durchschnittlich drei Brücken überqueren musste, um sein Ziel zu erreichen. Aber da sich der Verkehr auf der Severinsbrücke wie immer leicht staute, hatte ich zumindest genug Zeit, mir auf dem Weg zu unserer ersten Zeugin zu überlegen, was ich in die WhatsApp-Nachricht für Rispo schreiben wollte, in der ich ihm erklärte, dass ich mich nun doch in den Fall einmischte.

Ein paar Minuten dachte ich darüber nach, ob das einzelne Wort *Überraschung!* aussagekräftig genug sei. Letztendlich jedoch entschied ich mich für ein paar Sätze.

Hey Josh, wollte nur Bescheid geben: Ich geh mit Ariane auf Mörderjagd. Bin also jetzt offiziell dabei. Befrage aber nur ein paar Leute, tue also nichts Gefährliches.

Wie zu erwarten, antwortete Josh innerhalb weniger Minuten, gerade als ich aus dem Passat ausstieg und zu dem Plattenbau sah, der Vanessas Zuhause war.

Nichts von dem, was du tust, ist jemals offiziell, Lou. Aber danke für die Info.

Ich nickte zufrieden und steckte das Handy weg. Damit konnte ich leben.

„Hausnummer siebenundzwanzig, meintest du?", hakte ich nach und nickte zum trostlosen Gebäude hinüber. Es hatte die Farbe von Matsch und Galle, eine Kombination, die nicht einmal ein Schlammmonster ansprechend finden würde. Zu unserer Rechten stand ein verloren wirkender Bauzaun, von dem nicht erkenntlich war, was er schützte, und zu unserer Linken erstreckte sich eine Reihe von Müllcontainern, unter denen es vielversprechend raschelte.

„Nicht gerade gemütlich hier, was?", murmelte Ariane und zog den Kopf zwischen die Schultern.

„Nein", stimmte ich ihr zu und schritt auf den Eingang zu. „Aber es ist nicht allzu weit ab vom Schuss und man zahlt sich nicht dumm und dämlich." Mit dem Zeigefinger fuhr ich die Klingelschilder hinab, bis ich an dem Namen Kemper hängen blieb. Ich drückte den Knopf.

„Was tust du?", zischte Ari schockiert. „Wir haben noch gar nicht darüber gesprochen, wie wir vorgehen!"

Ich lächelte ihr aufmunternd zu. „Klar haben wir das. Du möchtest Vanessa dein Beileid ausdrücken. Wieder ruhig schlafen können. Du bist schockiert und aufgewühlt und willst deswegen mehr über den Mann erfahren, der tot unter deinen Bäumen lag.“

„Oh.“ Meine Freundin runzelte die Stirn. „Du willst also gar nicht lügen?“

Ein Summer wurde betätigt – wahrscheinlich war die Freisprechanlage kaputt – und verärgert drückte ich die Tür auf. „So oft lüge ich während meiner Ermittlungen gar nicht“, log ich.

„Okay, okay“, sagte Ari und hob entschuldigend die Hände. Wir erklommen ein enges Treppenhaus mit fragwürdigen Substanzen an den Wänden, die sich auf Himmel reimten, und einem passend matschfarbenen Geländer. Ich suchte die Namensschilder auf den geschlossenen Türen ab und im dritten Stock hatten wir schließlich Glück. Eine etwas pummelige, kleine Frau Anfang zwanzig, vielleicht auch jünger, stand im Rahmen. Sie trug eine weite, sandfarbene Beduinenhose und einen schwarzen Kapuzenpullover, die Hände in den Hosentaschen vergraben, die langen blonden Dreadlocks zu einem seitlichen Zopf geflochten. Ihr Gesicht war frei von Make-up, in den Ohren hatte sie kleine schwarze Tunnel. Sie musterte uns mit aufmerksamen grünen Augen, ihre Schultern angespannt. So als sei sie darauf vorbereitet, notfalls hastig die Tür vor unseren Nasen zuzuschlagen.

„Hey“, sagte ich freundlich. „Bist du Vanessa?“

Das Mädchen runzelte die Stirn. „Nein. Ich bin Anna. Vanessas Schwester.“ Misstrauisch zog sie die Brauen zusammen und richtete sich zu ihrer vollen Größe auf. „Wieso wollt ihr das wissen?"

„Wir würden gerne mit ihr über Jannek sprechen", sagte ich sanft. „Ich weiß, es muss schwer für deine Schwester sein ... aber es wäre wichtig."

Anna biss auf ihre Unterlippe und atmete tief durch. Dann rief sie über ihre Schulter: „Nessa? Hier ist wieder jemand wegen ..." Sie stockte und räusperte sich. „Sie wollen mit dir über Jannek reden."

Eine Tür zu ihrer Rechten ging auf und eine zweite junge Frau gesellte sich zu uns.

Ich starrte sie mit offenem Mund an. Ich konnte nicht anders. Vanessa Kemper war das komplette Gegenteil ihrer Schwester. Sie trug enge Bluejeans und ein großzügig ausgeschnittenes Haltertop, unter dem ihr Spitzen-BH aufblitzte. Darüber eine übergroße, modische Strickjacke. Wallende, blonde Locken fielen über ihre Schultern. Ihre blauen Augen waren schwarz umrandet, ihre Wimpern schwer mit Mascara beladen und ihre Haut so absurd ebenmäßig, dass es wirkte, als habe sie sorgfältig jede einzelne Pore mit Make-up versiegelt – oder aber sie war einen Deal mit dem Teufel eingegangen. Dennoch sah sie nicht albern oder überschminkt aus. Sie war schlichtweg wunderschön.

Wie ein Sonnenaufgang in den Bergen.

„Hallo", sagte sie mit belegter Stimme. „Was wollen Sie? Ich hab der Polizei schon alles gesagt, was ich weiß. Können Sie mich nicht einfach in Ruhe lassen?"

Mein Magen zog sich bitter zusammen und mein Herz wurde schwer. Es musste hart sein, immer wieder dazu gezwungen zu werden, über den Tod seines

Freundes zu sprechen. Es war egal, wie feinfühlig man vorging, es war immer scheiße für den Betroffenen.

„Wir sind nicht von der Polizei", gab ich zu.

Beide Frauen verengten die Augen und hilfesuchend sah ich zu Ariane. Es wurde Zeit, dass sie die Rede hielt, mit der sie mich hierzu überredet hatte.

Die Wangen meiner Freundin liefen rosa an, doch sie räusperte sich. „Hi, ich bin Ariane", sagte sie und lächelte wacklig. „Mir gehört der Garten, in den Janneks Körper ... nun, ich habe seine Leiche gefunden. Wir, um genau zu sein." Sie deutete zwischen uns beiden hin und her. „Ich weiß, eigentlich sollten wir gar nicht hier sein und ich kannte Jannek nicht, aber ... mich hat sein Tod trotzdem getroffen. Was mit ihm passiert ist, ist schrecklich, und ich werde das Bild von ihm einfach nicht los. Ich habe die letzte Nacht damit verbracht, an all die Leute zu denken, denen er etwas bedeutet hat ... und wollte Ihnen mein herzliches Beileid ausdrücken. Ich dachte, vielleicht würde es Ihnen helfen – mir helfen – über seinen Tod zu reden. Ich verstehe natürlich, wenn ich da die absolut falsche Ansprechpartnerin für Sie bin, schließlich kennen Sie mich nicht, aber ... ich habe das Gefühl, ich könnte leichter über den Vorfall hinwegkommen, wenn ich Janneks Geschichte kenne. Wenn ich verstehe, wer der wunderbare Mensch war, dessen Anblick mir gestern das Herz gebrochen hat."

Stille umgab uns wie ein bleiernes Tuch, und ich spürte, wie der Kloß in meinem Hals weiter anschwoll. Das hatte Ariane sehr schön gesagt.

Die Sekunden flossen zäh dahin, doch schließlich seufzte Vanessa schwer und senkte den Blick. „Danke", murmelte sie. „Für Ihr Beileid. Das ist sehr freundlich. Ich verstehe, warum Sie hier sind. Kommen Sie doch rein. Ein paar Minuten kann ich erübrigen."

Sie zog ihre Schwester, die uns immer noch misstrauisch beäugte, an der Schulter zurück und ließ uns ein.

Ihr Flur war eng und mit Schuhen vollgestellt, sodass wir ihn in einer Karawane durchquerten und schließlich in einer kleinen Wohnküche landeten. Sie bestand aus einer einfachen Eichen-Küchenzeile, einem silbernen Kühlschrank, einer breiten roten Couch und einem kleinen Fernsehtisch, auf dem ein alter Röhrenbildschirm thronte.

Die Wände waren in Hellgelb gestrichen – oder einfach vergilbt, so eindeutig war das nicht – und ein paar afrikanische Masken hingen an rostigen Nägeln. Alles in allem konnte man guten Gewissens sagen, dass die beiden Schwestern wohl nicht mit Geld gesegnet waren.

„Setzen Sie sich doch", bot Vanessa höflich an und deutete auf die Couch. „Wollen Sie was trinken?"

„Gerne", sagte ich. „Haben Sie Tee?" Aus Erfahrung wusste ich, dass Leute viel eher dazu bereit waren, persönliche Informationen preiszugeben, wenn ihre Hände etwas zu tun hatten. Wenn sie sich nicht darauf konzentrieren konnten, jedes ihrer Wörter auf die Goldwaage zu legen. Und es war zu früh für Alkohol, auch wenn der noch wirksamer war.

„Nur schwarzen oder Rooibos", meinte Anna, die ihrer Schwester dabei half, mehrere Tassen aus einem Oberschrank zu ziehen.

„Rooibos ist okay“, meldete sich Ariane zu Wort und ließ sich gemeinsam mit mir auf die Couch sinken. Ihre Polster waren so weich, dass sie drohten, uns zu verschlucken, also setzten wir uns nur auf die äußerste Kante.

„Hast du Jannek noch gesehen? An dem Tag, als er starb?“, fragte Ariane vorsichtig, bevor ich auch nur den Mund öffnen konnte.

Vielleicht sollte ich sie einfach machen lassen. Sie hatte so eine sanfte und ruhige Ader, dass man ihr direkt von seinen Wünschen und Sorgen berichten wollte. Wie ein schlanker, weiblicher Weihnachtsmann.

„Nein“, antwortete Vanessa mit ebenso leiser Stimme. „Ich ... Ich wollte ihn abends eigentlich mit dem Auto abholen. Um sechs. Bin bei seinen Eltern vorbeigefahren. Da hat er noch gewohnt. Wir wollten zusammen ...“ Sie zögerte, während sie Wasser in einen Kocher füllte. „Wir wollten zusammen ins Kino gehen. Aber er war nicht da. Seine Eltern auch nicht. Also hab ich versucht, ihn anzurufen, aber er ist nicht drangegangen.“ Sie strich sich die Haare über die Schulter und wandte sich zu uns um. „Er hat das öfter gemacht. Mich zu versetzen. Also habe ich mir nicht viel dabei gedacht, außer dass er unsere Verabredung wohl mal wieder vergessen hat. Schließlich bin ich einfach allein gegangen.“

„Ins Kino?“, folgerte ich.

Sie nickte.

„Oh, welcher Film?“

„Der neue von Marvel. Spiderman Irgendwas. Die heißen doch alle gleich.“

Da konnte ich ihr nicht widersprechen, also lächelte ich nur und blieb stumm.

Sie holte zitternd Luft. „Und dann werde ich heute Nacht von seinen Eltern wachgeklingelt, die mir erzählen, dass seine Leiche in irgendeinem fremden Garten entsorgt wurde." In ihren Augen sammelten sich Tränen. „Gott, das ist alles so surreal. Dass ein Mensch an einem Tag noch da ist und am nächsten ... am nächsten einfach weg."

Ariane schniefte und ich konnte sie deutlich schlucken hören. Sie war schon immer nah am Wasser gebaut gewesen. „Das stimmt. Tut mir wirklich leid."

Vanessa nickte nur stumm und ihre Schwester Anna legte ihr beruhigend eine Hand auf die Schulter.

„Habt ihr denn irgendeine Ahnung, wer Jannek so etwas Schreckliches hätte antun wollen?", fragte ich leise, während im Hintergrund das Teewasser brodelte.

„Nein", murmelte Vanessa teilnahmslos. „Es war ein ziemlicher Schock. Jannek hatte so viele Freunde und ... Bewunderer. Keiner hatte ein nennenswertes Problem mit ihm. Ich meine, jeder streitet sich ja mal oder ist wütend – aber man bringt jemanden doch deswegen nicht direkt um!"

Da hatte sie recht. Sonst würden Rispo und ich eine Beziehung aus dem Grab heraus führen.

„Wütend?", fragte Ariane mit heller Stimme. „Es war jemand wütend auf Jannek?"

Vanessa zuckte die Achseln. „Nein, nicht wütend. Aber ein paar seiner Freunde waren natürlich neidisch auf ihn. Ich meine ... er war unglaublich gut in seinem Studium, kommt aus reichem Haus. Kriegt, was er will. Damit kam nicht jeder zurecht. Aber es war nie was

Ernstes.“ Sie drehte sich um, warf Teebeutel in die Tassen und füllte sie mit Wasser auf, bevor sie sie an uns weiterreichte.

Ich nahm das Getränk entgegen und hätte sie gerne noch weiter über diese Streitigkeiten ausgefragt, wollte jedoch nicht zu früh zu neugierig wirken. Deswegen wartete ich ab und ließ Ariane machen. Denn sie war ein Naturtalent.

„Was war er denn so für ein Mensch?“, wollte sie mit Zuckerwatten-Stimme wissen.

„Er war etwas Besonders“, wisperte Vanessa mit wackeligem Lächeln. „Immer der Mittelpunkt einer Unterhaltung. Immer die treibende Kraft. Er hat angepackt, während die anderen noch diskutiert haben. Hat immer die Möglichkeiten, nicht die Einschränkungen gesehen. Er war so … lebensdurstig wie kaum ein Mensch, den ich kannte. Fast wild.“

„Fast?“, murmelte Anna und schnaubte.

Ihre Schwester warf ihr einen mahnenden Blick zu, ignorierte den Kommentar jedoch ansonsten. „Er war eben ein geborener Anführer.“

„Hört sich nach einer starken Persönlichkeit an“, sagte ich lächelnd.

Vanessa nickte steif. „Das war er.“

„Zwischen euch beiden war also alles okay?“, hakte Ariane nach und nahm einen Schluck von ihrem Tee. „Ihr habt euch innerhalb der letzten Wochen nicht gestritten? Eure letzten Worte sind keine hasserfüllten gewesen? Ich weiß noch, als meine Großmutter gestorben ist, habe ich mir monatelang Vorwürfe gemacht. Das Letzte, was ich ihr an den Kopf geworfen habe, bevor sie gestorben ist, war, dass sie eine geizige alte

Hexe ist. Ich werde mir nie verzeihen, dass ich auf schlechtem Fuß mit ihr geendet bin."

Ich musste mich davon abhalten mit gerunzelter Stirn zu meiner Freundin herüberzusehen.

Zufällig wusste ich, dass es beiden Großeltern von Ariane fantastisch ging. Ari ging sogar noch immer regelmäßig mit ihrer Großmutter reiten, so fit war sie. Sie war also genauso tot wie ich sportlich.

Langsam bekam ich das Gefühl, dass ich einen schlechten Einfluss auf Ariane hatte.

Vanessa zuckte nur die Achseln. „Natürlich haben wir uns gestritten. Er war mein Freund und wie ich schon erklärt habe, kam er ständig zu spät. Ich habe mich über seine Unzuverlässigkeit aufgeregt. Aber es waren nur Zankereien. Es ging nie um irgendetwas Wichtiges." Sie schluckte, rieb sich abwesend die Arme und senkte den Blick. „Er hat es nicht böse gemeint. Er war nur oft mit den Gedanken woanders. Gestresst, weil er viel Druck von Zuhause bekam. Aber wir sind auf gar keinen Fall im Schlechten auseinandergegangen." Sie blickte unsicher zu ihrer Schwester, so als suche sie Bestätigung. „Es waren nur alberne Meinungsverschiedenheiten, oder?"

Anna nahm die Hand ihrer Schwester und drückte sie. „Klar. Ich bin mir sicher, dass Jannek nicht allzu böse auf dich war, nur weil du dich über seine Unpünktlichkeit aufgeregt hast."

Vanessa nippte an ihrem Tee und trat unruhig von einem Bein auf das andere. „Aber was, wenn doch?", fragte sie schließlich leise. „Ich meine, du kanntest ihn nicht gut genug, um das beurteilen zu können!" Sie schluckte hörbar. „Ich war mir manchmal nicht einmal sicher, ob du ihn mochtest."

Perplex öffnete Anna den Mund. „Natürlich mochte ich ihn. Er war dein Freund. Aber … nein, ich kannte ihn nicht gut genug, um mich mit ihm über sein Leben oder seine Freunde oder Familie zu unterhalten." Ihr Blick huschte zu uns. „Ich meine … ich hatte nichts gegen ihn, aber befreundet waren wir jetzt auch nicht." Sie kratzte an einem Kaffeefleck auf ihrer beigen Hose, bevor sie murmelte: „Aber er hat deine Studiengebühren gezahlt, dir deinen Job verschafft …" Sie zuckte die Achseln. „Ich konnte ihm also doch etwas abgewinnen. Wir waren zumindest um einiges reicher, seit ihr zusammen wart."

„Anna!", sagte ihre Schwester vorwurfsvoll und machte große Augen.

„Na, ist doch wahr!", beschwerte sie sich. „Er war ein geldspuckender Schnösel. Erzähl mir doch nicht, dass das nicht dazu beigetragen hätte, dass du ihn mochtest." Sie warf ihren schweren Zopf über die Schulter und meinte zu uns: „Seinem Vater gehört das riesige Autohaus ein paar Veedel weiter. Jannek ist mit einer goldenen Felge im Mund auf die Welt gekommen."

Ich nickte … und fragte mich sofort, ob alle geldspuckenden Schnösel mit 10.000 Euro in ihrer Tasche herumliefen. Nur, falls sie spontan einen Goldbarren kaufen wollten oder einen Polizisten bestechen mussten.

„Also ja, ich mochte ihn", sagte sie mit fester Stimme und lächelte ihre Schwester an, auch wenn es etwas gezwungen wirkte. „Und sicherlich war er nicht wütend auf dich, als er gestorben ist."

Vanessa atmete erleichtert aus. „Okay. Du hast recht. Nein, wir sind im … im Guten auseinandergegangen. Und ich habe ihn nicht wegen des Geldes gemocht, auch wenn wir es gut gebrauchen konnten!"

„Kommt ihr denn jetzt über die Runden?", fragte Ariane besorgt.

Düster sah Anna sie an, ihre Stimme auf einmal eine Oktave tiefer. „Hören Sie, ich weiß ja nicht, für welche Heilige Sie sich halten, aber wir kommen klar. Wir wohnen seit Nessa sechzehn ist allein und bisher sind wir noch nicht tot umgefallen … was der reiche Jannek ja nicht von sich behaupten kann, nicht wahr? Ob eine Menge Geld einen länger am Leben hält, ist also offensichtlich eine Frage des Standpunktes. Wir sind vor ihm gut ausgekommen – und ohne ihn schaffen wir das auch."

Vanessa seufzte schwer und drückte Annas Schulter. „Lass gut sein, okay? Ich bin mir sicher, dass sie das nicht böse gemeint hat."

„Nein, bestimmt nicht", sagte Ariane hastig. „Sorry. Ich wollte nicht … tut mir leid." Ihr Gesicht war mittlerweile so rot wie die Couch und hastig verbarg sie es hinter der Teetasse.

Ich selbst hatte mein Getränk mittlerweile geleert – ich bildete mir ein, mit möglichst viel Flüssigkeit gegen meinen aggressiven Kekshunger angehen zu können – und erhob mich, um die Tasse auf die Küchenanrichte zu stellen.

„Wir sollten besser gehen", sagte ich. Wenn ich eines innerhalb der letzten Jahre als aufdringliche

Blumendetektivin gelernt hatte, dann zu bemerken, wann man seine Gastfreundschaft ausgereizt hatte. „Vielen Dank für den Tee und das Gespräch. Hast du gefunden, was du brauchst, um mit der Sache Frieden zu schließen?", fragte ich Ari, die ebenfalls hastig austrank.

Sie nickte. „Ich denke schon. Das hat mir sehr geholfen. Vielen lieben Dank. Ich weiß, das muss schwer gewesen sein." Sie lächelte Vanessa warm zu.

„Wenigstens einer von uns sollte ruhiger schlafen können", antwortete sie mit einem müden Lächeln und geleitete uns zur Tür.

„Ach, eine Frage habe ich noch", meinte ich, als Ariane und ich schon im Hausflur waren, die beiden Schwestern Schulter an Schulter in der Tür. „Entschuldigt, reine Neugierde, aber … hat Jannek irgendwelche Schwierigkeiten gehabt? Wir haben unglaublich viel Bargeld bei ihm gefunden und ich habe mich gefragt, warum jemand mit so viel Kohle herumlaufen sollte. War er vielleicht Teil von irgendwelchen illegalen Machenschaften?"

Die Schwestern warfen sich einen knappen Blick zu. „Nein", sagten sie wie aus einem Mund.

„Natürlich nicht. Dumme Frage", meinte ich und zog eine Grimasse, bevor ich die Treppe hinunterging.

„So, deine arme Großmutter hat also das Zeitliche gesegnet?", fragte ich unschuldig, sobald wir wieder an der frischen Luft waren. „Mein herzliches Beileid. Das hast du gar nicht erzählt. Wie ist es passiert? Ist sie an deiner Lüge erstickt?"

Ariane schnalzte missbilligend mit der Zunge, sodass sie mich an Trudi erinnerte, wann immer ich sie fragte, ob so viel Glitzer wirklich nötig sei. „Du hast schon hunderte Male so getan, als hättest du ein Großelternteil verloren, um eine Klausur verschieben zu können oder eine langweilige Party nicht besuchen zu müssen.“

„Hey“, beschwerte ich mich. „Ich *könnte* acht Opas und neun Omas haben. Angesichts der Scheidungsrate heutzutage ist das gar nicht so unwahrscheinlich.“

„Wieso hast du eine Oma mehr als einen Opa?“, fragte Ariane verwirrt.

Ich hob eine Schulter. „Meine achte fiktive Großmutter hat in ihren letzten Jahren herausgefunden, dass sie eigentlich auf Frauen steht. Ist auch egal. Was ich für erfundene lesbische Großmütter habe, steht jetzt nicht zur Diskussion. Denn ich dachte, wir hätten bereits etabliert, dass ich die moralisch-verwerfliche Brünette und du die heilige Blondine bist.“

Ari machte eine wegwerfende Handbewegung. „Es war eine klitzekleine Lüge. Gott wird mich schon nicht aus dem Himmel schmeißen. Er braucht mich, ich kann mit Schokolade umgehen.“

Dagegen konnte ich nicht argumentieren.

„Also, glaubst du ihnen?“, fragte Ariane ein paar Minuten später, als wir wieder an meinem Auto standen.

„Sie verheimlichen etwas“, erwiderte ich kopfschüttelnd. „Also mag ja sein, dass Jannek der tolle Typ war, von dem Vanessa geschwärmt hat. Aber das Unisono-Nein war einen Tick zu synchron. Ich glaube, Jannek war sehr wohl in illegale Machenschaften verstrickt – und sie sind es auch. Deswegen verraten sie nicht, worum es dabei ging.“

„Puh." Ariane zog die Schultern hoch. „Du sprichst ganz schön schnell Anschuldigungen aus."

„Ja, meine Taktik ist es, meine Vermutungen wie Tatsachen zu behandeln, bis mich jemand vom Gegenteil überzeugt", meinte ich und öffnete den Passat. Ich hatte mich zu oft von scheinbar unschuldigen Menschen hinters Licht führen lassen. Seitdem ich mit einem Mörder auf einem Date gewesen war, tat ich lieber so, als hätten alle Menschen auf der ganzen lieben Erde Dreck am Stecken! Dann war ich nicht so schockiert, wenn ich am Ende recht damit hatte.

„Ganz schön düstere und deprimierende Einstellung", bemerkte Ariane das Offensichtliche und öffnete die Beifahrertür.

Nachdenklich neigte ich den Kopf. Hm. Meine Beziehung zu Rispo hatte wohl nicht nur gute Effekte gehabt.

„Überleg doch mal. Vieles von dem, was sie erzählt haben, war irgendwie merkwürdig, oder nicht?", wollte ich wissen. „Meine Frage wäre zum Beispiel, warum das Mädchen, das sich anscheinend kaum ihre Wohnung leisten kann, ihren reichen Freund mit dem Auto abholt." Ich runzelte die Stirn. „Ich meine, sie wird höchstens eine Schrottkarre fahren – und reiche Schnösel lassen sich ungern in solchen Gefährten sehen. Abgesehen davon, dass sie eigene schicke Wagen besitzen. Gerade, wenn ihr Vater Inhaber eines Autohauses ist."

Ariane runzelte die Stirn. „Da habe ich gar nicht drüber nachgedacht."

Natürlich nicht. Sie fuhr ja auch einen hübschen Mini und kein verbeultes Familienerbstück. Ihr hatte Rispo nicht gesagt, dass ihr Auto ihn an diesen schrecklichen Aufräumroboter erinnerte, dessen Film ich ihn gezwungen hatte, zu gucken. Das war jedoch nach hinten losgegangen. Ich fand es nämlich überaus süß, dass er meinen Passat mit *WALL-E* verglich – und hatte ihn freundlicherweise daran erinnert, dass ich keinen Moment daran glaubte, dass er am Ende des Films aufgrund seiner Pollenallergie eine Träne verdrückt hatte.

Wir setzten uns beide in den Wagen und warfen noch einmal einen Blick auf den Plattenbau.

„Weißt du, was ich nicht verstehe?", fragte Ari und schnallte sich an. „Warum sollte man eine Leiche in einem Garten entsorgen? Es gibt doch viel bessere Orte, um Tote verschwinden zu lassen."

Ich nickte. Darüber hatte ich auch schon nachgedacht. Es war fast so, als hätte der Mörder gewollt, dass man Jannek fand. Aber warum? Um eine falsche Fährte zu legen? Oder hatte der Täter plötzlich Skrupel entwickelt, nachdem er Jannek mit seinem Reifen geküsst hatte? Oder war das Ganze möglicherweise nur ein dummer Unfall gewesen?

Seufzend steckte ich den Schlüssel ins Schloss. „Keine Ahnung", gab ich zu. „Aber das finden wir schon noch heraus."

Ich wollte gerade den Motor starten, als mein Handy klingelte. Seufzend schaltete ich den Wagen wieder aus, bevor ich in meiner Jackentasche nach dem Telefon kramte.

„Hallo?", meldete ich mich.

„Lou?"

„Hey, Emmi, was gibt's?"

„Lou, du glaubst es nicht, aber wir haben es gelöst!"

„Was?", fragte ich verwirrt.

„Na, die Ziffern und Buchstaben und das Wort. Rosenkrieg. Wir haben herausgefunden, was sie bedeuten. Also, na ja … eigentlich war Finn das. Aber ich hab ihm davon erzählt, heimse also gern auch ein paar Lorbeeren ein."

„Ihr habt … was? Wirklich?" Ich war schwer beeindruckt. „Wofür stehen die Ziffern, die Buchstaben und das Wort denn?"

„Es sind die Uhrzeit und ein Wochentag", sagte Emily stolz. „*IGASENDT ist ein Anagramm für Dienstag* und Rosenkrieg spielt auf die Ecke Rosenstraße und Kriegsstraße an. Das ist eine Kreuzung in Refrath, Richtung Bensberg. Wie es der Zufall so will, geht es bei dem Ganzen um einen Termin morgen Abend um zehn."

Ich runzelte die Stirn. „Okay. Also wollte Jannek sich morgen Abend an der Kreuzung Kriegsstraße und Rosenstraße mit jemanden treffen? Aber um was zu tun?"

„Auch da haben wir schon eine Ahnung", sagte meine Schwester aufgeregt. „Aber es wird dir nicht gefallen."

Ja, aber mir gefiel auch nicht, dass Kekse so viele Kalorien hatten – und daran konnte ich ja auch nichts ändern! „Was ist es, Emmi?"

„Nun, die Kreuzung ist der Anfang einer Strecke, die durch den Königsforst führt. Eine fast ausschließlich gerade und kaum befahrene Strecke – die liebend gern dafür genutzt wird, Autorennen zu veranstalten."

„Was?" Ungläubig riss ich die Augen auf. „Ernsthaft?"

„Jap. Das weiß ich aus … ähm … verlässlicher Quelle."

„Was ist los?", wollte Ariane neugierig wissen und beugte sich über die Mittelkonsole.

„Jannek war vermutlich in illegale Autorennen verstrickt", murmelte ich, bevor ich lauter hinzufügte. „Okay, danke Emily. Das ist wirklich hilfreich. Stellt sich nur die Frage, was ich mit dieser Information anfange ..." Denn keines der Szenarien, die sich vor meinem inneren Auge abspielten, gefiel mir sonderlich.

Weder Marvin, der nachhakte, ob mit Autorennen sicher nicht Carrerabahn fahren gemeint war, noch Trudi, die sich in meiner Vorstellung absurderweise halbnackt auf einer Motorhaube räkelte. Weiße Mäuse in ihren Händen und Glitter in den Haaren.

Ich verzog das Gesicht und schüttelte den Kopf. Das hatte ich nun davon, dass ich sie schon mal nackt gesehen hatte!

„Was soll das denn heißen?", fragte Emmi verwirrt, bevor ich auflegen konnte. „Ist doch klar, was wir mit der Info anfangen: Wir fahren hin."

„Ich weiß nicht, Emmi", sagte ich gequält. „Das hört sich ehrlich gesagt nach einer gefährlichen Schnapsidee an, die mit einem Airbag-förmigen blauen Fleck in meinem Gesicht endet."

Es gab einfach eine Menge Orte, an denen ich mich wohler fühlte als in der Startposition eines illegalen Straßenrennens, an dem sich vermutlich auch ein Mörder befand.

Bilder von einem gemütlichen Nagelbrett oder einer wohlduftenden Jauchegrube kamen mir spontan in den Sinn.

„Komm schon, Lou!“, beschwerte sich meine Schwester. „Ich will mitkommen. Ich habe das schließlich herausgefunden. Außerdem kenne ich zufällig jemanden, der früher öfter mal bei illegalen Autorennen mitgemacht hat.“ Ihr Ton war so beiläufig, dass ich sofort die Ohren spitzte. „Den könnte ich bestimmt dazu überreden, mit uns hinzufahren und den Leuten da mal ordentlich einzuheizen.“

Abrupt verengte ich die Augen. „Bitte sag mir nicht, dass dieser Jemand Finn ist.“

Rispos Bruder hatte zugegebenermaßen eine etwas zwielichtige Vergangenheit. Kurzum: Die Hälfte seiner Freunde hatte er in irgendwelchen Gewahrsamszellen kennengelernt.

„Okay, vergiss, dass ich es erwähnt habe“, antwortete Emily.

„Hallo, Lou! Na, alles klar, Blumen-Superstar?“, ertönte da Finns Stimme aus dem Hintergrund. „Übrigens: Autorennen sind gar nicht so gefährlich, wenn man es richtig anstellt.“

„Oh Gott.“ Stöhnend legte ich den Kopf in den Nacken. Ich konnte Finn in dem Bereich einfach nicht ernst nehmen. Er glaubte auch, dass es nicht gefährlich war, einen Löwen zu kitzeln – oder auch nur Josh zu kitzeln. Beides wurde mit einem Knurren und einem Prankenschlag belohnt. „Fakt ist, wir *wissen nicht*, wie man es richtig anstellt, Finn!“

„Sprich für dich selbst“, meinte er, seine Stimme jetzt um einiges lauter. „Ich hab bei so was schon ein-, zweimal mitgemacht. Ich fahre brillant Auto.“

„Du baust andauernd Unfälle.“

„Na ja, die anderen fahren eben nicht so brillant wie ich. Du kennst das doch, Lou. Nicht jeder kommt mit einem kreativen Fahrstil zurecht. Aber das ist doch nicht meine Schuld.“

„Und ich bin spitze in Mario-Kart“, gab Emily ihren Senf dazu.

Ich verdrehte die Augen. „Ja, und sobald ich für einen Fall einen sprechenden Pilz fahren muss, bist du die Erste, der ich Bescheid gebe. Aber, Leute, wir können da morgen Abend nicht einfach auftauchen und vorgeben, Auto-Enthusiasten zu sein.“

„Warum nicht?“, fragte Finn verwirrt.

„Weil Autos schrecklich langweilig sind“, sagte ich lapidar. Denn es war die Wahrheit. Ich konnte ebenso gut vorgeben, Autos toll zu finden wie Schokolade schrecklich. „Also, ich benutze ein Auto gerne, um von A nach B zu kommen ... aber ansonsten interessiert mich nur, welche Farbe es hat. Der Motor könnte ein Stein sein, es wäre mir egal, solange er das Fahrzeug bewegt.“

„Weißt du, das lässt du morgen Abend dann lieber aus“, meinte Finn freundlich. „Und du musst ohnehin nicht beim Rennen mitmachen. Ihr seid nur meine Ring-Girls. Ich fahre.“

„Niemand wird fahren!“, sagte ich warnend. „Wenn wir da vorbeisehen, um ein wenig zu recherchieren, dann tun wir nur so, als wollten wir beim Rennen mitmachen, bekommen aber kurz vor dem Startschuss einen wichtigen Anruf und müssen gehen, ist das klar?“

„Also fahren wir hin?“, folgerte Finn hoffnungsvoll. „Ich vermisse das schon ein wenig. Autorennen zu fahren, war immer ein tolles Hobby.“

„Es ist *illegal*, Finn!“, erinnerte ich ihn.

„Jaja“, meinte er verärgert. „Du hörst dich schon an wie Josh.“

Ja, nicht zum ersten Mal heute.

„Schön“, sagte ich seufzend. „Es kann nicht schaden, sich da mal umzusehen. Aber wir ziehen uns unauffällig an und erregen kein Aufsehen.“

„Oh, klasse, ich ruf gleich Trudi an und sag ihr Bescheid.“

Das Blut wich aus meinem Gesicht. *Die halbnackte Trudi auf der Motorhaube eines roten Porsches ... nichts weiter als einen Leopardenbikini an ihrem Körper ...*

„Ich sagte, wir wollen *kein* Aufsehen erregen, Emily!“

Doch meine Schwester hatte bereits aufgelegt.

Stöhnend ließ ich das Telefon sinken. „So wie es aussieht, treffen wir uns morgen alle, um so zu tun, als würden wir an einem illegalen Autorennen teilnehmen.“

Ari nickte. „Ein normaler Dienstagabend in deinem Leben also?“

Jap. Exakt das.

Kapitel 7

Als ich am Abend nach Hause kam, roch es köstlich. Rispo hatte Wort gehalten. Auf dem Tresen stand eine dampfende Lasagne und er war gerade dabei, den Tisch zu decken.

„Hey", sagte ich lächelnd, streifte die Schuhe von meinen Füßen und hockte mich hin, um meinen Kater Twinky zu begrüßen, der mir hechelnd entgegenkam.

Rispo hatte vor Monaten mal behauptet, dass mein verhaltensgestörter Kater nur Geduld und eine strenge Hand bräuchte, um zu verstehen, dass er kein Hund war.

Seitdem war einiges passiert. Unter anderem hatte Josh ihm Sitz und Bei-Fuß beigebracht.

„Hey", sagte Josh im Plauderton und legte Besteck zu den Tellern. „Hattest du einen schönen Tag? Wurden irgendwelche Waffen an deine Schläfe gedrückt oder gab es harmlose Messerattacken auf dein Leben?"

„Nope", sagte ich stolz. „Ich wurde lediglich von einem herabfliegenden, vertrocknetem Eichenblatt attackiert. Aber ich war stark genug, es abzuwehren." Na ja, Ariane hatte es mir aus dem Gesicht gefischt, als ich erschrocken aufgeschrien hatte. Mörder zu jagen, machte mich immer etwas nervös.

„Na, der Tag ist noch nicht vorbei", sagte Josh optimistisch und holte eine Kerze aus einer der vielen Küchenschubladen.

„Schon wieder eine Kerze?", sagte ich beeindruckt. „Du kleiner Romantiker."

Josh hob einen Mundwinkel. „Gewöhn dich nicht dran."

„Niemals", versprach ich. „Auch wenn der Schokobon heute Morgen auch ziemlich romantisch war und mir das möglicherweise zu Kopf steigen könnte ..."

Rispo schnaubte. „Du findest alles, was mit Schokolade zu tun hat, romantisch. Hast du ihn gegessen?"

„Nein", sagte ich streng und entledigte mich meiner Jacke. „Dein Plan hat nicht funktioniert, ich bin immer noch zuckerfrei."

Er nickte. „Deine Mutter hat übrigens angerufen und gefragt, ob du etwas dagegen hättest, wenn sie die Frauen ihrer Charity-Gruppe einlädt. Sie müsse ihnen beweisen, dass du nicht so verrückt wärst, wie die Zeitung einen glauben lässt."

Mein linkes Augenlid fing an zu zucken. Die Frauen von Mamas Gruppe waren allesamt oberflächliche Zimtziegen, deren einziges Hobby es war, fremde Leute für ihr durchschnittliches Leben zu verurteilen. Lieber würde ich mein Leben lang auf Schokolade verzichten, als mit diesen untragbaren Personen meinen Geburtstag zu feiern!

Okay, nein. Natürlich nicht. Aber es fehlte nicht viel.

„Versuchst du, mich absichtlich zu stressen, damit ich einen Schokoladen-Rückfall erleide?", fragte ich misstrauisch.

Josh grinste. „Funktioniert es?"

Ja! Ich will Schokolade! So. Sehr. „Nein", sagte ich gelassen. „Überhaupt nicht."

Er seufzte. „Schade. Einen Versuch war es wert. Lass uns essen."

„Eine brillante Idee." Mein Magen knurrte schon seit fünf Stunden. Mir war überhaupt nicht klar gewesen, wie hungrig man werden konnte, wenn man auf seine tägliche Keksdosis verzichtete.

Josh nahm zwei Topflappen und stellte die Lasagne auf den Tisch. Ihr Geruch animierte mich zu einem wohligen Seufzen.

„Manchmal weiß ich nicht, was ich mehr liebe. Dich ... oder deine Lasagne", sinnierte ich verträumt.

„Ich habe Hände und einen Mund, Lou", bemerkte Josh vielsagend.

„Ja, aber die Lasagne ist mit Käse überbacken." Rispo seufzte theatralisch. „Ich kann nicht schon wieder gegen geschmolzenen Käse verlieren, das hatten wir erst letzte Woche mit deinen Nachos."

„Käse ist der einzige Grund, warum ich mich niemals vegan ernähren könnte."

„Was ist mit deiner Kekssucht und deiner fehlenden Selbstdisziplin?"

„Ach so. Ja, deswegen auch." Ich winkte ab und setzte mich.

Nachdenklich beobachtete ich Josh dabei, wie er die Lasagne schnitt und erst mir, dann sich selbst etwas auf den Teller tat. In meinem Magen rollte bereits seit heute Mittag ein kleiner Stein herum. Ich war mir nicht sicher, ob ich Josh beichten sollte, was ich heute herausgefunden hatte, oder ob es klüger war, das Schweigespiel zu spielen.

Leider gab es nur drei Dinge, die Rispo abgesehen von mir wichtig waren:

Ehrlichkeit, seine Familie und Liegestütze.

Nicht unbedingt in dieser Reihenfolge, je nachdem auf wie viele Brüder er gerade wütend war, konnte Familie vor Ehrlichkeit oder hinter Sport rücken. Doch es war unbestreitbar, dass er sehr viel Wert darauflegte, nicht von mir angelogen zu werden.

Das brachte mich hin und wieder in eine prekäre Lage.

Es war nicht so, dass ich besonders oft log ... okay, das war gelogen. Aber meistens hatte ich einen guten Grund dazu!

Gut, auch das war gelogen.

Ich hasste Konfrontationen einfach und ... nein, das war gelogen.

Ach, die Wahrheit war, dass Lügen das Leben erleichterten – gerade wenn man auf Mörderjagd war und plante, an einem illegalen Straßenrennen teilzunehmen.

Ich hatte Marvin noch nicht Bescheid gegeben, denn mit großer Sicherheit würde er die Info an sein Idol Josh weiterleiten und der würde mich mit einem seiner düsteren Blicke bedenken, der mich entweder dazu brachte, aus Trotz und Wut etwas Dummes zu tun oder einen guten Exorzisten in den Gelben Seiten nachzuschlagen.

Ich wollte nichts Dummes tun, ich hing nämlich an meinem Leben, und Exorzisten waren unverschämt teuer – und überhaupt: wo zum Teufel sollte ich die Gelben Seiten herbekommen? Die Entscheidung, ehrlich zu sein oder nicht, war also schwieriger als angenommen.

Ich beschloss, meine Gedanken zu vertagen. Erst essen – dann den Kopf zerbrechen.

„Wie war denn dein Tag?", wollte ich von Josh wissen und steckte eine Gabel Lasagne in meinen Mund.

Gott! Ich hörte Engel singen.

Josh zuckte die Achseln. „Nichts Besonderes."

Ich runzelte die Stirn und neigte den Kopf. „Jetzt, da ich darüber nachdenke: Was treibst du im Moment eigentlich den lieben langen Tag? Es gibt keine neuen Spuren, oder?"

„Nein, aber ein paar alte. Den Großteil meines Nachmittags habe ich damit verbracht, bei meinen Informanten herumzustochern, die sonst eher Insiderwissen über das derzeitige Mafia-Geschehen oder den Kokainhandel haben. Aber vielleicht wissen sie ja irgendetwas bezüglich des Mordes. Sie hören allerhand."

Ungläubig sah ich ihn an. „Du ... stocherst in Mafia- und Kokainnestern herum? Und da erzählst du mir letztens noch, ich sollte nicht nach einer Wespe schlagen, das könne sie aggressiv machen!"

„Es ist die Wahrheit", sagte er sachlich. „Wespen reagieren auf hektische Bewegungen."

„Ich wette, die Mafia und Kokainhändler auch!"

„Das hoffe ich", erwiderte er knapp. „Das ist der einzige Grund, warum ich meine Informanten überhaupt in Aufruhr bringe. Ich erwarte, dass jemand nervös wird."

Ich schluckte schwer und legte meine Gabel weg. „Ist es nicht gefährlich, blind in Drogenkartellen oder im organisierten Verbrechen herumzustochern und zu gucken, was sich auftut?"

„Ein wenig", gab Josh zu, seine Miene so ausdruckslos und gelassen wie eine tote Wespe. „Aber im Gegensatz zu dir, weiß ich immer, was ich tue."

„Ach wirklich? Der tote Kaktus im Schlafzimmer sagt was anderes."

Er schnaubte. „Ich spreche von Kriminalfällen, Lou, nicht von Pflanzenfürsorge – und es war unmöglich, sich um den Kaktus zu kümmern. Er hat mir nie gesagt, was er braucht. Ich kann doch keine Gedanken lesen."

Missmutig biss ich die Zähne aufeinander und sah Josh unverwandt an.

„Ich passe auf, Lou", sagte er schließlich seufzend. „Du hast keinen Grund, dir Sorgen zu machen."

Ich nickte knapp. Weil ich ihm nicht sagen wollte, dass er Unrecht hatte. In den letzten Wochen hatte er mir allen Grund gegeben, besorgt zu sein.

„Da wir gerade von Sorgen machen sprechen ...", fuhr Josh fort und verengte die Augen. „Ich habe ein paar besorgniserregende Infos bezüglich des Todes von Jannek von Strauß. Möchtest du sie hören?"

Perplex öffnete ich den Mund. „Ist das eine Fangfrage?"

Josh sprach nie freiwillig mit mir über seine Mordfälle. Und wenn ich *nie* sage, dann meine ich die Art von *niemals nie*, die man benutzt, wenn man darüber redet, eine Atombombe zu zünden oder Donald Trumps

Frisör um Styling-Ratschläge zu bitten. Nicht die *Ich werde nie mit ihm schlafen und auch nie wieder nach einer Wespe schlagen*-Art.

„Keine Fangfrage. Ich dachte nur, es interessiert dich vielleicht, dass die Todesursache keineswegs seine zerquetschten Organe oder gebrochenen Rippen waren. Jannek war schon tot, bevor er überfahren wurde."

Ich blinzelte. „Was?"

„Ja. Er wurde vergiftet."

„Aber ... wie? Womit?"

„Wie steht noch nicht fest, aber das Gift, das in seinem Blut gefunden wurde, heißt Batra... Beta... irgendetwas - toxin." Er winkte ab. „Irgendein Nervengift, das sehr schnell und schmerzhaft gewirkt haben muss."

„Oh. Das ist ... schrecklich."

Josh lächelte. „Genau der Punkt, auf den ich hinauswollte. Es *ist* schrecklich. Skrupellos. Kaltblütig."

„Warum erzählst du mir das?", fragte ich verblüfft. „Du gibst doch sonst nie vertrauliche Informationen an mich weiter."

„Na ja, ich hatte gehofft, dass die Tatsache, dass der Täter so brutal ist, dass er sein Opfer nach erfolgreicher Vergiftung auch noch überfahren hat, dich vielleicht dazu verleitet, besonders vorsichtig zu sein."

Hm. Hübscher Gedanke. „Ich bin immer vorsichtig", erinnerte ich ihn.

„Ich weiß, du musstest es sein." Josh lächelte verschlagen. „Sonst hätte deine Mutter dich andauernd mit der Hand in der Keksdose erwischt."

Ich lachte. Es war die Wahrheit. „Meine Kondome musste ich auch vor ihr verstecken."

„Ich dachte, du hättest erst mit dreiundzwanzig angefangen, welche zu benutzen."

„Ja, aber ich wollte vorbereitet sein. Falls Ryan Gosling oder meine große Liebe das Krümelmonster an die Tür klopft", erklärte ich neunmalklug.

Josh lachte leise. „Ich bin froh, dass ich dich vor dem Krümelmonster getroffen habe. Sonst hätte ich niemals eine Chance gehabt."

Ich seufzte melodramatisch und strich mir die Haare aus der Stirn. „Wir wären so glücklich gewesen."

„Glücklich und Diabetiker. Abgesehen davon wäre deine Mutter nicht damit einverstanden gewesen."

Meine Mundwinkel zuckten. „Apropos Mama: Hab ich dir schon erzählt, dass sie sich mit Trudi zusammengetan hat, um meine Geburtstagsparty zu organisieren?"

Rispo wurde etwas bleich um die Nase. „Wurden das Ordnungsamt und die Polizei schon informiert?", fragte er alarmiert.

„Ich erzähle es gerade dir, oder?", erwiderte ich fröhlich.

Er seufzte schwer. „Oh Gott, ich rechne mit einer Katastrophe."

Ja, damit fuhr man bei meiner Familie immer besser.

„Sag mal, freust du dich eigentlich auf deinen Geburtstag?", fragte er nach ein paar Augenblicken nachdenklich.

Ich zuckte die Achseln und neigte den Kopf. „Ich freu mich nicht darauf älter zu werden, aber ich freu mich auf die Geschenke."

Grinsend beugte er sich vor. „Wie gut, dass ich dieses Jahr ein außergewöhnlich gutes Geschenk habe."

Sofort richtete ich mich auf. „Hast du?“

Er nickte.

„Was ist es?“

„Es wäre keine Überraschung, wenn ich es dir verraten würde.“

„Es wäre *jetzt* eine Überraschung.“

„Aber jetzt hast du noch nicht Geburtstag.“

„Du bestehst doch immer darauf, ehrlich zu sein!“, echauffierte ich mich.

„Ja, mich regt wohl nichts mehr auf als eine dumme Lüge“, überlegte er. „Aber ich lüge nicht, ich verrate es dir nur einfach nicht. Das ist okay – solange es weder mich noch dich in Gefahr bringt.“

„Mhm.“ Sofort nagte das schlechte Gewissen an mir. Josh war heute wirklich sehr ehrlich zu mir gewesen – und ich sollte ihm diesen Gefallen erwidern.

Richtig?

Ach, Mist. Manchmal wünschte ich mir die alte Lou zurück, die sich nicht sicher gewesen war, ob sie Rispo überhaupt mochte, und somit kein Problem damit gehabt hatte, seine warnenden Blicke erfolgreich zu ignorieren. Jetzt liebte ich ihn und hatte den Salat. Zeit, einen Streit vom Zaun zu brechen. Dabei hatten wir uns gerade so schön unterhalten!

„Ja, das stimmt. Du musst mir nicht verraten, was du mir schenkst“, sagte ich betont freundlich und räusperte mich. „Jetzt noch mal ein ganz anderes Thema: Finn und ich werden morgen Abend wohl gemeinsam an einem illegalen Autorennen teilnehmen.“

Josh blinzelte. „Was?“

Ich räusperte mich vernehmlich. „Na ja, wir denken, dass Jannek bei illegalen Straßenrennen teilgenommen hat, der Zettel, der aus seiner Jackentasche gefallen ist, lässt das vermuten. Deswegen wollten wir uns morgen Abend mal bei einem umsehen."

Josh starrte mich endlose Sekunden lang ausdruckslos an, dann nickte er langsam. „Alles klar."

„Wirklich?", fragte ich verblüfft.

„Ja", sagte er trocken. „Übrigens: Ich wollte mir morgen ein Einhorn kaufen, um damit über die Regenbogenbrücke nach Narnia zu reiten. Kennst du gute Einhorn-Händler? Du lebst doch im Traumland und müsstest genügend Fantasie-Zooläden kennen, die fiktive Tiere verkaufen."

Ich lief rot an und meine Handflächen wurden klamm. „Ähm, ich würde es vielleicht mal bei Obi versuchen, die haben doch immer die absurdesten Sachen im Sonderangebot. Oder aber du gehst zu deinem Leprechaun des Vertrauens. Irische Kobolde sind sehr zuvorkommend in Sachen Einhorn-Fragen."

Rispo knackte mit dem Kiefer. „Ich fahr gleich morgen hin", sagte er gefährlich leise. „Wenn ich schon mal dabei bin, besorge ich mir etwas Feenstaub, um Fliegen zu lernen."

Ich zog eine Grimasse und stocherte in meiner Lasagne herum. „Ich weiß nicht. Was machst du, wenn du in eine Flugzeugturbine gesogen wirst? Fliegen erscheint mir recht gefährlich ..."

„Gefährlicher, als mit meinem idiotischen Bruder bei einem illegalen Autorennen mitzumischen?", fragte er steinern.

„Na ja, kommt wohl darauf an, mit bis zu wie viel km/h du fliegst und ob du mit Radar ausge..."

„Lou!", fuhr er mich an. „Hör auf mit dem Scheiß!"

„Du hast angefangen", verteidigte ich mich und hob die Hände.

Er schnaubte. „Das sehe ich anders. Du bist es gewesen, die zuerst wahnsinnig wurde!"

Ich seufzte. Jetzt erinnerte ich mich wieder daran, warum ich die letzten Mordfälle über so unehrlich gewesen war, was manche Dinge anging. „Wir wollen gar nicht mitfahren, Josh. Wir wollen nur vorbeischauen und mit ein paar Leuten quatschen. Solche Sachen eben."

Rispo presste die Lippen so fest aufeinander, dass sie weiß wurden. „Und in welchem Universum ist das eine gute Idee?"

„In dem Universum, in dem du von einem Leprechaun ein Einhorn gekauft hast?", erwiderte ich kleinlaut.

Josh ignorierte mich. „Herrgott, wahrscheinlich willst du auch noch Trudi mitnehmen, die bei einer solchen Veranstaltung so unauffällig wäre wie deine Schrottkarre."

Mein Gesicht wurde heiß. „Trudi bietet immer gute Ablenkungsmanöver."

„Und warum zum Teufel solltest du ein Ablenkungsmanöver brauchen, wenn du doch nur vorbeischauen und unschuldig mit ein paar Leuten reden willst?", fragte er interessiert.

Seine deduktiven Fähigkeiten standen wirklich ständig im Weg! „Na ja, man kann ja nie wissen ..."

Josh schnaubte. „Ja, zumindest in dem Punkt hast du recht! Bei dir kann man *nie* wissen. Ein weiterer Grund, warum du da morgen nicht hingehen wirst. Erst recht nicht mit Finn, dem Vollidioten, der mehr Unfälle gebaut als Joints geraucht hat."

Ich seufzte. „Das weiß ich doch. Aber es wäre eine gute Chance, sich mal umzuhören."

„Ist mir egal! Du findest Autos langweilig, Lou! Du gähnst, sobald jemand das Wort *Felge* in den Mund nimmt. Du wirst auffallen."

Da war leider was Wahres dran. „Okay, okay", sagte ich beschwichtigend. „Es ist eine dumme Idee. Schon verstanden. Können wir weiteressen und so tun, als hätte ich nichts gesagt?"

Rispo rieb sich über die Stirn, nickte aber ruckhaft. Er riss sich für mich zusammen.

Die nächste halbe Stunde redeten wir über das Wetter und die Welt und hielten uns thematisch weit von Leichen oder dummen Ideen entfernt.

Erst als die Lasagne verputzt war und wir anfingen, den Tisch leerzuräumen, kam Josh wieder auf die Polizeiarbeit zu sprechen.

„Ich bin morgen den ganzen Tag bis spätabends mit Mo unterwegs. Wir beschatten ein paar Leute", meinte er, während wir die Spülmaschine beluden. „Er holt mich morgen früh hier ab. Wir nehmen sein Auto, das ist schäbiger und fällt nicht so auf."

„Okay. Hört sich langweilig an."

Er lachte leise. „Das wird es. Den ganzen Tag im Auto zu sitzen und darauf zu hoffen, dass etwas passiert, ist keine meiner Lieblingsbeschäftigungen."

„Du solltest meine Mutter um Hilfe bitten, sie verbringt damit den ganzen Tag, nur dass sie am Küchenfenster steht und durch die Gardinen lugt."

„Ich werde dran denken. Aber jetzt geh ich erst mal duschen. Kümmerst du dich um den Rest?“ Er winkte zum halbgedeckten Tisch.

„Kein Problem.“ Es war eine ungeschriebene Regel, dass ich für den Abwasch und das Abräumen zuständig war. Dafür musste ich mich dem Herd nicht auf zwei Meter nähern.

Josh nickte und lief zum Bad, doch kurz bevor er die Tür hinter sich schloss, wandte er sich noch einmal zu mir um.

„Ach ja ... Wenn ich dich morgen auch nur in Auspuffreichweite von einem Autorennen finde, bringe ich alle deine Pflanzen um. Langsam und schmerzhaft hacke ich ihnen jede Wurzel einzeln ab.“

Mist. Er war gut. „Josh, du bist ein diabolischer Bastard“, sagte ich sachlich.

Er lächelte unschuldig. „Dein Bastard, Lou. Deiner. Und ruf Marvin an. Er weiß ziemlich sicher noch nichts von dem Rennen.“

Im nächsten Moment war er verschwunden.

Seufzend griff ich nach meinem Handy. Er hatte recht, die Polizei sollte Bescheid wissen ... damit sie mich retten konnte, falls ich morgen etwas Dummes tat. Obwohl *falls* vielleicht nicht das richtige Wort war ...

„Held“, meldete sich Marvin nach dem dritten Klingeln.

„Hey, Marvin, ich bin es, Lou.“

„Oh, hallihallo“, sagte er atemlos. „Wie geht’s, wie steht’s?“

„Ganz gut", meinte ich vage. „Hör mal, ich rufe an, weil ich heute etwas über den Mordfall herausgefunden habe, das du vielleicht wissen solltest."

Ich erklärte ihm in knappen Worten, was ich wusste und der ehemalige Recherchist hörte aufmerksam zu. Schließlich meinte er gequält: „Ich finde Autoenthusiasten so unerquicklich. Den einzigen Motor, den es zu vergleichen lohnt, ist der eines Standmixers. Weil es wichtig ist, ob ein Mixer auch mit gefrorenen Früchten klarkommt oder nicht. Aber sonst ..."

Ich grinste. „Ich bin auf deiner Seite, Marvin. Fährst du hin?"

„Sicher", sagte er langsam. „Auweia, Rispo ist bei solchen Undercover-Einsätzen so viel besser als ich."

„Das stimmt nicht. Man erkennt aus zweihundert Metern Entfernung, dass Josh Polizist ist." Er hatte einfach eines dieser Gesichter, das einem *Gestehe!* entgegenschrie. „Du hingegen ... bist sehr viel subtiler."

Marvins Gesicht flüsterte nämlich lediglich: *Lass dich nicht stören!*

„Möglich", sagte er unsicher. „Ich hoffe trotzdem, das Internet weiß, was man als Rennfahrer so trägt. Okay, danke, Lou. Ich mach mich am besten gleich ran. Kappen ... Rennfahrer tragen Kappen, oder?"

„Keine Ahnung", erwiderte ich ehrlich. „Ich stehe zu Kopfbedeckungen ähnlich wie zu Autos. Aber, Marvin, da ich dich gerade schon an der Strippe habe ... darf ich dir eine Frage stellen?"

„Sicher."

„Der Mordfall von Konstantin Rubens ..."

„Der Fall, den Rispo gerade bearbeitet?"

„Ja, genau. Wie läuft der? Gab es da innerhalb der letzten Monate irgendwelche Entwicklungen?"

„Klar, es gibt immer Entwicklungen", sagte er vage.

Ich seufzte. „Ja, ich weiß. Aber gab es einen Durchbruch? Etwas, das vermuten lässt, dass Josh dem Täter tatsächlich auf der Spur ist? Er sagt mir immer nur, dass es gut läuft und es nicht mehr lang dauert und ..."

... Ich glaubte ihm nicht.

Eine zähe Stille entstand auf der anderen Seite.

Schließlich antwortete Marvin überzeugt: „Äh ..."

„Sei ehrlich, Marvin", meinte ich warnend. „Sonst rufe ich deine Mutter an und sag ihr, dass du arglosen Frauen etwas vorflunkerst. Gibt es schon irgendwelche Verdächtigen? Und wenn ja, wen?"

„Lou, tu mir das nicht an", sagte er flehentlich. „Du weißt, wie gern ich dich hab. Aber ich kann dir keine vertraulichen Informationen geben, tut mir leid."

Wow. Marvin entwickelte ein Rückgrat. Gut für ihn! Schlecht für mich. „Ich will gar keine detaillierten Angaben, Marvin", stellte ich klar und senkte die Stimme. „Ich will nur eine ... Richtungsangabe. Daumen hoch oder Daumen runter? Geht es voran oder steht der Fall still."

Marvin seufzte so schwer und wehleidig, dass sicherlich Kinder rund um die Welt anfingen zu weinen. „Der Fall scheint unmöglich zu lösen zu sein. Aber wenn es jemand schafft, dann Rispo."

Ich nickte und schluckte. „Okay. Danke für deine professionelle Einschätzung. Bis dann."

Ich legte auf und blickte zur Badezimmertür, hinter der das Wasser rauschte. Josh hatte gelogen. Ich hatte es ja geahnt, aber wütend und unsicher machte es mich trotzdem.

Wie lange würde Josh sich die Zähne ausbeißen, bis er aufgab?

Ich hatte in meinem Leben schon einige dumme Dinge getan. Doch Tatsache war, dass ich weder Muskeln noch eine Waffe besaß.

Rispo hatte beides. Er konnte mit seiner Dummheit sehr viel mehr Schaden anrichten als ich.

Tief atmete ich durch und rieb mir die Arme. Noch ein paar Wochen, dann würde ich was sagen. Dann würde ich ihn darum bitten, den Fall abzugeben.

Ich wollte gerade damit fortfahren, den Tisch abzuräumen, als mein Handy klingelte. „Hallo?“, meldete ich mich.

„Lou, mir ist gerade noch was eingefallen.“ Es war Finn, der Begrüßungen offenbar abgeschworen hatte.

„Hey, Finn. Schön von dir zu hören. Was ist dir eingefallen? Dass du keine Manieren hast?“

„Nee, das wusste ich schon. Manieren sind doch nur eine weitere soziale Richtlinie, die unsere Willensfreiheit einschränkt. So wie Eheringe und rote Ampeln.“

Ich schnaubte und war wirklich froh, dass er und Emily nie geheiratet hatten. „Schön. Was gibt es?“

„Also, wegen morgen Abend. Wir haben da möglicherweise ein klitzekleines Problem.“

Nur eins? „Wovon redest du?“

„Na ja, wir brauchen ein Auto. Ich meine, nichts für ungut, Lou, aber wir können da nicht mit deinem VW Passat auftauchen, der von 0 auf 200 in Nie-und-nimmer-Sekunden beschleunigt. Egal, wie viele geile bunte Blumenaufdrucke du auf den Türen hast.“

Ich schob meinen Unterkiefer hin und her.

Daran hatte ich tatsächlich auch schon gedacht. So sehr ich meinen Passat auch liebte, er war in etwa so gut als Rennauto geeignet wie als Weihnachtsbaum. „Ich weiß", sagte ich seufzend und wieder glitt mein Blick zur verschlossenen Badezimmertür. Ich hatte Josh nicht versprochen, dass ich morgen nicht zum Rennen fahren würde. Ich hatte ihm nur erzählt, dass ich wusste, dass es eine dumme Idee war.

„Hast du auch einen Lösungsansatz?", fragte Finn hoffnungsvoll.

Ich kratzte mich am Kinn und kniff die Augen zusammen. Ja, ich hatte in meinem Leben schon eine Menge dummer Ideen gehabt ...

„Mach dir darum mal keine Gedanken", meinte ich leichthin. „Ich hab da schon eine Idee, wie wir an einen passenden Wagen kommen könnten ..."

Kapitel 8

„Bist du sicher, Josh hat nichts dagegen, dass du ungefragt sein Auto leihst?", fragte Finn vierundzwanzig Stunden später und starrte den schnittigen, schwarzen Audi A5 an, den ich vor meinem Laden abgestellt hatte.

Was für eine dumme Frage! In unserem Wohnzimmer stand bereits ein Grabstein mit meinem Namen darauf. Aber ich hatte noch immer die leise Hoffnung, dass Josh erst furchtbar spät von seiner Beschattungsaktion mit Mo zurückkommen und es gar nicht bemerken würde.

„Ach, er findet das schon in Ordnung. Ich hab ihm eine Nachricht hinterlassen", meinte ich und hob die Schultern. „Nur für den Fall, dass er sich doch über die Abwesenheit seines Autos wundert."

„Okay …" Finn sah immer noch skeptisch aus.

„Ist doch egal", meinte Emily, die Pragmatikerin. „Hauptsache, wir haben ein Auto! Also, was genau weißt du über den Fall, Lou? Damit wir auch die richtigen Fragen stellen und uns die richtigen Antworten merken können."

Ich gab in knappen Worten wieder, was Ariane und ich herausgefunden hatten und was Josh mir gestern Abend erzählt hatte.

„Wow." Emily machte große Augen, sobald ich geendet hatte. „Jemand muss ihn wirklich gehasst haben. Erst vergiften, dann überfahren? So gründlich wäre ja nicht einmal ich. Und wenn ich eine Mörderin wäre, würde ich sehr viel Wert darauflegen, dass mein Opfer wirklich tot ist."

„Du wärst eine schlechte Mörderin, wenn du nicht einmal den Puls überprüfen oder sichergehen würdest, dass lebenswichtige Organe zerstört wurden", stimmte Finn zu.

Da war was Wahres und zugleich Verstörendes dran.

„Aber dem Outfit nach zu urteilen, will heute wohl eher Lou als Mörderin anheuern." Zweifelnd blickte er in meine Richtung. „Hast du dich im Schrank von Rispo vergriffen? Oder trauerst du um deine Jugend?"

Ich blickte an meiner schwarzen Aufmachung hinab und rückte die Kapuze auf meinem Kopf gerade. „Ich will, dass die Leute mich ansehen und direkt wieder vergessen, Finn", sagte ich knapp. „Außerdem kann es nicht schaden, mein Gesicht zu verbergen. Ich meine: Was, wenn mich jemand aus der Zeitung kennt?" Ich war nicht stolz darauf, aber mein Gesicht hatte sich bereits öfter als mir lieb war auf einer der ersten Seiten des *Kölner Blatts* befunden. Meistens mit einer albernen – und nur teilweise wahren – Überschrift wie: *Blumendetektivin schubst Mörder in Grab.* Oder: *Eine Party mit einer Leiche auf der Couch – Louisa Manu schlägt wieder zu.*

Finn lachte aufgrund meiner besorgten Miene jedoch nur laut. „Mein Gott, Lou. Wir sind jung. Wir lesen keine Zeitung. Wir gucken uns witzige Bilder auf *9Gag* an und scrollen durch Instagram oder TikTok. Also keine Sorge: Niemand wird dich erkennen."

Schön, ich war alt. Ich hatte es verstanden.

Missmutig zupfte ich an meinem Mantel und blinzelte in das herannahende Scheinwerferlicht eines süßen Minis. Ariane und Trudi saßen darin und begrüßten uns mit einem Lächeln und einem motivierten: „Hallo, ihr Jungspunde!"

Ich war immer noch der Meinung, dass es keine brillante Idee gewesen war, Trudi auf diesen Trip einzuladen – aber zu meiner Verteidigung: Es war nicht *meine* gewesen. Emmi hatte Wort gehalten und sie sofort über unseren Undercover-Einsatz informiert. Sie hatte gemeint, die alte Dame dürfte bei diesem Familienausflug nicht fehlen. Doch ich ahnte, dass meine Schwester von niederen Beweggründen getrieben worden war und eigentlich nur auf der Suche nach neuem Material für ihren YouTube-Kanal war. Zumindest hielt sie die Kamera im Anschlag und bat Trudi nun, ihre Haare zu schütteln und in die Linse zu zwinkern.

Trudi kam dieser Bitte mit dem Enthusiasmus einer überzuckerten Kindergartengruppe nach.

Sie war heute in einen roten Hosenanzug mit einer Unmenge von goldenen Kreisen darauf gehüllt. Außerdem trug sie an jedem Finger einen klobigen goldenen Ring, mit deren Hilfe sie den muskulösesten Schwergewichts-Boxer mit einer fahrigen Bewegung niederstrecken könnte.

„Sag mal, Trudi", wollte ich beiläufig wissen. „Was hat es mit deinem Outfit heute auf sich? Hatten wir uns nicht darauf geeinigt, uns möglichst unauffällig zu kleiden?"

„Na ja, Finn meinte doch, wir wären seine Ring-Girls", sagte sie verwirrt.

Finn nickte ernst. „Und genauso habe ich mir das vorgestellt, Trudi. Du hast alles richtig gemacht."

Meine ehemalige Angestellte nickte zufrieden. „Siehst du, Lou? Ich wette, jetzt kommst du dir ziemlich albern in deinem Outfit vor." Mitleidig sah sie an meiner Aufmachung in Jeans und Kapuzenpullover hinunter.

„Ich find, sie sieht süß aus", meinte Ariane und hob eine Schulter. Sie selbst war vollkommen in Schwarz gekleidet und hatte ihre auffällig hellen Haare unter einer Kappe versteckt.

„Danke! Du auch!", sagte Trudi fröhlich. „Übrigens. Ich hab was mitgebracht, um das Gefährt hier etwas aufzupimpen. Mit diesem trostlosen schwarzen Wagen können wir da nicht auftauchen. Da nehmen uns die flippigen Jugendliche nicht ernst. Wir müssen uns an der Generation anpassen." Im nächsten Moment zog sie etwas aus einer Plastiktüte, die sie in der Hand gehalten hatte. Es waren pinke Flammen-Sticker. Jeder einzelne so lang wie mein Arm.

Finn grinste so breit, dass ein ganzer Reifen Platz in seinem Mund gefunden hätte. „Klasse", sagte er bemüht ruhig, auch wenn seine Schultern vor unterdrücktem Lachen bebten. „Wieso habe ich da nicht selbst dran gedacht? Mein Bruder braucht mehr pinke

Flammen in seinem Leben, das ist eine Tatsache. Du hast echt Flair, Trudi. Mann, das habe ich vermisst."

Die alte Dame lächelte ihm großmütterlich zu und bot ihm prompt einen Keks aus ihrer Handtasche an.

Hey! Ich wollte auch einen. Was war denn das hier für eine lausige Zwei-Klassen-Gesellschaft? Die jungen, freundlichen Leute bekamen Zuckergebäck und ich die undankbare Aufgabe, Josh zu erklären, warum ich seinen Wagen in Barbies-Traumauto verwandelt hatte?

Aber richtig. Ich aß ja auch gar keinen Zucker. Ich wollte keinen Keks. Ich wollte ... *hundert Kekse!*

Meine innere Stimme, die diese zwei Worte herausschrie, hörte sich verdächtig nach dem Krümelmonster an. Aber ich war eh schon immer der Meinung gewesen, dass die Sesamstraße mir Geld schuldete, weil sie mich ungefragt als Charakter in ihre Serie eingebaut hatten.

Ich räusperte mich, blinzelte und beförderte mich somit wieder in die Realität. „Leute, ich glaub, das mit den Flammen ist eine blöde Idee. Ich weiß nicht, vielleicht sollten wir lieber ..." Doch meine Worte wurden gekonnt ignoriert. Trudi und Finn waren schon eifrig dabei, Joshs schlichtem schwarzen Audi den richtigen Pep zu verleihen.

Na ja, halb so wild. Die Sticker konnte ich am Ende des Abends ja einfach wieder abziehen.

„Sie sollen bis zu einem Monat halten!", sagte Trudi stolz. „Haben eine hervorragende Qualität. Sind nur mit Hilfe eines Dampfreinigers zu entfernen."

Scheiße. Wie hoch war die Wahrscheinlichkeit, dass Josh innerhalb der nächsten Stunden blind wurde?

„Schick, schick", kommentierte Finn grinsend, und Emmi zoomte mit der Kamera auf die Flammen.

Na, wenigstens ein Rispo erfreute sich daran.

„Sollen wir dann los?", fragte Finn und sah in die Runde, während er ein paar lederne Handschuhe mit Nieten an den Knöcheln aus seiner Jackentasche zog.

„Ist das dein Ernst, Finn?" Emmi verdrehte die Augen.

„Was denn?", fragte er verblüfft. „Jeder Rennfahrer braucht Handschuhe."

„Nein. Jeder Eskimo und jeder Arzt braucht Handschuhe. Bei dir sehen die super albern aus. Was sollen überhaupt die Nieten? Hast du bei einer Losbude verloren?"

„Man sagt Eskimo nicht mehr. Man sagt Inuit", warf ich ein.

Emmi runzelte die Stirn. „Warum das denn? Eskimo ist doch die einzige gendergerechte Bezeichnung heutzutage. Ich dachte, Siekimo und Erkimo wäre nicht mehr erlaubt? Mit Ihnuit und Ihruit fängt man ja wieder bei null an."

Mit geöffnetem Mund starrte ich sie an. Ich wusste ehrlich nicht, was ich darauf noch erwidern sollte.

„Okay, lass uns in *das* neutrale Auto einsteigen, ja?", schlug Ariane vor, und dankbar nickte ich.

„Ich will in der Mitte sitzen", meldete sich Trudi zu Wort und hob hastig die Hand. „Wenn zwei Leute sich eng an mich drängen, bleiben meine Knochen in den Kurven vielleicht an Ort und Stelle."

„Okay, geht klar. Ich sitze vorn!", meinte Emily.

Ich schüttelte den Kopf. „Ganz bestimmt nicht. Ich sitze vorn." Damit ich Finn wenn nötig ins Lenkrad greifen konnte.

„Schön, Frau Diktatorin", sagte Emmi und verengte die Augen. „Du hast die dickeren Beine, das ist nur fair."

Ich rieb mir missmutig über die Oberschenkel. „Das sind meine persönlichen Airbags, okay?", sagte ich gereizt, bevor ich um den Wagen herumlief.

„In deinen Beinen ist aber keine Luft, sondern *Fett*, Lou", bemerkte Emmi süßlich. „Der Vergleich passt also nicht wirklich."

Ich warf ihr einen düsteren Blick zu, wollte mich aber nicht auf ihre Ebene herablassen und zurückrufen, dass ihre Mutter fett sei! Die Beleidigung wäre auch irgendwie nach hinten losgegangen.

Also biss ich nur die Zähne aufeinander, ließ mich auf den Beifahrersitz sinken und reichte Finn die Schlüssel.

„Bitte fahr vorsichtig, Finn. Jeder Kratzer, den der Audi bekommt, wird ein Kratzer in Joshs und meiner Beziehung sein. Und wenn wir uns trennen, kriegen deine Brüder und du wieder nur einen Schulterklopfer und eine Mandarine von ihm zu Weihnachten. Willst du das?"

Finn winkte ab. „Ich fahre klasse, Lou. Das hat Papa schon gesagt, als ich mein erstes Bobbycar bekommen habe. Und keine Sorge. Uns kann ohnehin überhaupt nichts passieren, ich habe meinen Glücksbringer dabei." Aufmunternd nickte er mir zu und griff wieder in seine Tasche.

Ich verzog skeptisch das Gesicht.

Solange sein Glücksbringer kein bewaffneter professioneller Formel-1-Fahrer mit Nahkampferfahrung war, würde er mich leider auf keinen Fall beruhigen.

Wie zu erwarten, hatte ein muskulöser Rennfahrer nicht in seine Jeanstasche gepasst. Stattdessen zog er einen bunten Schlüsselanhänger aus der Tasche, der aus diversen angelaufenen Büroklammern, verschrammten Knöpfen und Zeitungspapier zu bestehen schien.

Der Müll war zu einer Art Engel mit absurd großem Kopf geformt worden.

Lächelnd knipste er den Anhänger an Joshs Autoschlüssel, bevor er ihn ins Zündschloss schob.

„Hübscher Anhänger", sagte ich und neigte den Kopf, um ihn genauer zu betrachten. „Hast du den selbst gebastelt?"

Finn prustete. „Ich bastele nur an Joints und Pyrotechnik herum, Lou. Also nein. Er ist von Mama. Sie hat lauter solches Zeug gemacht. Müll war kein Müll – sondern die Möglichkeit, über sich hinauszuwachsen." Er grinste. „Gott, Papa hat das damals so aufgeregt. Sie konnte einfach nichts wegschmeißen. Aber jetzt bringt er es nicht übers Herz, die ganzen Sachen loszuwerden. Er hat überall in seiner Wohnung noch ihre selbstgebastelten Lampenschirme aus Pappmaché und Alufolie hängen. Sie dämpfen das Licht viel zu sehr und sind unglaublich hässlich."

Ich nickte und mein Herz wurde schwer. Die ganze Familie schien noch immer in der Zeit stillzustehen. Unfähig, den Tod ihrer Mutter und Ehefrau zu verarbeiten oder zu vergessen. Kein Wunder. Sie hatten nie einen Abschluss bekommen. Sich die ganze Zeit zu fragen, warum und von wem einem ein geliebter Mensch genommen wurde, musste furchtbar sein.

„Erinnerst du dich noch gut an deine Mutter, Finn?“, fragte Emily leise von den billigen Plätzen.

Stirnrunzelnd wandte Finn sich zu ihr um. Dann startete er den Motor. „Das kann ich dir nicht beantworten, Emmi, damit würde ich unsere Regeln brechen.“

„Oh, richtig.“ Sie zog eine Grimasse. „Kurzweilig vergessen. Sorry. Antworte nicht.“

„Regeln?“, hakte Ariane nach. „Was denn für Regeln?“

„Guck nach vorn, Finn“, ermahnte ich ihn nervös. „Der Motor läuft und du siehst immer noch Emmi an.“

„Meine Güte, reg dich ab. Ich muss erst nach vorn sehen, wenn ich die Kupplung kommen lasse. Das weiß doch jedes Kind.“ Dann fügte er an Ariane gewandt hinzu: „Emily und ich haben herausgefunden, dass wir uns nur streiten, wenn wir über ernste Dinge reden. Also verzichten wir auf alle Themen, die unsere Gemüter beschweren oder aufregen könnten.“

„Also … sprecht ihr fast überhaupt nicht mehr miteinander?“, folgerte ich langsam. Denn Finn und Emily hatten sich schon mal über die vermeintlichen Gedanken eines einsamen Gänseblümchens gestritten. Welches Thema konnte man noch abdecken, wenn selbst harmlose Gänseblümchen Wut hervorriefen?

„Wir führen eben eine moderne Nicht-Beziehung, Lou“, stellte Emmi klar und reckte das Kinn. „Wir stellen uns keine Fragen und erwarten nichts.“

„Außer einen Orgasmus“, korrigierte Finn sie.

„Richtig. Das ist ja selbstverständlich.“

Ich seufzte schwer. „Ich find es klasse, dass du das mit dem Vernünftig und Erwachsenwerden so ernst nimmst, Emily.“

Meine Schwester grinste stolz. „Ja, nicht wahr?“

Ich verzichtete darauf, sie in den Feinheiten von Sarkasmus zu unterrichten und konzentrierte mich stattdessen auf die Fahrbahn.

Was für eine Art Autofahrer Finn wohl war?

Kapitel 9

Finn fuhr ... experimentell.

Und das Wort benutzte ich nur, weil den Ausdrücken *wie Sau* oder *beängstigend etwas* Negatives anhaftete.

Dem drittjüngsten Rispo fiel es furchterregend schwer, Verkehrsregeln zu beachten ... und Straßenschilder zu lesen.

„Da will jemand über den Zebrastreifen, Finn! Du musst anhalten!", fuhr ich ihn an, als wir fast den äußeren Rand Kölns erreicht hatten – in dem merkwürdigerweise noch immer alle gängigen Verkehrsregeln galten! Auch wenn Finn dies nicht zu wissen schien.

„Wieso?", wollte er schnaubend wissen. „Die Frau hat einen Rollator, ist somit keine Fußgängerin, sondern Schwertransport-Fahrerin. Für sie gelten nicht die gleichen Richtlinien!"

Ungläubig sah ich ihn an. Auf einmal wusste ich, warum Josh ihm noch nie seinen Wagen geliehen hatte: Er war nicht lebensmüde!

Großer Gott, was hatte ich mir dabei gedacht?

„Wo zum Teufel hast du deinen Führerschein gemacht?", brüllte ich. „Tritt auf die Scheißbremse!"

Er tat wie geheißen und bretterte auf die Bremse. Das Auto kam mit einem heftigen Ruck zum Stillstand. Das gefiel weder mir noch dem Handschuhfach, das mit einem lauten Krachen aufflog. Diverse Habseligkeiten ergossen sich in meinen Fußraum. Ich war nur froh, dass Josh seine Waffe mitgenommen hatte oder woanders aufbewahrte. Wer wusste schon, was Finn mit seinem abrupten Bremsen sonst für ein Massaker angerichtet hätte?

„Man, da musste ich doch glatt mein Gebiss festhalten“, sagte Trudi fröhlich. „Wie aufregend.“

„Bestärke ihn nicht auch noch, Trudi!“, meinte ich warnend. „Du musst sanfter fahren, Finn. Wenn ich schon vorzeitig sterben muss, dann bitte nicht, weil du Gas und Bremse verwechselst, sondern weil ich ein Baby vorm Ertrinken rette oder die Frisur meiner Mutter kritisiere. Aus vernünftigem Grund eben!“

„Jaja, schon gut“, sagte er gelassen. „Du musst dich mal entspannen, Lou. Auto fahren ist viel sicherer als zum Beispiel fliegen.“

„Das ist Schwachsinn!“, informierte ich ihn. „Statistisch gesehen ist ein Flugzeug das sicherste Fortbewegungsmittel der Welt.“

„Nicht, wenn ich im Cockpit säße“, bemerkte er achselzuckend und drückte wieder aufs Gas.

Ich verdrehte die Augen und beugte mich genervt nach vorn, um die Sachen aus dem Handschuhfach an ihren angestammten Platz zurückzustopfen.

Wenn er sein Auto schon mit pinken Flammen zurückbekam, konnte ich zumindest im Innenraum Ordnung halten.

Ich packte diverse Queen- und Rolling Stones-Kassetten zurück in das Fach – Josh war der festen Überzeugung, dass es sich nicht lohne, sie wegzuwerfen, solange auch nur ein einziger Kassettenrekorder auf der Welt existierte, eine Meinung, die er bezüglich meiner Drei-Fragezeichen-Kassetten nicht vertrat – und ließ einige Süßigkeiten folgen.

Sein Vater schenkte sie ihm jedes Mal, wenn er ihn besuchte. Josh kam nie dazu, ihm zu sagen, dass er Zucker für die rechte Hand des Teufels hielt.

Ich schob das abnehmbare Blaulicht, das seinen Job zu ernst genommen und meinem Knie einen farblich passenden Fleck beschert hatte, zurück an seinen Platz und zog einen Bogen Papier unter meinem Sitz hervor.

Ich wollte ihn schon zusammen mit dem restlichen Kram im Fach verstauen, als mein Blick auf die beschriftete Seite fiel.

Abrupt hielt ich inne. Es handelte sich um die Kopie einer mit Schreibmaschine getippten Nachricht. Nur ein einziger Satz stand da.

Hände, die zu enthusiastisch im Dreck wühlen, werden abgehackt, werter Herr Kommissar.

Erschrocken hüpfte mein Herz in der Brust. Was sollte das denn? War das ... eine Drohnachricht? An Josh?

Was zum ... wie alt war diese Nachricht? Und warum hatte er mir nicht davon erzählt?

Ich musste mich stark am Riemen reißen, die Nachricht nicht wütend zu zerknüllen.

Dieser Mistkerl. Wie konnte er mir jeden Tag vorpredigen, wie wichtig Ehrlichkeit war und mir dann verschweigen, dass irgendein Psychopath ihm die Hände abhacken wollte?

Ich hing an Rispos Händen!

Sie stellten ... Dinge mit mir an.

Ich biss die Zähne zusammen und stopfte die Drohnachricht zurück ins Fach.

Als ich wieder aufblickte, bemerkte ich, dass wir uns mittlerweile in einem dunklen Waldstück befanden, das nur spärlich von einzelnen Straßenlaternen erhellt wurde. Der Asphalt glänzte feucht, die Äste waren kahl und malten unheimliche Schemen in den Himmel.

Es war auf einmal still im Auto, während sich auch die Hüter der Rückbank umsahen.

„Wow, ich wusste gar nicht, dass es einen Teil in Köln gibt, der tatsächlich dunkel ist bei Nacht", bemerkte Ariane verblüfft. „Man kann sogar Sterne sehen."

„Echt?", fragte Finn und beugte sich sogleich übers Lenkrad, um in den Himmel zu sehen.

„Finn! Konzentrier dich", fuhr ich ihn an. „Augen auf die Straße, die glitzernden Gasklopse kannst du betrachten, wenn du geparkt hast!"

„Jaja", meinte er verärgert. „Wir sind jetzt auch gleich da. Müssen nur noch die Kurve nehmen." Er klopfte auf Joshs Navi, das seine Worte bestätigte. „Okay, jetzt nicht erschrecken, aber ich muss gleich Eindruck schinden, ja?"

Ein unruhiges Gefühl breitete sich in meiner Brust aus. „Was meinst du mit ..."

Finn drückte aufs Gas und schlitterte um die nächste Kurve, nur um ein paar Sekunden später mit quietschenden Reifen und aufspritzender Erde auf einem Standstreifen zum Stehen zu kommen, der im Vergleich zum Rest der Waldstrecke die reinste Flutlichtanlage war.

Wir befanden uns an einer weitläufigen Kreuzung. Die Bäume standen hier nicht ganz so eng aneinandergedrängt. Der Himmel deutlich zu erkennen. Der Waldboden hartgefroren. Zwischen den einzelnen Stämmen dutzende Autos.

Jeder Wagen hatte seinen Scheinwerfer eingeschaltet, beleuchtete seinen bunten Nebenmann oder einen lachenden Teenager mit Bierflasche in der Hand.

Gott, ich hoffte doch wirklich sehr, dass die betrunkenen Anwesenden nur Zuschauer des Spektakels und nicht etwa Fahrer waren.

Ich zog die Schultern hoch und starrte durch die Windschutzscheibe. Unsere Ankunft war wie von Finn geplant nicht unbemerkt geblieben. Drei hochgewachsene Männer oder Jungen oder eben irgendetwas dazwischen stapften mit düsteren Mienen auf uns zu.

„Oje, wir sind nicht der einzige Wagen mit pinken Flammen", sagte Trudi mit Grabesstimme und gestikulierte wild aus dem Fenster. „Wie peinlich ... jetzt werden sich den ganzen Abend die Leute das Maul darüber zerreißen, welchem Wagen es besser steht."

Ich seufzte. „Ich glaube, das ist unser geringstes Problem", gab ich zu.

Die drei Kerle waren mit verschränkten Armen vor unserer Motorhaube zum Stehen gekommen und starrten uns durch die Windschutzscheibe misstrauisch an.

„Aussteigen, wir haben unser Ziel erreicht", sagte Finn fröhlich, nicht im Mindesten nervös. Stattdessen zog er die Handbremse an, schaltete den Motor aus und sprang leichtfüßig aus dem Wagen. Wir anderen taten es ihm gleich.

Ich brauchte ein paar Minuten, bis ich gegen die etlichen Scheinwerfer angeblinzelt und die drei Jungs scharf eingestellt hatte, denen Finn nun selbstbewusst zunickte.

„Hey, ich schätze, wir sind hier richtig?"

„Das werden wir entscheiden", sagte der mittlere kühl.

Keiner von ihnen trug Handschuhe. Dafür alle eine Kappe.

Was sagte man dazu? Marvin verstand mehr von Rennfahrern als Finn.

Ich lief um die Motorhaube herum, um mich zu dem jüngeren Rispo zu gesellen und lächelte die Kerle an. „Ganz schön ernst, was?", meinte ich belustigt.

Nun galten ihre skeptischen Blicke mir. Allerdings nur, bis Trudi sich umständlich aus dem Wagen gefaltet hatte und hustend ihren Ring-Dress glatt strich. „Das letzte Mal war ich im Wald, als ich mit meinem Günter jagen war. Ich fand das immer sehr männlich. Damals stand man noch anders dazu als in diesem Zeitalter der Blattsalatesser und Milchverweigerer. Doch mein neuer Lover Manni findet Jagen schrecklich. Er häkelt lieber. Aber ich schätze, ein Typ, der über Nacht einen Topflappen herstellen kann, ist auf seine Art sexy, oder?"

Die drei Typen starrten mit aufgerissenen Augen und geöffnetem Mund Trudi an – und gaben mir so genug Zeit, sie eingehender zu studieren.

Der rechte Kerl war etwa zwanzig Jahre alt, knapp eins neunzig groß und hatte die Statur eines Wrestlers, der gerade Steroide für sich entdeckt hatte. Seine Haare wurden vollkommen von der Kappe verborgen und sein fleckiger Bart sah aus, als habe er unregelmäßig mickrige Kressesamen in sein Kinn gepflanzt. Der linke Junge wirkte im Vergleich zu ihm klein und schlaksig. Er konnte kaum achtzehn sein, hatte dunkelblondes, glattes Haar und dunkelbraune Augen. Doch das Interessanteste an ihm war das grünblaue Veilchen, das sein linkes Auge zierte. Es war auffällig faustgroß, jedoch schon etwas verblasst. Der mittlere Typ sah genauso aus wie er – nur älter, breiter, hübscher. Er war schon in seinen Körper hineingewachsen, während der linke noch auf der Startlinie stand. Sie waren so eindeutig Geschwister wie Trudi alt war.

Dankenswerterweise war auf ihren Kappen in Gold ein Name gestickt. So als hätten sie Angst, ihn zu vergessen.

Der bullige hieß Mathias, der junge Noah und der mittlere Linus.

Linus riss zuerst den Blick von Trudi los und fixierte wieder Finn und mich.

„Was wollt ihr hier?", blaffte er und zog die Arme noch enger um seinen Oberkörper.

„Ein Rennen fahren, was denn sonst?", sagte Finn ungeduldig.

Die drei schüttelten unisono den Kopf. „Wir nehmen keine Neulinge auf", stellte Linus klar.

„Warum nicht?", fragte Finn verdutzt. „Angst vor einer Herausforderung?"

„Nein. Aber wir sind nicht dumm." Er ließ den Blick an Finn hinabschweifen. „Wer sagt uns, dass du kein Polizist bist?"

Finn lachte laut und auch meine Mundwinkel zuckten. Die Idee, dass Finn … lächerlich!

„Alter, sie sind keine Polizisten", murmelte Mathias laut hörbar. „Guck sie dir an. Außerdem haben sie ihre Omi mitgebracht. Sie ist voll alt! Ihr Gesicht ist eine zerknüllte Plastiktüte. Würden Bullen ihre Großeltern einladen?"

Zweifelnd wiegte Linus den Kopf von der einen zur anderen Seite.

„Was hat der Typ mit dem aufgepumpten Bizeps gesagt?", fragte Trudi laut. „Wem ist kalt und wer sammelt Plastikhüte? Ich halte das für eine dumme Idee. Das Einzige, was sich zu sammeln lohnt, ist Geld. Alles andere müllt die Wohnung nur unnötig zu. Und das mit den Plastikhüten solltest du dir auch noch mal überlegen, Jungchen. Frauen lassen sich wahrhaft einfacher beeindrucken."

„Ähm …", machte Mathias, offenbar um eine Antwort verlegen. Linus Stirnfurchen gruben sich tiefer, während Noah unbewegt neben seinem Bruder stand. Die Schultern hochgezogenen, der Blick bemüht ernst, und doch irgendwie unsicher und ängstlich.

Ja, Trudi hatte diesen Effekt auf Leute.

„Schön, jetzt da wir geklärt hätten, dass wir keine Polizisten sind: Wir würden uns gern bei einem Rennen anmelden", sagte Finn großspurig. „Einstiegspreis egal." Mit dieser prolligen Masche passte er zugegebenermaßen ausgesprochen gut in die Klientel, fiel mir auf.

Ich hatte die ersten beiden Teile der „*The Fast and the Furios*"-Reihe vor Ewigkeiten mit Jannis gesehen. Ich hatte den Fehler gemacht, ihm einen Kinogutschein mit freier Filmwahl zum Geburtstag zu schenken. Zweimal hintereinander, weil ich mich dem Irrtum hingegeben hatte, Jannis würde aus seinen Fehlern lernen oder sich zumindest kulturell weiterentwickeln.

Doch nein, mein Bruder hatte schönen Menschen dabei zusehen wollen, wie sie bunte Autos mit Steroid-Motoren zu Schrott fuhren.

Die Szene, die sich uns jetzt bot, erinnerte mich sofort an diese Filme. Auch wenn die Menschen nicht ganz so schön und weniger nackt waren.

An die zwanzig Mädchen und Jungs tummelten sich um ein Dutzend prollige Autos, lachten ausgelassen, tanzten, tranken.

Laute Hip-Hop-Musik dröhnte aus übergroßen Lautsprechern, die jemand an der Straße aufgestellt hatte. Diverse Rapper beschimpften fremde Mütter und feierten große Ärsche. Die Melodie der gehobenen Gesellschaft eben.

Nichts ließ vermuten, dass sie erst vor zwei Tagen ein geschätztes Mitglied ihrer Runde verloren hatten. Nichts ließ vermuten, dass sie mit gesundem Menschenverstand gesegnet waren. Nichts ließ vermuten, dass es Januar und arschkalt war, denn die meisten Mädels hüpften in dünnen Strumpfhosen und engen Tanktops herum.

Mit verengten Augen suchte ich die einzelnen Gesichter ab. Wo war Marvin? Hatte er nicht auch vorbeischauen wollen? Oder war er abgeschmettert worden und sofort wieder nach Hause gefahren?

„Nein“, sagte Linus hart. „Wieso sollten wir es euch so einfach machen? Ich meine: Wer zum Teufel seid ihr? Habt ihr überhaupt schon mal bei einem Rennen mitgemacht?“

„Klar“, sagte ich leichthin. „In München nennen sie uns nur Finn and the Furious. Aber wir mussten die Stadt wechseln, weil unsere kleine Gruppe – wie du so passend bemerkt hast – etwas auffällig ist. Aber wir brauchen jeden Einzelnen von uns.“

„Wofür?“, fragte der kleine Typ, Noah, verwirrt. „Teams bestehen meistens nur aus zwei Leuten … und Senioren sind sehr selten.“ Er nickte zu Trudi.

„Sie ist unsere Mechanikerin“, sagte ich, ohne mit der Wimper zu zucken.

Trudi nickte ernst. „Ich liebe Motoren. Öl. Schrauben. Kühlwasser. Alles, was dreckig ist und mit Zahnrädern funktioniert.“ Insbesondere bei den letzten Worten hörte sie sich sehr überzeugend an: „Und ich bin keine Seniorin! Ich bin eine Lady fortgeschrittenen Alters.“

Die Jungs sahen noch immer skeptisch aus. Aber offenbar konnte sich keiner von ihnen einen Reim darauf machen, was wir sonst hier verloren hatten, wenn wir nicht mitfahren wollten.

„Wir wurden von Jannek angeworben“, sagte Ariane, trat vor und schob ihre Hände in die Manteltaschen. „Ist er hier? Er kann uns bezeugen.“

Linus schnaubte. „Sorry, Zuckermaus, aber Jannek kann gar nichts mehr. Außer in der Hölle denselben Stein einen viel zu steilen Berg hochzurollen vielleicht.“

Ariane stieß einen überzeugend verblüfften Ton aus. „Was soll das denn heißen?"

Noah lief rot an und wandte den Blick ab, doch sein Bruder sagte nur kühl: „Er hat das Zeitliche gesegnet."

„Was?", fragte Ariane und riss ihre Augen meiner Meinung nach etwas zu dramatisch auf. Doch niemand anderes schien es zu bemerken.

„Er ist tot!", sagte Linus lauter und ein Muskel zuckte in seiner Wange.

„Aber ... wie?", wollte Ariane wissen. „Wie ist er gestorben?"

Die drei Jungs zuckten gleichzeitig die Schultern.

„Drogen", murmelte Mathias.

„Unfall", murmelte Noah.

„Eigene Dummheit", sagte Linus.

Aha. Nicht aufschlussreich.

„Ich verstehe nicht", meinte Ariana gerechtfertigterweise.

Linus seufzte schwer. „Ist doch egal, du musst nur eins verstehen: Jannek ist tot, ich war sein bester Freund, also leite ich jetzt diese kleinen Rennen. Meine Verantwortung, meine Entscheidung, meine Gewinnauszahlung."

Also war Jannek nicht einfach nur ein Fahrer oder unschuldiger Zuschauer gewesen. Er hatte die Rennen organisiert.

Interessant.

„Sag mal, was hast du da am Auge gemacht?", fragte ich Noah und beugte mich vor. „Das sieht übel aus. Hast du dich geprügelt?"

Noah zuckte wortwörtlich vor mir zurück und schüttelte hastig den Kopf. „Nein, bin … gegen einen Baum gelaufen."

Ah, so hörte ich mich also an, wenn ich alberne Ausreden gab. Ich konnte verstehen, wieso sie Rispo manchmal wütend machten. Sie waren so einfallslos. Als gäbe der andere sich nicht einmal Mühe.

„Was ist denn jetzt?", fragte Finn ungeduldig. „Können wir einsteigen oder nicht?"

Linus öffnete den Mund, doch bevor er sprechen konnte, unterbrach ihn der bullige Typ mit den Popeye-Armen. „Wir brauchen jemand Neuen", murmelte er. „Ohne Jannek fehlt uns ein Fahrer. Und das Geld. Wir mussten schon das letzte Rennen verschieben, weil er die Kohle mitgenommen hat und nicht wiederaufgetaucht ist, also …"

„Ein Wunder, dass du das weißt, obwohl du Sonntag überhaupt nicht da warst!", sagte Linus angriffslustig.

Daher hatte Jannek das ganze Bargeld, was um seine Leiche herumgeflogen war! Das Geld, das den Mörder nicht interessiert hatte. Es war der Gewinn eines Rennens gewesen. Klar, er hatte die Rennen organisiert und war wohl ebenfalls Kassenwart gewesen. Tja, dumm gelaufen. Die Kohle war von der Polizei beschlagnahmt worden.

„Er hat recht", flüsterte nun auch Noah und automatisch fragte ich mich, ob sie uns alle für so alt hielten, dass wir mit Hörgerät herumliefen, oder ihnen klar war, dass wir jedes ihrer Worte klar und deutlich hören konnten. „So könnten wir vier Rennen veranstalten und mehr Geld machen."

„Schön", sagte Linus mit hoher und nasaler Stimme. „Wir machen eine Ausnahme. Der Fahrer muss dann kurz mitkommen und sich eintragen. Ihr wartet so lange hier, okay?" Vielsagend hob er die Augenbrauen in unsere Richtung.

Wir nickten brav und Finn trat einen Schritt vor.

„Also, Finn …", sagte Linus im Plauderton und wandte uns den Rücken zu. „Willst du eine kleine Wette auf den Sieger des heutigen Abends abschließen?"

Finn lachte, während sie zwischen ein paar Bäumen in Richtung eines Tapeziertisches verschwanden. Möchtegern-Mr-Proper und Noah folgten ihnen.

„Nun", sagte Trudi, sobald sie verschwunden waren. „Dann kann die Party ja jetzt steigen!" Ihre Augen leuchteten besorgniserregend.

„Wir sind hier, um zu recherchieren, Trudi", erinnerte ich sie. „Nicht um zu tanzen und zu trinken." Meine ehemalige Angestellte seufzte schwer. „Ich bin wirklich froh, dass ich deinen Geburtstag plane. Wenn du die Vorbereitung in die Hand nehmen würdest, würden wir feinperliges Mineralwasser trinken und Schokoladenzigaretten rauchen."

„Ich trinke lieber stilles Wasser", gab ich zu bedenken.

„Du bist hoffnungslos, Lou", informierte meine Schwester mich sachlich. „Wenn du Sonntag nicht zumindest etwas high vom vielen Helium bist, machst du etwas falsch."

Dann stapfte sie uns voran zwischen den Autos her. Trudi nickte bestätigend und folgte ihr.

„Ich bin aufregend, oder nicht?", fragte ich zweifelnd an Ariane gewandt.

„Du fragst die falsche langweilige Blondine, Lou“, antwortete sie und legte einen Arm um meine Schultern. „Aber was ist jetzt? Gehen wir Zeugen befragen?“

Ich seufzte. „Ja. Hoffen wir einfach, dass ich besser im Mörderfangen als im Partyplanen bin ...“

... und könnte mir bitte jemand eine Schokozigarette drehen?

Kapitel 10

„Was meinst du? Welchem der zwei Autos stehen die pinken Flammen besser?", wollte eine schlanke Schwarzhaarige in Microrock wissen. „Dem Audi oder dem Toyota?"

„Ich weiß nicht", antwortete ihre blonde Freundin laut über die basslastige Musik hinweg. „Mir gefällt mega der kranke Kontrast zwischen dem Schwarz und Pink, aber sie hätten das Auto echt mal waschen können. Guck dir diese billigen, verschlammten Felgen an. Damit würde ich mich nicht von der Polizei blitzen lassen."

„Weißt du, sie hat recht, Louisa", sagte Trudi streng und blieb in Hörweite der beiden Mädchen stehen, die an einem metallicblauen Mercedes lehnten, der eine schwarze 95 auf den Kotflügel gedruckt hatte. „Das Auto *ist* dreckig."

„Es gehört Josh!", verteidigte ich mich sofort. „Soll er es doch durch die Waschanlage fahren."

Trudi schnalzte missbilligend mit der Zunge. „Du bist wirklich ungeeignet, dir einen reichen Mann zu suchen. Du legst zu wenig Wert auf das Bling-Bling in deinem Leben."

Wenn sie mich fragte, hörte sich das *Bling-Bling* in meinen Ohren nach mehreren Synapsen in meinem Hirn an, die gerade platzten. Darauf konnte ich also guten Gewissens verzichten.

„Wir sollten uns unters Volk mischen, oder?", fragte Emmi unsicher und sah sich um.

Wir spazierten bereits seit zehn Minuten zwischen den Bäumen umher, überhörten hier ein Gespräch, schnappten da ein paar Fetzen auf, aber was wirklich Interessantes war dabei noch nicht herumgekommen.

Zwar hatte ich jetzt gelernt, dass autoaffine Jungs offenbar darauf standen, wenn man ihren Penis mit dem Ferrari-4.5-V8-Motor verglich, aber das hatte nur meinen Glauben daran bestärkt, dass mit der Menschheit etwas verdammt falsch lief, nicht daran, innerhalb der nächsten Stunde den Mörder zu schnappen.

„Ja", murmelte ich. „Wir sollten ..."

„Wo ist eigentlich Nessa heute?", wollte plötzlich die Blondine wissen und sofort spitzte ich die Ohren.

„Oh, sie kommt nicht. Ist traurig und so", meinte die Schwarzhaarige und verzog ihr Gesicht zu einer überzeugend mitleidigen Miene. „Ich meine, sie waren fast ein Jahr zusammen. Das ist ein halbes Leben!"

„Ja, hast recht", stimmte ihre Freundin zu. „Ich dachte *auf jeden Fall*, dass sie irgendwann heiraten. Also, ich weiß nicht, was er an ihr gefunden hat, weil sie so arm war und so, aber sie war voll hübsch, deswegen ist das wohl okay. Die Schöne und der reiche Schnösel. Das sind die Dinge, aus denen Märchen gemacht werden. "

„Mega! Obwohl ich an ihrer Stelle echt sauer auf Jannek gewesen wäre."

„Warum das denn?", wollte die Blondine wissen und lehnte sich vor.

„Na, entschuldige, aber wenn mein Freund mich dafür benutzt, für ihn seine Autos zum Treffpunkt zu fahren, nur damit sein Vater nichts mitkriegt, würde ich verlangen, am Gewinn beteiligt zu werden. Doch sie hat nichts bekommen. Ich glaub, er hat ihr nicht einmal was von seinen Drogen abgegeben."

„Was? Was für ein undankbarer Wichser!"

Vielsagend hob die Schwarzhaarige die Augenbrauen. „Ich weiß. Und ich hab gehört, dass Mathias sich sogar über Janneks Tod gefreut hat – weil er jetzt endlich wieder fahren darf. Seit er einen Kratzer in eines von Janneks Autos gefahren hat, war er ja auf der schwarzen Liste."

„Ach, ich kann es irgendwie verstehen. Wenn mein Auto so aussehen würde, würde ich auch jeden Pimmel, der da einen Kratzer reinmacht, zur Rechenschaft ziehen." Sie wandte sich nach rechts, in Richtung der Straßenkreuzung und nickte zu einem kanariengelben Mercedes mit schwarzem Querstreifen an der Seite. Das Auto war so tiefgelegt, dass nur noch sehr schlanke Katzen sich darunter verstecken könnten.

Die Blondine seufzte verträumt. „Nessa soll froh sein, dass sie überhaupt hinterm Steuer von diesem Schnuckel sitzen durfte. Fährt jetzt ernsthaft Linus den Wagen? Shit, Jannek wäre *not amused* gewesen. Der hat das Auto doch mehr geliebt als seine Mutter."

„Aber wofür sollte es sonst benutzt werden?", gab die Schwarzhaarige zu bedenken. „Ein paar Tage steht es uns doch noch zur Verfügung, oder nicht?"

„Ja, auch wieder wahr. Oh, hast du Mathias' neuen Wagen gesehen? Das krasseste Blau sag ich dir! Das *krasseste!*"

Sie fuhren damit fort, sich über irgendwelche Auto-Belanglosigkeiten auszutauschen. Emily, Ariane und Trudi hörten weiterhin gespannt zu, doch mein Blick lag noch immer auf dem gelben Sportwagen.

Der hatte Jannek gehört?

Oder doch nicht richtig gehört? Was sollte das überhaupt heißen, der Wagen *stand ihnen noch ein paar Tage zur Verfügung*?

Lieh ihnen jemand die Autos? Oder kauften und verkauften die Rennteilnehmer ihre mechanischen Freunde andauernd?

Egal, eine Frage für einen anderen Tag.

Das, was mich derzeit interessierte, war, ob jemand das Auto seit Janneks Tod näher untersucht hatte. Die Polizei hatte den Flitzer offensichtlich nicht in die Hände bekommen, sonst stünde er jetzt nicht hier. Und wenn Jannek ihn regelmäßig gefahren war ... bestand dann nicht die Möglichkeit, dass er darin den ein oder anderen Hinweis auf seinen Mörder oder ein Motiv versteckt hatte?

„Ari", murmelte ich aus dem Mundwinkel. „Komm mit, du musst Schmiere stehen." Dann sagte ich an Emmi und Trudi gewandt: „Könnt ihr beide weiter den Mädels zuhören? Uns später erzählen, ob sie noch über irgendetwas Wichtiges, Jannek, Vanessa oder sonst wen getratscht haben?"

„Klar. Wir werden super unauffällig sein", sagte Trudi sofort eifrig und trat gleich noch einen Schritt auf die beiden zu. Emmi nickte nur abwesend und folgte der alten Dame.

Ich nutzte die Gunst der Stunde und zog Ariane sacht am Unterarm in Richtung des gelben Wagens, der einsam und unbewacht am Straßenrand auf seinen Einsatz wartete.

„Was ist denn los?", wollte meine beste Freundin wissen, folgte mir jedoch, ohne sich zu wehren.

„Das Auto", erwiderte ich leise und deutete auf den gelben Wagen. „Die beiden Mädels meinten, es wäre das von Jannek gewesen, oder nicht?"

„Oh, ja." Arianes Miene erhellte sich. „Du glaubst, du findest irgendwelche Hinweise darin?"

„Vielleicht."

Sie nickte und fixierte mit verengten Augen die Reifen des gelben Autos. „Ich hab mir das Profil, das auf Janneks Brust geprangt hat, leider nicht exakt gemerkt, aber … ich könnte schwören, dass es so ein ähnliches Zopfmuster hatte, wie das Gummi da."

Ich schluckte. Daran hatte ich gar nicht gedacht. Aber sie hatte natürlich recht. Eines der Autos hier könnte Verursacher von Janneks gebrochenen Rippen und gequetschten Organen sein. Auch das gelbe.

„Möglich", sagte ich deswegen und versuchte mich daran zu erinnern, wie die schlammig-blutige Spur auf Janneks weißem Unterhemd ausgesehen hatte. Doch ich erinnerte mich nur daran, dass ich so schnell wie möglich hatte wegsehen wollen.

„Oh Gott, meinst du ernsthaft, er wurde mit seinem eigenen Wagen überfahren?", fragte Ariane angeekelt. „Das ist schon sehr unhöflich."

Ich schnaubte. „Aber mit jedem anderen Wagen wäre es zuvorkommend, oder was?"

„Na ja, nein", sagte sie zögerlich. „Aber es ist schon verdammt makaber!"

„Jannek wurde erst vergiftet und dann überfahren. Was an diesem Fall schreit *freundlich* und *stilvoll*?"

„Ja, okay. Hast recht. Was ist dein Plan?"

„Gucken, ob das Auto offen ist, Handschuhfach, Mittelkonsole, Fußraum durchwühlen. Es sieht nicht aus, als würde der Wagen einen Kofferraum besitzen." Dafür bot er schlichtweg zu wenig Platz. Ich wunderte mich schon über die vorhandene Rückbank.

„Klingt gut. Was ist meine Aufgabe?"

„Leute davon abhalten, dem Wagen zu nahe zu kommen."

Sie wurde blass. „Okay. Wie mache ich das?"

„Keine Ahnung, denk dir was aus", meinte ich achselzuckend und schlich im nächsten Moment in geduckter Haltung um das Auto herum, sodass ich nun vor Blicken geschützt auf der Beifahrerseite stand. Hinter mir lag die unbefahrene Straße, trotzdem sah ich mich mehrfach um, bevor ich am Türgriff zog.

Anscheinend befand ich mich in einem amerikanischen Familienfilm, denn das Auto war nicht abgeschlossen.

Törichte Jugend von heute! Rechneten nicht mit einer dreisten Hobby-Detektivin ohne Gespür für Grenzen.

Vorsichtig zog ich die Tür auf ... sofort flackerte das Licht im Innenraum auf.

Leise fluchend ließ ich mich auf den Beifahrersitz fallen und knipste die Birne aus. Ich neigte den Kopf so tief ich konnte, damit man mich von außen möglichst schlecht erkannte, zog mein Handy aus der Tasche und betätigte die Taschenlampenfunktion, um den Fußraum zu beleuchten.

Eine Menge Dreck lag auf der Fußmatte. Doch ich erkannte nirgendwo Blut oder andere Hinweise, die auf einen Kampf oder etwas Ähnliches hindeuteten.

Vorsichtig öffnete ich das Handschuhfach und leuchtete hinein. Es war fast leer. Vielleicht, um das Auto nicht unnötig zu beschweren, oder weil Jannek eben doch geplant hatte, es bald irgendwohin zurückzugeben. Keine Ahnung. Jedenfalls glomm nur die weiße Unterseite eines Zettels auf, sonst nichts.

Vorsichtig zog ich das Papier hervor.

Er war handgeschrieben. In einer engen, schrägen Schrift mit einer Menge Ecken und Kanten.

Ich weiß, was du tust. Du hast keine Ahnung, wie gerne ich es Du-weißt-schon-wem verraten würde. Aber wenn ich morgen früh 10.000 Euro in meiner Mülltonne finde, halte ich vielleicht die Klappe ...

Ungläubig starrte ich den Zettel an.

Das konnte nicht sein Ernst sein!

Was war denn jetzt los? War das Handschuhfach der national anerkannt beste Ort, um Drohnachrichten zu verwahren? Und wie viele Menschen wurden täglich wohl erpresst? Es war doch etwas besorgniserregend, gleich zwei solcher Nachrichten innerhalb weniger Stunden in den Händen zu halten.

Absurderweise war keine der beiden an mich gerichtet! Was für ein merkwürdiger Tag.

Kopfschüttelnd fotografierte ich den Zettel, dann steckte ich ihn zurück, schloss das Handschuhfach und schlüpfte wieder aus dem Auto, um mir die hintere Tür vorzunehmen.

Schon seltsam, ein viertüriger Sportwagen, aber wenn ich heute noch mehr hinterfragte, platzte mir der Kopf. Ich nahm es also einfach hin, setzte mich auf die Rückbank und schloss die Tür hinter mir.

Mit angehobenen Füßen beleuchtete ich den Fußraum, beugte mich tief vor, um auch unter den Sitz sehen zu können und nahm mir dann die linke Seite vor. Der Lichtkegel huschte über die schwarze Matte, erleuchtete sie in all ihrer langweiligen Pracht, dann beugte ich mich tief über das Polster, um unter den Fahrersitz ... Moment.

Stirnrunzelnd hielt ich inne und zwang den Lichtschein zurück, zur Schwelle zwischen Sitz und hinterer Tür.

Da glänzte etwas. Es war kaum zu sehen, aber es war da.

Vorsichtig beugte ich mich vor ...

„... fahren am besten jetzt noch einmal die Strecke ab“, erklang Linus' Stimme viel zu nah.

Erschrocken zuckte ich zusammen und ließ mich reflexartig in den Fußraum fallen.

Der Beifahrersitz presste unangenehm gegen meine Hüfte und der harte Kordstoff scheuerte über meine Knie, dennoch hielt ich still.

„Äh, Jungs, was habt ihr vor?“, hörte ich Arianes zitternde Stimme. „Das Rennen ist doch erst in einer Stunde.“

„Ja, aber wir drehen immer vorab eine Runde“, sagte Linus trocken. „Machen uns mit dem Terrain vertraut.“

Ich schluckte fest und biss auf meine Unterlippe.

Komm schon, Ari! Denk dir was aus, lass sie hier nicht einsteigen!, dachte ich, während ich fieberhaft auf das silbrig glänzende Etwas starrte. Es war eine sehr feine Nadel ohne Öse. Wie die von einer Spritze vielleicht?

„Oh“, sagte Ariane lahm. „Könnt ihr die Strecke nicht einfach ... mit Google Earth ansehen?“

Oh, shit. Ich vergaß jedes Mal, was für ein guter Mensch sie war – und was für eine schreckliche Lügnerin!

Blitzschnell schaltete ich das Licht meines Handys aus.

„Nein“, war Linus’ belustigte Antwort und im nächsten Moment hörte ich, wie er die Fahrertür aufzog.

Ein kühler Wind wehte mir ins Gesicht, während ich mich mit zusammengekniffenen Augen so klein wie möglich zwischen Beifahrersitz und Rückbank zusammenkauerte.

Doch ich war fast dreißig Jahre alt – keine drei! – und Verstecken noch nie meine Stärke gewesen. Herrgott, bis ich zehn war, hatte ich geglaubt, man könne meine Füße nicht unter dem Vorhang hervorblitzen sehen und ein Blatt vor meinem Gesicht mache mich zu einem Baum!

Wenn die Jungs hersahen, wenn sie sich die Mühe machten, zur Rückbank zu sehen ...

Auch die zweite Tür wurde geöffnet und jemand ließ sich schwer in den Sitz fallen, sodass er meine Hüfte zum Ächzen brachte.

„Du könntest wirklich etwas netter sein, Linus", grummelte Noah und die zweite Tür schlug zu.

„Nett sein hilft einem überhaupt nicht im Leben", erwiderte sein Bruder scharf. „Ich dachte, das wäre dir mittlerweile klar."

Noah antwortete nicht. Er seufzte nur einmal kurz und schob sich dann in seinem Sitz hin und her.

Gott sei Dank sah er davon ab, seinen Sitz weiter nach hinten zu justieren. Er hätte mich zerquetscht wie einen übergewichtigen Käfer.

Linus jedoch schob den Fahrersitz weiter zurück, sodass die silbrige Nadel darunter verschwand.

„Man, wer hat hier dringesessen? Der Sitz ist viel zu weit vorn eingestellt", beschwerte er sich und drückte ein paar Knöpfe, woraufhin ein mechanisches Surren erklang und auch die Lehne sich nach hinten neigte.

Mein Herzschlag beschleunigte sich. Ich zog den Kopf weiter zwischen die Schultern und kauerte mich eng zwischen Rückbank und Beifahrersitz ... als der Motor aufheulte und sich der Wagen in Bewegung setzte.

Nun. Das war unvorteilhaft.

Kapitel 11

Scheiße.

Scheiße, Scheiße, Scheiße!

Ich hätte Ariane doch ein paar Hinweise dazu geben sollen, wie sie erfolgreich Leute davon abhielt, sich fernzuhalten. Was tat ich jetzt?

Sobald Linus rückwärts einparkte, würde er mich entdecken.

Ich konnte hier nicht hocken bleiben, doch mich bei voller Fahrt unbemerkt – und lebendig – aus dem Auto abrollen, konnte ich auch nicht. Ich war begnadet im Hinfallen, aber doch nur bei drei km/h oder im Stehen.

Abgesehen davon würden die beiden es wohl oder übel mitbekommen, wenn jemand auf der Rückbank plötzlich die Autotür öffnete und so elegant wie ein Sack Kartoffeln aus dem fahrenden Wagen kippte. Sie würden anhalten, umdrehen, mich entdecken ...

Shit.

Ich umklammerte das Handy in meinen Händen fester, während ich beinahe vornüber in den anderen Fußraum kippte, als das Auto die erste Kurve nahm. Was sollte ich tun? Was *konnte* ich überhaupt tun?

Mir Hilfe zu holen, kam mir wie eine gute Idee vor. Doch dann würde ich zugeben müssen, dass ich mich in eine so dumme Lage gebracht hatte und das stieß mir wirklich bitter auf!

Ich stöhnte innerlich und klammerte mich am Sitz neben mir fest, als der Wagen bremste.

Was blieb mir für eine Wahl? Ich wusste nicht, was die beiden vorhatten. Was, wenn sie vor dem Rennen nicht mehr ausstiegen? Ich war nicht angeschnallt. Wenn sie einen Unfall bauten oder mich doch noch entdeckten ...

Keine Ahnung, was sie dann mit mir machen würden. Denn wie Linus so schön festgestellt hatte: Nett sein half einem überhaupt nicht im Leben!

Und ich wollte nicht wissen, was sie *nicht* Nettes anstellten, wenn sie mitten im einsamen, dunklen Wald einen blinden Passagier fanden.

Nein, ich brauchte einen Plan B. Eine Absicherung, falls was schiefging.

Ich biss die Zähne zusammen, hielt das Handy unter den Sitz vor mir, damit niemand das Licht des Displays bemerkte, und tippte widerwillig eine Nachricht.

Bin in Auto von Verdächtigen eingebrochen. Auto leider losgefahren.

Rispos Antwort folgte innerhalb der nächsten dreißig Sekunden.

Schlechteste Gutenachtgeschichte ever.

Ich verzog das Gesicht und wollte schon zurücktippen, dass er sich mal lieber auf die wesentlichen Dinge konzentrieren solle, als noch eine weitere Nachricht eintrudelte.

Welches Auto? Wo? WARUM? WARUM? Hast du Marvin Bescheid gegeben?

Ach, richtig. Er wäre die klügere Wahl gewesen, denn er war vermutlich vor Ort. Mist, dumme Angewohnheit, erst bei Josh um Hilfe zu bitten. Er hätte es nie erfahren müssen!

Hast recht, tippte ich zurück und umklammerte das Handy fester, als es drohte, mir bei der plötzlichen Beschleunigung des Wagens aus den Fingern zu gleiten.

Ich melde mich bei Marvin. Vergiss, dass ich was gesagt habe! Ignorier mich. Schönen Abend noch.

Josh war jedoch leider sehr schlecht darin, mich zu ignorieren.

Es ist meine Faust, die in einer Wand steckt, nicht mein Kopf, Lou. Mein Gedächtnis ist beschissen fantastisch! Jetzt schreib Marvin.

Mit klopfendem Herzen und zunehmender Übelkeit in meinem Magen tippte ich Marvin dieselbe Nachricht. Ich fügte hinzu, dass der Wagen grellgelb mit schwarzen Streifen an den Türen war und auch auf den Recherchisten war Verlass.

Upsi, war seine knappe Antwort.

Das war doch mal ein Mann nach meinem Geschmack!

Blieb nur zu hoffen, dass er den Wagen fand, bevor ich gefunden wurde.

„Du musst aufpassen, Noah“, sagte Linus. Die Brüder waren innerhalb der letzten Minuten auffällig still gewesen. „Wir fahren die Strecke nicht umsonst vor jedem Rennen noch einmal ab. Die rutschigen Stellen sind immer andere.“

„Mhm“, machte sein Bruder nachdenklich.

Ein lautes Hupen durchschrillte die Nacht und erschrocken zuckte ich zusammen.

Auch Noah schreckte offenbar hoch – so wie sicherlich von Linus beabsichtigt. „Was?“, fragte er hektisch.

„Alter, du bist komplett neben der Spur.“

„Ich weiß – und ich verstehe wirklich nicht, wie du es nicht sein kannst“, fauchte er. „Es ist zu viel passiert in den letzten Tagen und ... wie kannst du so entspannt sein?“

„Ich konzentriere mich auf die wichtigen Dinge“, stellte Linus klar. „Mann, ich weiß, du fährst die Probefahrt lieber mit Mathias, aber ich bin ein ebenso guter Fahrer. Ich kann dir genauso viel beibringen.“

„Mhm“, machte sein Bruder wieder nur.

Die beiden waren erneut einige Minuten still, während ich spürte, wie wir eine Rechtskurve nahmen und die Räder leicht zu schlittern begangen.

„Shit“, sagte Linus. „Hast du das gespürt? Die Stelle ist vereist, Noah. Da müssen wir nachher aufpassen.“

„Was meinst du, wie es Vanessa geht?“, fragte Noah zögerlich und ignorierte die Frage seines Bruders vollkommen.

Linus seufzte schwer. „Du musst sie vergessen, Noah.“

„Ich ... was?“

„Wie lang bist du jetzt schon in sie verschossen?“, wollte Linus ungeduldig wissen.

„Ich ... bin ich nicht!“

„Boah, Noah, *jeder* weiß es, okay? Sie wahrscheinlich auch!“

„Meinst du echt?“ Noah klang auf einmal panisch.

„Ja! Du trägst ihr alles hinterher, bringst ihr eine Jacke, wenn ihr zu kalt ist ... Das macht niemand für ein Mädchen, wenn er es nicht vögeln will.“

„Hör auf, so zu reden“, sagte Noah verärgert. „Ich will sie nicht vögeln.“

„Nein, du willst sie lieben und ehren“, erwiderte sein Bruder verächtlich. „Mann, Noah. Du lebst in einer Traumwelt. Sie interessiert sich nicht für dich.“

„Früher vielleicht nicht, aber jetzt möglicherweise schon ...“, sagte er vage.

„Was denn, hast du gedacht, jetzt da Jannek tot ist, würde sie endlich erkennen, was für ein geiler Typ du bist?“, bemerkte sein Bruder belustigt.

„Nun ... vielleicht“, sagte Noah, seine Stimme unverkennbar hoffnungsvoll. „Jetzt ist sie zumindest frei. Nicht mehr abhängig von ihm. Kann eigene Entscheidungen treffen. Muss nicht andauernd bei ihm um Erlaubnis bitten. Er hat sie wirklich nicht gut behandelt. Sie ist ohne ihn besser dran.“

„Er hat sie okay behandelt“, sagte Linus knapp.

„Finde ich nicht“, murmelte Noah leise. „Sie ist eine Lady. Sie hatte was Besseres verdient. Und jetzt, da er weg vom Fenster ist ... da erkennt sie vielleicht, dass sie sich lieber einen netten Typen suchen sollte. Jemand, der sie nicht anschreit, wenn sie die Fahne zu schnell schwenkt.“

„So wie dich?“, feixte Linus. „Noah, komm mal klar. Vanessa spielt in einer ganz anderen Liga als du. Nessa stand auf den ganzen Scheiß, den Jannek ihr geschenkt hat. Sie hat ihn und sein Geld gebraucht. Er die Kontrolle. Wenn du mich fragst, hat es nur deswegen zwischen ihnen funktioniert.“

„Nein“, sagte Noah störrisch. „Ich bin mir sicher, dass sie innerhalb der nächsten Wochen mit ihm Schluss gemacht hätte.“

„Niemals. Sie hätte gar nicht den Mumm dafür gehabt! Vanessa wäre bis zum Tod mit ihm zusammengeblieben – hey, das ist sie ja sogar, oder?“

„Ja“, wisperte Noah leise.

„Zieh nicht so ein Gesicht“, sagte Linus verärgert. Ich stieß beinahe mit der Stirn auf den Rücksitz, als er enthusiastisch bremste. „Jannek war vielleicht sogar froh drum, zu sterben. Ich meine, jetzt, da er tot ist, hat er auf jeden Fall ein paar Probleme weniger.“

„Linus!“, sagte Noah schockiert.

„Na, was denn? Ist doch wahr! Sein Alter kann ihn jetzt nicht mehr mit Enterbung drohen, rausschmeißen kann ihn die Uni auch nicht mehr und ...“

„So redet man nicht über Tote, Linus! Er war dein Freund.“

„Ja, klar. Aber er war auch ein drogenabhängiger Vollidiot, der seine Aggressionen nicht im Griff hatte. Das weißt du genauso gut wie ich!“

Drogenabhängig? Ich horchte auf.

Die Mädels von vorhin hatten auch schon von Drogen gesprochen.

Vanessa hatte in so hohen Tönen von Jannek gesprochen und ... sie wirkte wie das nette Mädchen von nebenan. Sie hätte sich doch nicht mit einem drogenabhängigen Problemkind eingelassen, oder?

… aber was war das dann für eine silberne Nadel hier im Auto?

Und Rispo hatte gesagt, dass das Gift direkt in Janneks Blutbahn gelangt war. Was, wenn er es sich gespritzt hatte?

Aber nein, das wäre dann ja Selbstmord gewesen und eigenhändig überfahren hätte er sich danach nicht mehr können.

Andererseits … wenn sein Drogenproblem ein offenes Geheimnis gewesen war, hatte sein Mörder diesen Umstand vielleicht zu seinem Vorteil genutzt?

„Wir sollten uns lieber um die wichtigen Dinge sorgen", fuhr Linus mit fester Stimme fort und der Motor heulte auf, als er erneut das Gas durchdrückte. „Zum Beispiel, wie wir ohne Jannek an neue Autos kommen sollen oder die Gewinngelder hochhalten. Die anderen Jungs werden schon nervös und überlegen, auszusteigen. Aber ich brauche das Geld. *Wir* brauchen das Geld. Ich werde Mama und Papa um keinen einzigen Cent mehr bitten. Wenn ich noch mal zu Hause auftauchen muss, kotz ich im Strahl."

„Ich weiß", murmelte Noah. „Ich will Mama und Papa auch nicht sehen, wenn es nicht nötig ist."

Sie schwiegen eine Weile, bevor Noah meinte: „Das mit den Autos kriegen wir schon irgendwie geregelt. Ich meine, die Vereinbarung wird sicherlich erhalten bleiben. Selbst ohne Jannek."

Was für eine Vereinbarung? *Woher* bekamen sie ihre Autos?

„Ja, vielleicht“, erwiderte er unsicher. „Ich muss nur …“ Er brach ab und der Wagen verlangsamte sich auf einmal. „Was zur … siehst du das auch?“

Mein Herz stand still. Gott, ich hasste es, dass ich nicht einfach zusammen mit ihnen durch die Windschutzscheibe blicken konnte.

„Was ist das?“, fragte Noah verwirrt.

Wieder wurde das Auto langsamer, die beiden Brüder auf einmal gespenstisch still …

„Fuck, es sind die Bullen“, rief Linus panisch.

„Scheiße, was? Woher … was tun sie hier?“, wollte Noah wissen.

„Keine Ahnung!“

„Dreh um.“

„Es ist zu eng und glatt hier, ich würde uns in den Graben fahren“, meinte Linus gehetzt. „Ich muss …“ Im nächsten Moment heulte der Motor auf, als er das Gas durchdrückte.

„Was tust du?“, fuhr Noah ihn ungläubig an.

„Ich weiß es nicht! Ich fahr durch ihre Barrikade durch, oder nicht?“

„Bist du *wahnsinnig?*“, war Noahs ungläubige Antwort. „Das schaffst du niemals.“

„Doch, sicher.“

Ich konnte nicht anders.

Ich krabbelte ein paar Zentimeter vor, wandte den Kopf und sah durch die Windschutzscheibe.

Die Polizeibarrikade bestand aus einem Streifenwagen, einem dunkelgrünen Passat mit Blumenaufdrucken und einem schwarzen Audi mit pinkem Flammenaufdruck. Sie standen quer, teilweise hintereinander auf der Straße, und formten eine scheinbar unüberwindbare Karosserie-Wand.

Ich gab Noah recht. Das schaffte er niemals.

„Brems!", schrie Noah, als die Wagen immer näher kamen. Ich konnte mittlerweile erkennen, dass mehrere Gestalten davorstanden.

„Nein!", rief Linus zurück.

Die Autos wurden größer, der Wagen nicht langsamer. Adrenalin pumpte durch meinen Körper und hastig ließ ich mich auf den Sitz sinken und fischte nach dem Anschnaller. Panik und Angst schwappten kalt durch meine Adern, trieben meinen Herzschlag an, rauschten in meinen Ohren ...

„Doch!"

„Nein."

„Doch!"

„Nein, verdammt! Ich ..."

„Brems, du Vollpfosten!", brüllte ich ihn an.

Linus zuckte so heftig zusammen, dass sein Kopf gegen die Autodecke schepperte.

Doch wenn eine Stimme aus dem Nichts einen dazu aufforderte, zu bremsen, dann hatte man offenbar das Verlangen, ihr Folge zu leisten.

Linus stieg auf Kupplung und Bremse.

Der Geruch nach verbranntem Gummi stieg in meine Nase, der Gurt schnitt unangenehm in meine Schulter, der Wagen quietschte, die Jungs schrien ... und wir kamen ruckartig zum Stillstand.

Zischend stieß ich den Atem, den ich instinktiv angehalten hatte, durch meinen Mund aus und presste die Hände auf mein rasendes Herz, bevor ich mich zur Seite lehnte.

Durch die Windschutzscheibe erkannte ich, dass wir keine zwei Meter vor der Polizeibarrikade gehalten hatten ... und dass Rispo mit verschränkten Armen und Sonnenfinsternis-Gesicht vor der Motorhaube stand und ins Wageninnere starrte.

Er starrte mich an, um genau zu sein.

Doch ich konnte seinen Blick nicht erwidern, denn ein neues Gesicht drängte sich jetzt vor meines.

„Was zur Hölle tun Sie da hinten?", schrie Linus mich an. Seine Grimasse rot und wutverzerrt.

Ich zog die Schultern hoch und setzte eine unschuldige Miene auf. „Betriebsspionage?"

Kapitel 12

„Betriebs… was?" Linus hörte sich hysterisch an und in Anbetracht der aktuellen Situation konnte ich es ihm zugegebenermaßen nicht allzu übel nehmen.

„Aussteigen", kam eine dünne, etwas wacklige Stimme von draußen.

Es war Marvin, der sich neben Josh gestellt hatte und dessen Pose imitierte.

Seine verschränkten Arme und sein düsterer Blick waren nicht ganz so beeindruckend wie von Rispo. Dafür fehlten ihm schlichtweg der Bizeps und die düstere Energie. Marvin war eher so der regenbogenmalende Typ, während Josh sein Blatt Papier hart mit dem Bleistift durchlöcherte.

Die beiden Brüder sahen sich dennoch unsicher an.

„Komm", flüsterte Noah und schob seine Autotür auf.

Linus knackte hörbar mit dem Kiefer, bevor er ebenfalls seine Tür aufstieß, aber mit deutlich mehr Wumms dahinter.

Ich stolperte ihnen hinterher, während warme Erleichterung mich durchflutete.

Ich lebte noch, Hilfe war da, die blauen Flecken, die der Sitzgurt hinterlassen hatte, würden wieder verblassen.

Tief durchatmend lief ich um die Motorhaube herum, blieb jedoch in einiger Entfernung zu Noah und Linus stehen, die zur Rechten des Autos standen.

„Wir sind harmlos, wir tun nichts!", sagte Noah sofort und hob die Hände in den Himmel. Sein Blick fuhr dabei ängstlich zu den Pistolen, die deutlich zu erkennen bei Rispo und Marvin am Gürtel hingen.

„Zur Hölle mit harmlos!", rief Linus wütend. „Was für eine Kackscheiße ist das hier?" Sein Blick glitt unruhig über die Ansammlung von Menschen vor ihm, die ihn neugierig musterte. Finn, Ariane, Emmi und Trudi standen bei Rispos Audi. Trudi winkte fröhlich.

Ungläubig schüttelte Linus den Kopf. „Bringt ihr immer eine Alibi-Oma mit, damit wir euch nicht für Bullen halten, oder was?"

„Ich bin keine Oma", sagte Trudi entrüstet. „Mein Sohn sucht noch nach der richtigen Frau und hat keine Kinder."

„Ist mir doch egal", fuhr Linus sie an. „Ihr seid der reinste Zirkus! Ihr könnt mich nicht verhaften. Ihr solltet euch lieber einweisen lassen."

Marvin sah unsicher zu Rispo, der mit verschränkten Armen und zusammengepressten Lippen gegen meinen Passat gelehnt dastand und sich nicht rührte.

„Ihr Fall, Marvin", meinte er schließlich nach einer Minute schroff, als der Recherchist ihn immer noch hoffnungsvoll betrachtete.

Marvin straffte die Schultern und nickte fest, so als hätte er sich gerade erst daran erinnert.

„Bitte beruhigen Sie sich", sagte er daraufhin mit beschwichtigender Stimme an Linus gewandt.

„Einen Scheiß werde ich", schrie Linus.

„Komm schon, Linus", sagte Noah flehentlich, seine Hände zitterten.

„Nein. Eher laufe ich weg und lass mich erschießen!", erwiderte er trocken.

„Oje", wisperte Marvin, bevor er einen Schritt nach vorn machte. Dann sagte er mit festerer Stimme: „Ich werde meine Waffe nicht benutzen. Ich möchte Ihnen nämlich wirklich nicht wehtun. Das hier muss nicht eskalieren. Bitte heben Sie einfach die Hände und lassen Sie sich von mir abführen. Wir befragen Sie auf der Wache."

Noah nickte sofort wild und lief freiwillig in Richtung des Polizeiwagens, wo ein weiterer Uniformierte wartete.

Linus bewegte sich jedoch nicht vom Fleck. Stattdessen hob er jetzt die Fäuste. „Warum sollte ich das tun? Sie sind halb so groß wie ich, Sie mickriger Wicht!"

Marvin räusperte sich. „Der Reim war leicht verletzend, aber Sie stehen unter Stress, das sehe ich Ihnen nach", erwiderte er höflich. „Könnten Sie also bitte einfach ..."

Im nächsten Moment ging alles ganz schnell.

Eine Sekunde sah man, wie Linus wütend auf Marvin losging, in der nächsten packte Marvin ihn an der Schulter, wirbelte ihn herum und hatte ihn mit dem Knie auf dem Rücken am Boden fixiert.

„Heilige Handgranate!", sprach Trudi aus, was ich dachte. „Der kleine Polizist ist flink."

„Oho, Marvin!“, feuerte Emmi ihn an.

„Wow“, hauchte Ariane.

Finn und ich sahen ihn nur mit geöffnetem Mund an.

„Ich habe höflich darum gebeten, so wie meine Mutter es mir beigebracht hat. Das war jetzt nicht meine Schuld, dass ich handgreiflich werden musste“, sagte Marvin mit fester Stimme und nickte, wie um sich die Worte selbst zu bestätigen. „Ich ziehe Gewaltlosigkeit vor.“

Er drehte Linus' Arme auf den Rücken und legte ihm Handschellen an, bevor er ihn bestimmt, aber mit viel Gefühl auf die Beine zog und im nächsten Moment in den Streifenwagen verfrachtete, in dem Noah bereits wartete.

Dann sah Marvin unschlüssig zu Rispo.

Josh nickte knapp.

Marvin lief rosa an und lächelte schüchtern. Als hätte Rispo ihm soeben eine Medaille verliehen oder ihm mitgeteilt, er wolle ihn adoptieren.

Großer Gott, er suchte wirklich viel zu oft Joshs Bestätigung!

Josh war nicht perfekt. Josh war ein mieser Lügner, der Drohnachrichten in seinem Handschuhfach versteckte!

„Marvin“, sagte ich außer Atem. „Ich hatte früher mit dir gerechnet! Wo warst du? Wolltest du nicht auch beim Rennen vorbeisehen.“

„Ich habe eingesehen, dass ich nicht dafür geschaffen bin, einen Rennfahrer zu imitieren. Ich wollte sie eigentlich alle auf frischer Tat ertappen und das ganze Undercoverzeug vermeiden“, sagte er langsam und hob

eine Schulter. „Aber dann hast du geschrieben und …
nun. Wir mussten den Plan ändern."

Ich nickte und senkte den Blick. „Natürlich. Tut mir
leid, dass ich dein Vorhaben durcheinandergebracht
habe."

„*Er* kriegt eine beschissene Entschuldigung und alles,
was ich bekomme, ist eine fragwürdige Nachricht auf
der Anrichte und gestohlene Autoschlüssel?", fragte
Josh ungläubig. Seine kühle Fassade war ihm vom
Gesicht geglitten. Er war so offensichtlich wütend wie
Rosa Schlüpfer ein denkbar unglücklicher Name.

Ich verengte die Augen und erwiderte stetig seinen
Blick. Er hatte kein Alleinrecht auf die Emotion *Wut*.
Wie es der Zufall so wollte, war ich nämlich ebenfalls
unzufrieden mit ihm. „Es war keine *beschissene*
Entschuldigung. Es war eine aufrichtige und ehrliche",
erwiderte ich leise.

Josh schnaubte. „*Ich brauche dein Auto, um Zeug zu machen, das du gar nicht wissen willst?*", sagte er leise.
„Weißt du, wie scheiße es ist, nach einem langen Tag
nach Hause zu kommen und diese Nachricht auf der
Küchenanrichte vorzufinden?"

„Hätte ich sie lieber auf den Tisch legen sollen?", überlegte ich laut.

„Lou", knurrte er.

Ach, er sollte sich mal wieder einkriegen. „Zu meiner
Verteidigung: Ich habe wirklich gehofft, dass du die Nachricht nicht findest", sagte ich leichthin. „Also …"

Josh öffnete den Mund, sicherlich, um wieder
irgendetwas in unangemessen lauter Lautstärke von
sich zu geben, doch Trudi unterbrach ihn.

„Joshi, ich habe da noch eine etwas unangenehme Bitte", sagte sie, räusperte sich und packte ihn am Arm. „Würdest du mir achtzig Euro für die Verschönerung an deinem Wagen zahlen?"

Rispo blinzelte verwirrt und wandte sich um. „Ich … was?" Sein Blick glitt zu den pinken Flammen auf dem schwarzen Audi … und ihm fielen fast die Augen aus dem Kopf. „Ist das *mein* Auto?", fuhr er sie an.

„Aber natürlich", sagte sie irritiert.

„Was zur Hölle habt ihr damit gemacht?", rief er, die Hände in den Haaren.

„Wir haben es aufpoliert", informierte Trudi ihn zufrieden. „Und ich finde, du solltest das zahlen, weil du ja auch von dem Ergebnis profitierst."

„Ich … scheiße, was?"

Er wirbelte zu mir herum und durchbohrte mich mit schwarzen Blicken. „Gott, Lou! Wie kommt es, dass immer nur *mein* Wagen leiden muss, aber nie deiner?" *Weil meiner unzerstörbar war.*

Ich zuckte nur die Achseln, betrachtete meine dreckigen Fingernägel und wandte mich zu Marvin um.

„Ich hab eine Nadel hinten im Fußraum gefunden, Marvin", informierte ich ihn. „Es ist Janneks altes Auto und er war wohl drogenabhängig, also … vielleicht wurde ihm das Gift gespritzt? Keine Ahnung, ob man an der Spitze noch irgendwelche Rückstände feststellen kann, aber … ja", endete ich lahm.

„Oh, vielen Dank." Marvin nickte eifrig und zückte sofort einen Block, um die neuen Informationen festzuhalten.

„Oh, ich weiß auch was", sagte Trudi stolz. „Die zwei Mädels, mit denen ich mich unterhalten habe, haben mir erzählt, dass Vanessa bis vor kurzem die Startbraut war. Sie hat die Fahnen gewunken, sobald das Rennen begann. Und sie und Jannek haben sich wohl öfter gezofft, weil sie ihre Aufgaben nicht zu seiner Zufriedenheit erledigt hat."

Wieder nickte Marvin, schrieb mit und blickte konzentriert auf seinen Block.

Ja, das passte mit dem zusammen, was ich im Auto überhört hatte. Und es ergab Sinn, dass Vanessa Teil von der ganzen Sache gewesen war. Deswegen hatte sie Jannek – und sich selbst – schützen wollen.

Eine Anzeige wegen illegaler Straßenrennen machte sich nicht gut im Lebenslauf.

„Ach, und im Handschuhfach liegt eine Drohnachricht", fiel mir ein. „Allerdings nicht unterschrieben. Aber vielleicht sind ja Fingerabdrücke drauf, die euch weiterhelfen?"

„Drohnachricht?", fragte Josh verwirrt.

Ich presste die Lippen aufeinander und wandte ihm ruckartig den Kopf zu. „Wieso tust du so überrascht? Mit denen kennst du dich doch anscheinend aus."

Er verengte die Augen. „Hast du in meinem Handschuhfach gewühlt?"

„Nein! Dein Handschuhfach hat mich angesprungen."

„Oh, das stimmt, ich hab etwas zu energisch gebremst", schaltete sich Finn ein.

Ein Muskel zuckte in Rispos Wange. „Du hast *Finn* den Audi fahren lassen?" Seine Stimme war mittlerweile so rau wie mit Nieten bestücktes Schmirgelpapier.

Hastig wandte ich den Blick ab und sah wieder zu Marvin.

„Findest du nicht, dass es Zeit wird, uns alle nach Hause zu schicken, Marvin?", wisperte ich. „Wir sollten alle nicht hier sein."

„Oh, richtig!", sagte er und nickte. „Bitte verlasst alle diesen Ort. Die Spurensicherung muss erst mal kommen und sich das Auto angucken." Er deutete zum gelben Flitzer. „Bis dahin solltet ihr alle verschwunden sein. Richtig?" Wieder linste er zu Rispo.

Der sagte nichts. Er sah mich nur starr an.

„Richtig", bestätigte ich deswegen für ihn. „Okay, Leute. Ihr habt den braven Polizisten gehört. Abmarsch. Finn, gib Josh seine Schlüssel. Er will sein feuriges Auto sicherlich selbst fahren."

Josh schwieg noch immer.

Shit. Die Ruhe vor dem Sturm.

„Überweis mir das Geld einfach bei PayPal", sagte Trudi und klopfte Josh auf den Bizeps, bevor sie zum Passat lief.

„Du kennst PayPal?", fragte Emmi überrascht.

„Klar, er ist gut mit Herrn Google befreundet. Und Herr Googles Freunde sind auch meine", sagte Trudi weise und stieg ein.

Ich fischte die Schlüssel aus Joshs Hosentasche und lief ebenfalls zu meinem Auto. Mit Blumen- anstelle von Flammenaufdrucken fühlte ich mich direkt viel wohler.

„Wir sehen uns zu Hause", murmelte ich, bevor ich die Fahrertür aufzog.

Josh antwortete nicht … und ich wusste nicht, ob mich das beruhigen oder mir Angst einjagen sollte.

Vielleicht war es gut, dass Josh und ich separat nach Hause fuhren. Er allein in seinem Audi, ich mit Trudi, Emmi, Ariane und Finn in meinem Passat, den er genommen hatte, um mich aufzuspüren, sobald er die Nachricht entdeckt hatte.

So hatten wir beide Zeit, uns etwas abzukühlen, bevor wir möglicherweise den Streit des Jahrhunderts führen würden.

Doch nachdem ich die ganze Bagage abgesetzt hatte und nach Sülz aufbrach, fiel es mir schwer, mich auf meine Wut zu konzentrieren.

In meinem Kopf schwirrten zu viele Fragen bezüglich des Falls herum.

Dieser Abend war genauso erfolgreich wie schrecklich gewesen.

Ich hatte zwar mehr über Jannek herausgefunden – drogenabhängig, Uniprobleme, Vaterprobleme, Aggressionsprobleme – aber dem Täter nähergebracht hatte mich das nicht.

Meiner Erfahrung nach, machten sich drogenabhängige Arschlöcher, die mit ihrem Geld angaben und gegen Papa rebellierten nicht beliebt. Und wenn selbst Linus, Janneks bester Freund, nicht allzu viele gute Worte über den Toten zu verlieren hatte, wie ging es da dann wohl seinen anderen Freunden?

Gott, ich wusste nicht, ob Vanessa gelogen hatte oder schlichtweg zu verliebt und verblendet gewesen war, um Janneks wahres Wesen zu erkennen.

Oder aber Linus übertrieb maßlos und Jannek war doch der herzensgute Engel, den seine Freundin beschrieben hatte.

Irgendwie fiel es mir schwer, das zu glauben. Denn herzensgute Engel wurden nur halb so oft überfahren wie Arschlöcher.

Ach, Mist. Das half mir alles nicht.

Wenn Jannek das Gift wirklich gespritzt worden war, dann handelte es sich bei seinem Mörder höchstwahrscheinlich um jemanden, den er kannte. Dem er vertraute. Ich für meinen Teil würde zumindest nicht einfach eine Spritze von jemand Fremden annehmen und sie mir in den Arm rammen.

Dann war da noch die Drohnachricht.

Wer hatte Jannek bedroht? Und wer hatte wem was verraten wollen?

Drohnachrichten waren immer so schrecklich kryptisch und ich ging davon aus, dass mit *Du-weißt-schon-wem* nicht Lord Voldemort gemeint war, obwohl das den ganzen Mordfall um einiges interessanter gemacht hätte.

Noah hätte ein Motiv. Er war in Vanessa verliebt und hatte Jannek offenbar aus dem Weg haben wollen. Linus schien auch nicht sonderlich gut auf den Toten zu sprechen gewesen zu sein ...

Ich parkte vor dem Mehrfamilienhaus, in dem Josh und ich wohnten, und fuhr mir mit der Hand übers Gesicht.

Ich wusste es nicht. Ich wusste es einfach nicht.

Müde und mit aufgestellten Nackenhaaren öffnete ich die Haustür und stapfte die Treppen zur Wohnung hoch.

Je näher ich der Wohnungstür kam, desto schlechter fühlte ich mich.

Im Gegensatz zu dem, was viele vielleicht dachten, stritt ich nicht gern mit Josh. Zumindest nicht ernsthaft. Ich kabbelte mich gern mit ihm oder diskutierte über dämliche Dinge.

Aber ich war nicht gerne wütend auf ihn – und mochte es nicht, wenn er wütend auf mich war.

Auf einen unausweichlich ernsten Streit mit ihm freute ich mich also ungefähr so sehr wie auf einen Frisörbesuch bei Edward mit den Scherenhänden und seinem Gehilfen Wolverine.

Dennoch steckte ich pflichtbewusst den Schlüssel ins Schloss und drehte ihn mit einem unheilvollen Quietschen.

Ich sollte das Pflaster einfach schnell abreißen. Das war weniger schmerzhaft, als mir hier vor der Tür erst noch eine Stunde lang auszumalen, was gleich noch alles schiefgehen könnte.

Als ich in die Wohnung trat, stand Josh in der Küche und kochte.

Das tat er manchmal, wenn er aufgewühlt war und seine Gedanken klären wollte. Liegestütz oder Lasagne. Das waren seine zwei Lösungsansätze für einen vollen Kopf und ein schweres Herz. War gesünder und günstiger als Alkohol.

Gott, wie ich es hasste, der Grund für die Notwendigkeit einer Bewältigungsstrategie zu sein.

„Hey", sagte ich leise und schloss die Tür hinter mir. Josh sah nicht auf.

Er starrte so intensiv auf den Herd, dass es aussah, als versuche er, ihn zum Explodieren zu bringen. Oder vielleicht versuchte er auch nur, sich selbst davon abzuhalten zu explodieren.

Ich seufzte leise, zog meine Schuhe und Jacke aus und schloss einige Augenblicke lang die Augen.

Auf einmal wünschte ich mir die Zeit zurück, in der ich noch geglaubt hatte, seine Ex-Verlobte sei ein Problem, das unsere Beziehung belastete.

Unsere damaligen Meinungsverschiedenheiten kamen mir auf einmal lächerlich vor.

Josh rührte in der Tomatensoße. Gleichmäßig, gefasst, sein kontrolliertes Selbst, während ich dastand und nicht wusste, wie ich das Gespräch anfangen sollte.

Ich wünschte, es gäbe weniger tote Menschen in unserem Leben, schoss mir durch den Kopf. Doch das wäre unfair gegenüber den Toten. Denn sie trugen keine Schuld an unserem Schlamassel. Das trugen ganz allein unser Dickkopf und unsere Unehrlichkeit.

„Weißt du, ich wusste, dass du hinfahren würdest. Zum Straßenrennen", murmelte Josh resigniert, gerade als ich den Mund öffnete, um den Streit mit einer klassischen Entschuldigung einzuleiten.

„Du hast nicht versprochen, dass du es nicht tun würdest, hast dir somit ein Schlupfloch gesucht – mir war also klar, dass du dich heute Abend ins Chaos stürzen würdest. Mir war nur nicht bewusst, dass du dafür mein Auto stehlen musstest."

„Ich hab es nur geliehen", widersprach ich vorsichtig. „Und es ist noch ganz, oder nicht?"

„Es hat pinke Flammen auf seinen Türen, Lou!"

„Na, dann werden sich die anderen Audis eben für ein paar Wochen über es lustig machen. Das stärkt seinen Charakter."

„Sicher", antwortete er schroff. „Und ich schätze, es stärkt unsere Beziehung, dass du die Chance genutzt hast, um in meinem persönlichen Zeug herumzuwühlen?“

„Ich habe nicht gewühlt, die Drohnachricht ist mir wortwörtlich vor die Füße gefallen“, sagte ich gezwungen geduldig, denn allein der Gedanke daran ließ meinen Puls in die Höhe schießen. „Und ich bin froh, dass es passiert ist, denn ... ich muss mir keine Sorgen machen, ja? Das ist es, was du mir seit Wochen erzählst. Du passt auf dich auf. Dir wird nichts passieren. Alles ist so wie immer. Drohnachrichten im Handschuhfach zu verstecken, ist also wie immer?“

„Für dich schon, oder nicht?“, erwiderte er trocken und schob die Soße vom Herd.

„Ich bin es nicht, die am Pranger steht!“

„Du hast mich belogen, mein Auto gestohlen, es mit pinken Flammen verziert und bist auf die Rückbank eines mutmaßlichen Mörders geklettert – wie kannst du *nicht* am Pranger stehen?“, fuhr er mich zornig an.

Mist, er brachte da ein paar wirklich gute Argumente vor.

Ich stützte mich mit den Händen auf der Anrichte ab und presste die Lippen aufeinander. „Ich hätte dir zumindest erzählt, wenn jemand damit droht, mir die Hände abzuhacken“, hielt ich dagegen. „Diese Nachricht ist doch ein eindeutiges Zeichen, dass du die Ermittlungen stoppen solltest. Dass es zu gefährlich wird.“

„Nein, es ist ein eindeutiges Zeichen, dass ich auf dem richtigen Weg bin.“

„Auf dem richtigen Weg in dein Grab, Josh!“

Rispo verengte die Augen. „Weißt du, Lou“, sagte er leise. „Deine Doppelmoral steht dir nicht. Wie oft wurdest du schon im Zuge deiner Kamikaze-Ermittlungen bedroht? Und jetzt, da ich das erste Mal so eine Nachricht bekomme, ist es plötzlich untragbar? Nein. So funktioniert das nicht."

„Ich versuche mein Verhalten nicht zu rechtfertigen, Josh! Tatsächlich verstehe ich seit einigen Wochen sehr viel besser, wie du dich die letzten Jahre über gefühlt haben musst und das tut mir aufrichtig leid! Ich habe eine Menge Fehler gemacht und eine Menge dummer Entscheidungen getroffen. Aber ich habe das Unheil nie absichtlich heraufbeschworen. Kannst du dasselbe von dir behaupten? Du handelst leichtsinnig, Josh, und in deinem Fall ist das viel gefährlicher als in meinem. Denn du hast eine Waffe, du bist Polizist, es gibt ohnehin schon hundert Kriminelle, die dich gerne tot sehen wollen – du kannst mehr Schaden anrichten als ich. Wie viele Drohnachrichten musst du bekommen, bevor du es einsiehst?"

„Mein Job ist gefährlich, Lou", sagte Josh angespannt. „Das wusstest du, als du dich auf eine Beziehung mit mir eingelassen hast. Ich akzeptiere, dass du mit einer kranken Monstera im Bett schläfst, wenn du glaubst, dass sie nur braune Blätter bekommt, weil sie einsam ist – du musst akzeptieren, dass ich mich manchmal im Zuge meiner Arbeit in Gefahr begebe."

„Aber du kannst nicht mehr klar denken, Josh!", sagte ich eindringlich und ballte die Hände zu Fäusten. „Ich weiß, dass du in deinem Job keine Zuckerwatte verkaufst oder im Bällebad herumtollst. Aber ich konnte mich immer damit beruhigen, dass du vernünftig und aufmerksam bist und einen kühlen Kopf bewahrst. Deswegen musste ich mir keine Sorgen machen. Aber das trifft jetzt nicht mehr zu! Du bist ... vollkommen durch den Wind! Ich mache mir langsam ernsthaft Sorgen. Ich meine: Du stocherst leichtsinnig in Drogennestern herum und sammelst Droh-na-chrichten – das würdest du im Zuge keiner anderen Er-mittlung tun! Du würdest nicht auf gut Glück hochkarätige Kriminelle aufscheuchen und anpissen, nur weil vielleicht, möglicherweise jemand von ihnen etwas mit einem Mord zu tun hat. Das machst du nur, weil es um deine Mutter geht!"

„Ich komme klar, Lou!"

„Ja, das sagst du immer wieder, aber so langsam glaube ich, dass es eine Lüge ist, Josh. Denn du kommst *nicht* klar. Du bist *besessen*. Und langsam reicht es. Ihr kommt in dem Fall nicht weiter, ihr habt seit Wochen keine neue Spur, ihr ..."

„Es war ein Auftragskiller, Lou", unterbrach er mich rau.

„Was?" Perplex sah ich ihn an. „Wovon redest du?"

„Wir hatten heute einen Durchbruch. Einer meiner Informanten hat tatsächlich etwas von dem Mord an Konstantin Rubens mitbekommen ... er hat mir erzählt, dass ein Auftragskiller auf ihn angesetzt wurde."

Josh sah mich nicht an, während er sprach, stattdessen starrte er noch immer auf die fertige To-matensoße.

„Was?", wiederholte ich und mit jeder verstreichen-den Sekunde wurden meine Augen größer. „Nein. Das ist ..."

„... die Wahrheit", beendete Josh den Satz. „Er hätte keinen Grund zu lügen. Und wenn es stimmt, dann besteht die Möglichkeit, dass meine Mutter ebenfalls Opfer eines Auftragskillers geworden ist."

„Aber ... warum? Ich verstehe nicht ..." Schockiert klammerte ich mich an der Anrichte fest. „Das kannst du nicht ernst meinen."

„Doch. Wir sind uns zu neunzig Prozent sicher." Er stellte den Herd aus, atmete tief durch und blickte mir in die Augen. „Die beiden Morde, der meiner Mutter und der von Konstantin Rubens, hängen scheinbar nicht zusammen. Es gibt nur eine einzige Verbindung – und das ist die Tatwaffe. Die, wie wir herausfinden konnten, bei mehreren Straftaten in Deutschland verwendet wurde. Nur nicht im Umkreis Köln, weswegen wir nicht direkt darauf gestoßen sind. Es wurden zwei weitere Männer damit getötet. Irgendein Supermarktinhaber aus Berlin und ein Fabrikarbeiter in Heidelberg. Hat bei LAMY gearbeitet, du weißt schon, diese Füller-Firma." Er holte tief Luft. „Keines der Opfer steht in irgendeiner Verbindung zueinander. Sie haben sich weder gekannt noch irgendwelche auffälligen Gemeinsamkeiten. Deshalb gehen wir davon aus, dass es sich bei dem Täter um einen extern angeheuerten Auftragskiller handelt. Es ist eine valide Erklärung."

„Aber ..." Blinzelnd schüttelte ich den Kopf. „Wir sind in Köln. In Deutschland. Auftragskiller gibt es doch nur in Russland oder den USA oder ..."

„Du guckst zu viel Netflix, Lou", sagte Josh trocken. „Auftragskiller gibt es überall dort, wo es genug Geld gibt."

Ich schluckte.

Das gefiel mir nicht. *Überhaupt* nicht. „Aber ... wem ist deine Mutter auf die Zehen getreten, dass jemand einen

Auftragskiller angeheuert hat? Wer würde solch extreme Maßnahmen ergreifen?"

Es musste um unglaublich viel Geld gegangen sein oder um unglaublich prekäre Informationen, wenn jemand so weit ging einen Auftragskiller anzuheuern, um sein Geheimnis zu vertuschen.

„Das ist genau die Frage." Ein harter Zug entstand um Rispos Mund.

„Aber ... meintest du nicht, dass deine Mutter über irgendeinen Karnevalsverein geschrieben hat, als sie ums Leben kam?"

Das war zumindest, was in der Akte stand, die ich vor Monaten gelesen hatte.

„Ja."

„Und ... diese Jecken sollen einen Auftragskiller engagiert haben?" Zweifelnd runzelte ich die Stirn.

„Ich weiß es nicht, Lou", sagte er ungeduldig. „Es ergibt auch für mich keinen Sinn. Es ist absolut albern. Ich meine ... in ihrem Artikel ging es um irgendeinen dummen Rosenmontagsumzugswagen, der mit dem riesigen Pappmaché-Gesicht eines dummen, toten Politikers geschmückt werden sollte. Als sie gestorben ist und den Artikel nicht fertigschreiben konnte, hat einfach jemand anderes die Recherchen übernommen. Die Veröffentlichung des Artikels wurde also nicht einmal verhindert. Darum kann es also kaum gegangen sein!" Er fuhr sich mit beiden Händen übers Gesicht. „Doch niemand weiß, aus welchem Grund sie sonst getötet wurde – niemand außer der verdammte Auftragskiller und sein Auftraggeber."

Ich biss mir auf die Unterlippe und schüttelte den Kopf. Mein Herz schlug mir bis zum Hals. „Josh, mir gefällt das nicht", wisperte ich. „Ein Auftragskiller bedeutet, dass irgendjemand da draußen bereit ist, eine Menge Geld zu zahlen, um Leute zum Schweigen zu bringen – und du bist einer dieser Leute! Was ist, wenn du der Nächste bist, der mit zwei Schusswunden im Rücken in irgendeiner Gasse landet?"

„Das wird nicht passieren", sagte er grob.

„Das kannst du nicht wissen!"

„Ich bin vorsichtig, Lou."

„Ja, aber wie lange noch?", fragte ich angespannt. „Du bist besessen von dem Fall, Josh! Er hat schon einmal dein Leben kaputt gemacht und du bist gerade dabei, den gleichen Fehler ein zweites Mal zu begehen. Du bist besser als das! Du bist *klüger* als das! Du bist viel zu emotional involviert. Du solltest den Fall abgeben. Oder zumindest eine Pause machen, Josh."

Er schüttelte steif den Kopf. „Ich kann nicht. Denn er hatte recht, Lou", sagte er hart.

„Wer?"

„Moritz! Ich habe etwas übersehen. Ich habe einen beschissenen Fehler gemacht – und wenn jetzt die Chance besteht, dass ich den Mörder schnappen kann, ich es aber nicht tue, dann werde ich mir das nie verzeihen. Also sag mir nicht, ich soll eine Pause machen. Die kann ich immer noch nehmen, wenn der Mistkerl hinter Gittern sitzt."

„Aber wie lange wird das dauern? Wie lange willst du noch darauf verzichten, zu schlafen, dich auszuruhen und dein verdammtes Leben zu leben? Du denkst an nichts anderes mehr als an diesen Fall – und ich verstehe es. Wie wichtig er für dich ist. Aber dabei vernachlässigst du deine Gesundheit – geistig sowie körperlich – und ..."

„Lou!", fuhr er mich wütend an. „Verstehst du denn nicht? Muss ich es noch einmal wiederholen? Ich habe einen Fehler gemacht. Ich habe in ihrem Fall etwas übersehen. Ich bin scheiße noch mal nicht unfehlbar ... und wenn es an meiner Unfähigkeit liegt, dass Mamas Mörder da draußen noch frei rumläuft, dann kann und werde ich das nicht auf mir sitzen lassen. Verstanden? Dieser Auftragskiller ist womöglich noch in Köln. Ich schulde es mir und meiner Mutter, mich nach ihm umzuhören."

„Aber der Hinweis auf einen Auftragskiller ist nur ein weiterer Anfang, kein Ende", flüsterte ich und leise Verzweiflung kroch in mir hoch. „Nur ein weiteres Indiz in einem endlosen, scheinbar nicht lösbaren Fall. Er wird dir nicht verraten, wer ihn angeheuert hat!"
„Vielleicht nicht. Vielleicht doch. Es gibt nur eine Möglichkeit, das herauszufinden."

Ich presste die Hände auf meine Brust und versuchte mich zu beruhigen. Eine Lösung zu finden.

Doch es gab keine! Josh steckte fest. Er würde den Fall nicht aufgeben, solange er nicht gelöst war – und wenn das niemals sein sollte, dann ... dann ...

Ich schluckte fest. „Time-out", sagte ich laut und hob beide Hände.

Irritiert sah er mich an. „Was?"

„Time-out!", wiederholte ich. „Ich möchte einen Streit-Time-out."

„Es gibt kein Time-out im Leben."

„Doch, sicher", sagte ich und atmete zitternd durch. „Wenn einem ein Streit zu viel wird, kann man ein

Time-out einreichen und eine aufwühlende Diskussion auf unbestimmte Zeit verschieben. Bis sich Gemüter beruhigt haben, böse Worte überdacht und Entscheidungen zurückgenommen wurden. Bis ... bis die Kopfschmerzen abgeklungen sind und sich die Panik gelegt hat."

Josh ließ die Schultern sinken und stieß hörbar den Atem aus.

„Teil eines Time-outs ist übrigens auch eine Umarmung", sagte ich leise und meine Fingerknöchel traten weiß hervor, weil ich mich so fest an die Arbeitsplatte klammerte. „Falls ... einer der beiden streitenden Parteien ein wenig menschliche Nähe nötig hat, um das Bild von ihrem erschossenen Freund in einer dunklen Gasse loszuwerden."

Rispo starrte mich ausdruckslos an. Die Sekunden verstrichen, dröhnten mit dem rauschenden Blut in meinen Ohren.

Ich rechnete schon damit, dass Josh sich umdrehen und einfach wortlos ins Schlafzimmer verschwinden würde, doch nach einer halben Ewigkeit kam er schließlich um die Kücheninsel herum und zog mich zu sich heran.

Es war ein Eingeständnis von Rispo, mir die Nähe zu geben, die ich brauchte, obwohl er sich nach einem Streit eigentlich immer nach Abstand und Ruhe sehnte.

Dennoch legte er die Arme um mich, gab mir die Wärme, die meinem Körper fehlte und beruhigte mich mit seinen gleichmäßigen Atemzügen.

Ich vergrub meine Nase in seiner Halsbeuge, sog seinen Geruch ein und versuchte meine Gedanken zu ordnen. Meine Panik zu ersticken. Mir einzureden, dass alles halb so wild war.

Doch ich glaubte mir nicht. Unsere Beziehung befand sich seit Wochen in einer Abwärtsspirale und ich wusste nicht, wie ich sie aufhalten sollte!

„Es tut mir leid, dass es im Moment so schwer ist", murmelte Josh an meinem Scheitel. Seine Stimme so leise, dass ich es fast überhört hätte.

Ich nickte. „Es tut mir leid, dass dein Auto aussieht, als habe ein Einhorn darauf gekotzt."

„Ist okay. Trudi eine solche Freude damit bereitet zu haben, ist meine gute Tat für den Tag."

Ich lächelte ... doch das Lächeln wackelte auf meinem Gesicht.

Denn das Time-out war nur eine Übergangslösung. Und ich fürchtete, dass es keine endgültige geben würde ...

Kapitel 13

Ich schlief so schlecht, dass ich mich am nächsten Morgen wunderte, wie ich mit meinen hektischen Bewegungen kein Loch in die Matratze gegraben haben konnte.

Die ganze Nacht klammerte ich mich an Josh fest, als würde er mir sonst davontreiben. Als befänden wir uns auf zwei einsamen Eisschollen auf dem Meer, die von unruhigen Wellen malträtiert wurden. Als könne ich ihn verlieren, wenn ich nur eine unvorsichtige Sekunde lang nicht aufpasste.

Am nächsten Morgen sah ich als Erstes nach dem Verlobungsring, der sich noch immer an Ort und Stelle befand, bevor ich zur Polizeiwache fuhr. Marvin hatte mir mehrere Nachrichten geschrieben und mich gebeten, dort vorbeizuschneien, also überließ ich Emmi und Leonie die Öffnung des Ladens.

Ich wusste nicht, was er wollte, vielleicht musste ich noch eine Aussage über die Geschehnisse des letzten Abends machen, doch als ich um kurz nach neun in das trostlose Gebäude der Trostlosigkeit trat, stand er schon an der Rezeption und erwartete mich.

„Alles okay, Lou?", begrüßte Marvin mich besorgt. „Du siehst etwas grünlich aus."

Ja, so fühlte ich mich auch. Mein Körper benahm sich schon den ganzen Morgen komisch. Mein Magen war flau, meine Füße schwer, mein Herz schlug schneller als sonst. Übelkeit wechselte sich mit Heißhunger ab.

Ich gab meiner Zuckerdiät und dem Streit die Schuld.

Oder der Tatsache, dass ich Angst davor hatte, da draußen könnte ein Auftragskiller herumlaufen, eine Kugel mit Rispos Namen in seinem Lauf.

Wenn ich schon dabei war, würde ich einen Teil der Schuld auch auf meine Mutter abwälzen. Sie hatte mir nämlich eine Nachricht auf der Mailbox hinterlassen, in der sie hatte wissen wollen, ob sie einen Kuchen backen sollte oder ob ich zu alt für eine Geburtstagstorte war.

Was war das für eine Frage? Wenn alt werden bedeutete, dass man keine Torte mehr bekam, starb ich lieber jung! Mit meinem Gesicht in einer Schwarzwälder Kirschtorte und meiner Hand in einer Dose voller Kekse.

„Es geht schon, Marvin", sagte ich bemüht freundlich. „Hab nur nicht gut geschlafen. Was gibt's?"

„Gleich mehrere Dinge", meinte er, seine Stimme auf einmal geschäftsmäßig.

Das war faszinierend. Mit anzusehen, wie Marvin mit jedem Tag, den er allein an diesem Fall arbeitete, über sich hinauswuchs. Vielleicht hatte Josh recht gehabt. Es war Zeit für Marvin gewesen, mehr Verantwortung zu übernehmen. Und sie stand ihm gut!

„Erstens ..." Er zählte an den Fingern ab. „Du musst noch eine Aussage bezüglich der gestrigen Ereignisse machen. Zweitens: Wir haben die Nadel untersucht, es befanden sich tatsächlich Rückstände des Giftes daran, das ursächlich für Herrn von Strauß' Tod war, sie ist also womöglich die Tatwaffe. Die dazu passende Spritze konnten wir jedoch nirgendwo finden. Da wir bisher auch nicht wissen, wo genau Jannek überfahren wurde, haben wir auch keinen weiteren Tatort, an dem wir suchen könnten. Drittens: Wir haben leider keine brauchbaren Fingerabdrücke im Auto finden können. Außer natürlich Janneks, Linus' und Noahs und ... nun deine." Er lief rosa an.

„Natürlich nicht. Ein Rennfahrer, der was auf sich hält, trägt Handschuhe", meinte ich seufzend. „Ist das Auto denn der Wagen, mit dem Jannek überfahren wurde?"

Er hob eine Schulter. „Das Reifenprofil passt, aber wir konnten keine Rückstände von Blut finden. Vielleicht hat jemand sie gründlich gewaschen, aber ... keine Ahnung. Es sind keine besonderen Reifen. Viele Autos fahren mit dieser Art von Profil."
Was so viel bedeutete wie: In dem Bereich war die Polizei kein Stück weitergekommen.

Ich seufzte und meine Gedanken schweiften zurück zur Mordwaffe. „Was glaubst du, ist passiert, Marvin? Hat ihm jemand die Spritze in den Arm gerammt? Ihn dazu gezwungen, sich das Gift zu spritzen?"

Er hob die Schultern. „Ich kann es nicht mit Sicherheit sagen. An seinen Armen waren Einstichwunden, aber nichts deutete auf eine gewaltsame Verabreichung hin. Andererseits sind Nadeleinstiche auch wirklich schwer zu finden und sein Körper war ... lädiert." Er räusperte sich. „Ausschließen können wir es also nicht. Er war abhängig, das hat mir seine Freundin heute Morgen noch mal bestätigt. Hat so ziemlich alles geschnupft und gespritzt, was er bekommen konnte. Abhängige muss man nicht dazu überreden, sich etwas zu spritzen. Man muss es ihnen nur anbieten."

Ich nickte langsam. „Das heißt, jemand hat ihm Drogen angeboten ... und aus Versehen vergessen, zu erwähnen, dass er überaus tödliches Gift beigemischt hat?"

Marvin räusperte sich. „Ja ... das könnte passiert sein."

Was für ein Scheißtod. Klar, zu sterben, war immer *unerquicklich*, um es in Marvins Worten zu sagen, aber sich selbst tödliches Gift spritzen und dann vom Auto überfahren werden?

„Schön. Danke für die Infos Marvin. Auch wenn mich etwas verwirrt, dass du sie mir überhaupt gibst." Die Farbe in seinen Wangen vertiefte sich noch. „Nun, damit kommen wir auch schon zu viertens. Ich wollte wissen, ob du einem Gespräch mit Linus und Noah beiwohnen würdest? Ein Kollege hat sie gestern schon verhört und sie waren nicht sehr redefreudig, ich dachte, wir hätten da vielleicht mehr Glück ..."

Verblüfft öffnete ich den Mund. „Du würdest mich ein Verhör führen lassen?"

„Nein, nein!", sagte er hastig und sah unruhig zu der Rezeptionistin, die uns interessiert musterte. „Kein Verhör. Nichts Offizielles. Du säßest bei einem *Gespräch* dabei. Keine Aufnahme, kein gar nichts. Du sollst nur dabeisitzen und vielleicht ab und zu ein, zwei Worte von dir geben. Sie vielleicht etwas provozieren. Das kannst du immer gut."

„Warum?", fragte ich verwirrt.

„Oh, ich bin davon ausgegangen, dass du das mit dem Provozieren von deinen Geschwistern …“

„Nein, warum soll ich dabeisitzen?“

Marvin kratzte sich am Kopf. „Du machst die beiden nervös, denke ich. Sie haben sich gestern noch ziemlich über dich beschwert, wollten eine Anzeige gegen dich aufgeben. Dass sie nicht mitbekommen haben, dass du die ganze Zeit auf ihrer Rückbank saßt, hat sie ziemlich verrückt gemacht … ich glaube, es könnte hilfreich sein, ihre Gemüter in Aufruhr zu versetzen. Du hast wohl eine kriminelle Energie, die ihnen Angst einjagt.“

„Ach, ist das so?“ Was sagte man dazu. Ich war beängstigend. Das gefiel mir irgendwie. Ansonsten wurden immer nur Adjektive wie *tollpatschig, verrückt* oder *langweilig* mit mir in Verbindung gebracht. Beängstigend war eine schöne Ergänzung für meine Sammlung. „Du verhörst sie also zusammen? Wird einem in den ganzen Krimiserien nicht immer geraten, die mutmaßlichen Täter zu trennen, damit sie sich gegenseitig belasten können?“

Marvin schmunzelte mit hochgezogenen Schultern und schritt den Flur hinab, der nach links führte. „Manchmal, ja. Da ist das klüger. Aber diese Brüder sind so verschieden … ich glaube, sie werden sich eher gegenseitig zum Reden bringen, als wenn ich sie allein vernehme. Außerdem ist es ja kein Verhör“, betonte er erneut. „Da dürfte ich nämlich wirklich keinen Zivilisten mit reinnehmen. Es ist ein Gespräch unter Freunden.“

Beeindruckt hob ich die Augenbrauen. „Okay, Herr Psychologe, wenn das deine Meinung ist.“

Marvin lächelte nervös. „Rispo meinte, ich solle mich ausprobieren. Meinen Instinkten vertrauen ... also mache ich das jetzt."

Meine Mundwinkel zuckten. „Joshs Instinkt wäre niemals, mich mit in ein Verhör zu nehmen."

„Ja, ich bin nicht ... Josh."

Ach, deswegen wollte ich ihn so selten anschreien. „Du musst den Vornamen nicht so ehrfürchtig aussprechen, Marvin. Josh ist nicht Gott. Du darfst dir ein Bild von ihm machen und seinen Namen benutzen."

Marvin nickte abwesend und blieb vor einer Tür stehen. Einige Sekunden lang runzelte er die Stirn und strich über den Flaum an seinem Kinn.

„Hast du einen Plan?", wollte ich wissen und sah ihn erwartungsvoll an.

„Doch, doch", sagte er und streckte die Schultern durch. „Lass mich mal machen und frag dann nach ein paar Minuten: *Bist du sicher?* Dann gucken wir mal, was passiert. Aber davor sag kein einziges Wort. Okay?"

„Okay." Auch wenn es definitiv gegen *meine* Instinkte sprach, zu schweigen.

Marvin öffnete die Tür und gab den Blick auf ein kleines, quadratisches Bürozimmer frei. Es war recht karg eingerichtet und bestand fast ausschließlich aus einem Schreibtisch, auf dessen Seiten jeweils zwei Stühle standen, und ein paar leeren Regalen.

Noah und Linus befanden sich auf der Fensterseite des Raumes, die auf den Parkplatz hinauszeigte.

Die Brüder saßen tief nach hinten gelehnt in ihren Stühlen. Linus hatte die Arme vor der Brust verschränkt, während Noah seine Hände im Schoß hielt.

Als wir eintraten, blickten sie beide auf. Ihre Augen weiteten sich überrascht.

„Was macht die Verrückte hier?", wollte Linus sofort wissen.

Ich hatte eine Menge Antworten auf diese rhetorische Frage, doch Marvin hatte mich darum gebeten zu schweigen und ich tat ihm den Gefallen.

Anstatt zu antworten, lächelte ich also nur freundlich und ließ mich auf einen der beiden Stühle sinken, die vor dem Schreibtisch standen.

Marvin tat es mir gleich, ebenfalls eine freundliche Miene auf dem Gesicht.

„Ich hab Ihnen eine Frage gestellt", blaffte Linus und starrte mich mit verengten Augen an. „Und warum sitzen wir eigentlich immer noch hier? Uns wurde schon vor zwei Stunden versichert, dass wir bald gehen dürften."

Marvin antwortete nicht. Er rückte den Stuhl zurecht und griff dann nach einer Flasche Wasser, um erst den beiden Verdächtigen und dann mir und ihm etwas einzuschütten. Die Gläser, die auf dem Tisch standen, waren furchtbar schmal und klein. Die Polizei hatte offenbar kein Kontingent für Gastfreundschaft.

„Wir erzählen Ihnen nichts", sagte Linus scharf. „Das können Sie vergessen. Oder?" Er blickte zu Noah, der mich anstarrte.

Seine Augen waren gerötet, so als hätte er die Nacht über geweint. Doch er nickte vorsichtig.

Marvin sagte noch immer nichts. Er verschränkte die Hände auf dem Tisch und hob die Augenbrauen, während er Linus intensiv ansah.

„Ich bleib dabei“, verkündete er nur aufmüpfig. „Ich rede nicht.“

Ihm war offenbar nicht klar, dass er innerhalb der letzten zwei Minuten nichts anderes getan hatte, aber er stand unter Stress, ich verzieh ihm seine Falschaussage also.

Marvin seufzte, nahm einen Schluck aus seinem Wasserglas und hob dann auf ein Neues die Augenbrauen.

Ich stützte mein Kinn in die Hand, lächelte die Jungs freundlich an und ließ meine Finger auf die Wange prasseln.

Ich spürte den Tisch vibrieren, weil Linus unter der Platte nervös mit dem Fuß wippte.

Er sah zu Noah, der unsicher zurückblickte.

Marvin stieß sacht, aber bestimmt mit seinem Bein gegen meines ... das war sicherlich mein Einsatz.

„Bist du sicher?“, frage ich Marvin ernst.

Er seufzte schwer. „Ja, ich denke schon. Sie werden sich eh nicht retten können. Die Beweislast wiegt zu schwer. Wir sollten ihren Pflichtverteidiger verständigen“, sagte er und erhob sich vom Stuhl. „Komm.“

Ich folgte seinem Beispiel, stand ebenfalls auf und trat in Richtung Tür.

Gerade als Marvin die Klinke drückte, rief Linus: „Jannek war ein Arschloch, okay? Es war alles seine Idee! Die Straßenrennen, die Sache mit dem Autoverleih, die Drogen ... das ist *alles* auf seinen Mist gewachsen! Sie können uns nicht für die Taten eines Toten verantwortlich machen!“

Marvin hielt inne und wandte sich wieder um. „Was?“, fragte er unschuldig.

„Er hat die Rennen organisiert!", sagte Linus hastig und Schweiß sammelte sich auf seiner Stirn. „Ich wollte am Anfang gar nicht mitmachen, doch er hat mich dafür bezahlt und ... Shit, er konnte einfach sehr überzeugend sein, okay? Er hatte einen Plan, er hatte das Geld, er kannte die richtigen Leute, er wollte seinen Alten anpissen – also hat er die Rennen gestartet. Aber Noah hier hat nichts damit zu tun! Sonntag war sein erstes Rennen. Beziehungsweise ... es wäre sein erstes gewesen. Er ist unschuldig. Also lassen sie ihn gehen und ich erzähle Ihnen, was Sie wissen wollen."

Noah wurde bei jedem Wort seines Bruders bleicher und schüttelte mit zusammengepressten Lippen den Kopf. „Linus, du ..."

„Halt die Klappe", sagte er unwirsch und sah ihn warnend an. „Halt einfach die Klappe. Ich übernehme das."

Langsam schritt Marvin zum Stuhl zurück. „Okay. Sie erzählen uns, was Sie wissen und ich entscheide am Ende, ob die Informationen etwas wert sind. Wie klingt das?", schlug er freundlich vor.

„Scheiße klingt das!", meinte Linus verächtlich. „Aber mir bleibt ja keine andere Wahl, oder? Ich werde ganz sicher nicht wegen dem Wichser Jannek in den Knast wandern."

„Ich dachte, ihr wart befreundet", meinte ich verwirrt. „Bist du nicht *sein bester Freund*? Hast du das gestern nicht selbst behauptet?"

„Freundschaften sind kompliziert", knurrte Linus. „Scheint so."

Linus holte tief Luft und ballte die Hände zu Fäusten. „Jannek hatte nicht viele Freunde, okay? Feinde, ja!

Neider, ja! Leute, die so getan haben, als würden sie ihn mögen, aber ihn eigentlich gehasst haben? Ja! Aber keine Freunde.“

„Warum nicht?“, wollte Marvin wissen.

Linus schnaubte. „Weil er ein Wichser war. Ein angeberischer Kontrollfreak. Schlechter Verlierer noch dazu. Wenn Jannek etwas wollte, dann hat er es bekommen. Vanessa ist doch das beste Beispiel dafür! Gott, sie war ein unschuldiges, kleines Ding, als sie ihn im BWL-Studium kennengelernt hat. Und zwei Monate später steht sie halbnackt zwischen zwei gepimpten Autos, bewahrt Jannek seine Drogen auf und lügt für ihn vor seinen Eltern?“

„Sie war nicht so schlimm“, wisperte Noah mit Nachdruck.

„Nein, aber auf dem Weg dorthin“, meinte Linus schnaubend. „Sie war dazu gezwungen, ihr ganzes Leben geheim zu halten, weil niemand ihrer Freunde es für gut befunden hätte, was sie da mit Jannek treibt! Du hast mir selbst erzählt, dass sie das fertiggemacht hat.“

Noah schluckte nur, sagte jedoch nichts.

Ich musterte ihn eingehend und als sein Blick zu mir flackerte, tippte ich gegen mein Auge. „Was hast du da gemacht, Noah? Das sieht wirklich schmerzhaft aus.“

Er senkte den Blick auf seine Hände und sagte nichts.

„Ich hab mich noch nie geprügelt“, überlegte Marvin laut. „Aber so ein blaues Auge kriegt man nicht von ungefähr. Da muss jemand schon richtig fest zugeschlagen haben.“

„Es war ein Missverständnis“, sagte Noah leise.

„Ein Missverständnis mit Jannek?“, fragte ich interessiert.

„Lassen Sie ihn in Ruhe, okay?", knurrte Linus. „Wie gesagt, er ..."

„Hast du dich an seine Freundin rangemacht und er hat dir dafür eine verpasst?", ignorierte ich Linus.

Noahs Kopf fuhr nach oben, und er schüttelte den Kopf. „Nein. Das hat nichts mit ... nein! Ich hab nur einen dummen Kommentar über seine Mutter gemacht, okay? Und er war sowieso schon wütend, deshalb ... aber es war halb so wild. Tat kaum weh."

„Wann war das?", fragte Marvin und klappte seinen Block auf.

„Samstag", meinte er knapp.

„Du hast dich Samstag mit Jannek geprügelt ... und er ist Sonntag gestorben", folgerte Marvin langsam. „Jungs, so wie ich das sehe, habt ihr beide ein Mordmotiv. Sorry. Du hast ihn gehasst ..." Er deutete auf Linus. „Du bist offenbar in seine Freundin verliebt ..." Er schwenkte zu Noah um. „Das sieht überhaupt nicht gut aus."

„Er war meine beste Einnahmequelle, Alter, natürlich habe ich ihn nicht umgebracht!", zischte Linus. „Wenn ich einen Mord an ihm geplant hätte, hätte ich zuerst in Erfahrung gebracht, wie zur Hölle er das immer mit den Autos geregelt hat und wo er sein verdammtes Geld versteckt!"

„Ach ja, die Leihwagen", sagte Marvin und nickte. „Woher bezieht ihr die Autos für eure Rennen?"

„Aus dem Autohaus von Janneks Vater", sagte Linus grimmig. „Jannek hatte da einen Kontaktmann, sein Alter weiß davon aber nichts."

„Wie heißt der Kontaktmann?", fragte Marvin gelassen.

„Er hieß Harry oder Holger oder hatte irgendeinen anderen dämlichen Namen. Keine Ahnung, okay? Ich hab ihn nie persönlich gesprochen, das hat alles Jannek gemacht. Ich wollte mich die Tage erst darum kümmern, ihn zu kontaktieren oder bei Nessa mal nachzufragen. Sie hat immer damit geholfen, die Autos zu unseren Renntreffpunkten zu schmuggeln." Mann, Mann, Mann. Die süße Vanessa hatte wohl mehr Dreck am Stecken als gedacht. Das passierte, wenn sich ein gutes Mädchen mit einem bösen Jungen einließ. All die Liebesromane auf dieser Welt erzählten Mist. Ein Bad Boy machte einen niemals glücklich. Ein Bad Boy zog einen in seine illegalen Machenschaften hinein und lag irgendwann tot im Garten einer unschuldigen Konditorin – und dem guten Mädchen blieben nichts weiter als Reue und Polizeibefragungen.

„Wenn ich eine Meinung dazu abgeben müsste, wer Jannek auf dem Gewissen hat, dann würde ich sagen, es war sein Scheißvater."

„Der Vater?", fragte ich zweifelnd. „Sicher, dass du nicht Gärtner oder Butler sagen wolltest?"

Linus' Zähne knirschten. „Alles, was ich sage, ist, dass ihr bei uns an der falschen Adresse seid, okay? Noah und ich waren den ganzen Sonntag zusammen unterwegs, wir können es nicht gewesen sein. Außerdem habe ich das Geld gebraucht, das Jannek mir gezahlt hat. Wenn Sie wissen wollen, wer ihn umgebracht hat, horchen Sie bei seinen Alten nach, ja? Sein Vater hat ihn verdammt noch mal enterbt! Sie haben sich krank gestritten am Samstag. Woraufhin Jannek pissig war und seine Wut an Noah ausgelassen hat." Er deutete zu dem blauen Auge seines Bruders.

„Sicher?", fragte Marvin langsam. „Seine Eltern haben erzählt, dass es keinerlei Spannungen zwischen ihnen gab."

Linus schnaubte laut. „Sie haben *gelogen*, Alter! Seine Eltern haben ihn super beschissen behandelt. Weil er nicht das getan hat, was sie von ihm wollten. Sein Vater ist ein elender kontrollierender Sack, dem sein Geld schon immer wichtiger war als seine Familie!"

„Okay." Marvin schrieb etwas in seinen Block. „Worum ging es bei dem Streit?"

„Keinen Schimmer! Aber fragen Sie ihn doch selbst! Fahren Sie bei ihm vorbei … oder noch besser: Besuchen Sie heute Abend das Bankett in seinem Autohaus. Dann sehen Sie, was für ein prolliges Arschloch er ist. Sie stellen eine neue Karre vor. Denn nicht einmal diese hoch wichtige Feierlichkeit konnte Herr von Strauß anlässlich von Janneks Tod absagen! So egal ist ihm sein fucking Sohn."

Marvin nickte. „Das werde ich in Betracht ziehen", sagte er sachlich und klappte seinen Block zu. „Okay, vielen Dank. Das war erst einmal alles, denke ich." Er schob den Stuhl zurück und stand auf.

Ich folgte seinem Beispiel und wir liefen gemeinsam zur Tür.

„Hey!", rief Linus uns hinterher. „Was passiert jetzt mit uns? Dürfen wir gehen, oder was?"

„Mal sehen", meinte Marvin vage, dann verschwand er mit mir im Schlepptau auf dem Flur.

„Das war ganz erfolgreich, nicht wahr?", sagte er zögerlich, sobald die Tür hinter uns zufiel, und lief in Richtung Rezeption.

Kopfschüttelnd sah ich ihn von der Seite her an. „Marvin, das war beeindruckend", stellte ich fest.

Er lief tomatenrot an. „Oh, danke. Aber das war nichts. Ich meine, ich habe viel von Josh gelernt und ..."

„Nimm das Kompliment an, Marvin", sagte ich geduldig. „Du bist beeindruckend. Du hast gute Arbeit geleistet. Unabhängig von Rispo."

„Na gut", knickte er ein. „Es war ganz passabel."

Ach herrje. Es würde ein hartes Stück Arbeit werden, Marvins Selbstbewusstsein aufzubauen.

„Also, was denkst du?", fragte ich. „Sind sie unschuldig?"

„Ich kann es wirklich nicht sagen. Noah hat schon sehr schuldbewusst gewirkt, aber das könnte wegen der ganzen illegalen Straßenrennen-Sache sein. Linus hingegen ist zwar ein schrecklicher Mensch, aber wohl auch kein Mörder."

Ich gab ihm recht. Ich hatte dasselbe gedacht. Linus wirkte außerdem eher wie der Kerl, der einem hinterrücks zwölf Messer in den Rücken rammen würde. Nicht wie ein Mann, der seinen vermeintlich besten Freund vergiftete und dann überfuhr.

„Das denke ich auch", meinte ich.

Marvin nickte und rang die Hände ineinander, bevor er den Mund öffnete ... und ihn wieder schloss.

Ich hob die Augenbrauen. „Alles okay, Marvin?"

Wieder nickte er, kratzte sich an der Schläfe, räusperte sich, öffnete den Mund ... und schloss ihn wieder.

„Ist dir eine Biene in den Mund geflogen und du bist noch nicht sicher, ob du sie runterschlucken oder wieder freilassen sollst?", fragte ich amüsiert. „Wir haben viel zu wenige Bienen auf dieser Welt – also spuck sie aus!"

Rote Flecken erschienen auf Marvins Wangen, als wolle er einen Sonnenuntergang nachahmen, und nervös lachte er auf. „Nein, nein. Es ist Januar. Keine Biene. Ich habe mich nur gefragt … na ja, du meintest, dass du mir dabei helfen wollen würdest, eine Freundin zu finden und … ich habe in dem Bereich ein paar Fragen."

Oje. Hatte seine Mutter ihm nie erklärt, wofür welches Körperteil benutzt wurde? Ich hatte zwar viel mit Blümchen zu tun und ja, eben auch die Bienchen erwähnt, aber vertiefen würde ich das Thema trotzdem nur ungern.

Unruhig verschränkte ich die Hände ineinander. „Ähm … was für Fragen genau?", fragte ich vorsichtig.

„Nun, größtenteils in Bezug aufs Flirten."

Erleichtert stieß ich einen Schwall Luft aus. Flirttipps! Das war harmlos. „Klar", sagte ich leichthin, auch wenn ich schrecklich im Flirten war. Seit ich mit achtzehn herausgefunden hatte, dass Männer sich nicht für Blumen und ihre lateinischen Begrifflichkeiten interessierten, war mir eine Menge potenzieller Gesprächsstoff flöten gegangen. Dennoch: Ich war eine Frau, ich wusste, wie ich definitiv *nicht* angesprochen werden wollte … viel schlimmer konnte ich es nicht machen. „Was möchtest du wissen, Marvin?"

Er räusperte sich vernehmlich und setzte eine fachmännische Miene auf. „Nun, mein Problem ist es oftmals, dass ich nicht weiß, *wie* ich Frauen ansprechen soll. Worüber ich mit ihnen reden soll und wie ich ihnen zeigen kann, dass ich Interesse habe."

„Verstehe …", sagte ich langsam. „Ich glaube, das Geheimnis ist es, die Sache nicht allzu groß zu überdenken, Marvin. Wenn du jemanden ansprechen willst, brauchst du keinen dummen Spruch oder eine interessante Masche. Meistens tut es ein: *Hey, ich bin Marvin, wie geht's?*"

Er runzelte die Stirn. „Wirklich? So leicht kann es nicht sein."

„Doch", sagte ich und zuckte die Schultern. „Wir Frauen sind nicht so ein großes Mysterium, wie alle immer denken. Behandle uns einfach respektvoll und verzichte darauf, von deinen tollen männlichen Errungenschaften zu berichten."

„Okay, okay …", sagte Marvin und zog im nächsten Moment seinen Block aus der Tasche, um sich Notizen zu machen. „Und dann? Wenn ich sie angesprochen habe? Worüber rede ich mit ihr?"

„Über das, worüber du gerne reden möchtest", bemerkte ich lächelnd. „So, wie du mit jedem männlichen Freund auch reden würdest."

Er kratzte sich am rot gefleckten Kinn, seine Miene skeptisch. „Aber … mit meinen männlichen Freunden will ich nicht flirten. Das könnte den falschen Eindruck erwecken. Wie kann ich einer Frau also zeigen, dass ich an mehr als … einer Runde Bowling mit ihr interessiert bin? Wie bring ich sie dazu, mich zu mögen?"

Er sprach die letzten Worte so hoffnungsvoll aus, dass sich eine dünne Schicht Zucker über mein Herz zog.

„Mach ihr ein Kompliment", schlug ich vor. „Frag sie, was sie beruflich tut, sei interessiert und aufmerksam. Bitte sie, mehr zu erzählen. Das ist eigentlich alles. Du musst nur mutig genug sein, es zu probieren, Marvin."

Er nickte und schrieb fieberhaft mit. „Okay, danke“, murmelte er dann und klappte den Block zu. „Das hat mir sehr geholfen. Das werde ich bald mal ausprobieren.“

„Mach das“, sagte ich zuversichtlich und tätschelte seine Schulter. „War es das dann?“

„Jap, nur noch mal wegen des Falls: Du kommst da heute Abend doch nicht hin, richtig? Zur Gala?“, fragte Marvin nervös. „Rispo hat mir gestern Abend gesagt, dass er es wirklich bevorzugen würde, wenn du ab jetzt nicht mehr mitmachst. Weil es doch ernster wird ... und du es nicht lassen kannst, dich in Lebensgefahr zu begeben und so.“

Ich nickte knapp und hielt mich davon ab, genervt die Augen zu verdrehen. „Sicher hat er das. Und wo denkst du hin? Natürlich gehe ich nicht zu der Gala in dem Autohaus von Janneks Vater.“

Erleichtert ließ Marvin die Schultern sinken. „Klasse. Dann warte kurz hier, ich rufe einen Kollegen, der deine Aussage von gestern aufnimmt.“

Er eilte zu den Aufzügen, während ich unauffällig meine Nase betastete.

Nein, sie hatte noch ihre normale Größe.

Merkwürdig.

Kapitel 14

Ich traf gegen Mittag mit knurrendem Magen in meinem Laden ein. Der Beamte hatte sich ewig Zeit damit gelassen, meine Aussage vorwärts und rückwärts aufzunehmen. Währenddessen hatte ich mir überlegt, ob es vielleicht doch womöglich Vanessa gewesen war, die Jannek umgebracht hatte.

Doch sie hatte so betroffen und traurig gewirkt. Sie schien ihn ehrlich geliebt zu haben … trotz all seiner Fehler.

Meine Gedanken wanderten automatisch zu Rispo und all *seinen* Fehlern, doch zum Glück klingelte in diesem Augenblick mein Handy, sodass ich mich nicht wieder in unseren Beziehungsproblemen verlieren konnte.

„Hallo?", meldete ich mich.

„Hi, Lou, hier ist Trudi. Ich hätte eine kurze Frage. Du magst doch Glitzer, oder?"

Ich runzelte die Stirn und stieß die Tür zum Laden auf.

„Ähm, ja schon. So gern wie ein normaler Mensch mit lebhaftem Puls Glitzer eben hat."

„Ah, also *sehr, sehr* gern?"

„Wieso betonst du das *sehr, sehr* so komisch, Trudi?“
„Was? Tue ich nicht. Ich betone es normal.“

„Nein. Du betonst es so, als hättest du bereits einen Zwei-Tonnen-Kanister mit Glitzer bestellt, in dem ich dann nackt baden soll.“

„Nein, nein. Keiner will, dass du darin badest. Nicht nackt zumindest. Da hatte deine Mutter was gegen. Sie ist ein bisschen prüde, die Sabine. Strip-Poker wollte sie auch nicht spielen – obwohl ich meinte, dass eine Menge gut aussehende Rispos mitmachen würden.“
„Mama heißt Gitti, Trudi!“

„Ach ja, richtig. Sabine war ... wer war noch gleich Sabine?“

Stöhnend ließ ich den Kopf in den Nacken sinken. „Keine Ahnung, Trudi! Ich kenne keine Sabine.“

„Okay. Danke! Das reicht mir auch schon. Bis dann.“
„Trudi!“

Doch sie hatte bereits aufgelegt.

Klasse. Ich würde meinen dreißigsten Geburtstag als Disco-Kugel verkleidet feiern.

„Alles in Ordnung, Louisa?“, wollte Leonie wissen, die hinter der Kasse stand und Rosen beschnitt.

„Erwachsen sein ist schwer, Leonie“, sagte ich seufzend. „Man muss den Müll selbst rausbringen, sich um alle Versicherungen kümmern – seinen Freund davon abhalten, sich aus Versehen umzubringen, und alten Damen ihren überschwänglichen Enthusiasmus verbieten.“

„Oh“, meinte sie mit geweiteten Augen. „Das hört sich nicht witzig an.“

„Nein!“, bestätigte ich. „Ist es nicht. Also bleib so lange bei deinen Eltern wohnen, wie du nur kannst, und nimm nicht alle Leute in deinen Freundeskreis auf, die dir einen Keks anbieten, okay?"

Ihre Wangen liefen pink an. „Ich werde es mir merken. Übrigens: Du hast Besuch. Die Pralinenverkäuferin sitzt in deinem Büro. Sie hat Essen mitgebracht."

Das war die beste Nachricht des Tages!

„Danke", meinte ich, nickte ihr noch ein letztes Mal zu und verschwand dann in meinem Büro.

Ariane saß an meinem Schreibtisch und aß Pad Thai aus einer dieser silbernen ökologisch wertvollen Schalen.

„Wo warst du?", wollte sie wissen und schob mir eine eigene Schale über den Tisch. Ich hoffte sehr, dass sie denselben Inhalt hatte. „Ich dachte, wir bearbeiten den Fall weiter. Dieser Linus würde sich doch gut als Mörder eignen, findest du nicht? Äußerst aggressiv und unsympathisch."

„Nicht alle unsympathischen Leute sind Mörder, Ariane", gab ich zu bedenken und öffnete die silberne Schale. „Und das Essen ist kalt!"

„Ich warte auch schon eine ganze Weile", antwortete sie.

„Ist mir egal, es ist kalt und kaltes Pad Thai ist eklig."

Meine Freundin hob eine Augenbraue. „Es ist kostenloses Pad Thai, Lou – das du in die Mikrowelle stellen kannst. Meine Güte, du bist heute ja der reinste Sonnenschein."

„Ich hab mich mit Josh gestritten, beschissen geschlafen und werde bald Glitzer an unvorteilhaften Körperstellen wiederfinden. Ich habe mir meine schlechte Laune verdient!", stellte ich klar.

„Oje." Mitfühlend sah meine Freundin mich an. „Hast du die Sache mit Josh denn jetzt geklärt?"

„Nein!", meinte ich weinerlich und zog mir den Klappstuhl heran, den ich für Besuch an die Wand gelehnt hatte. „Gott, warum sind Beziehungen so schwierig? Vor zwei Jahren war es noch nicht so kompliziert."

„Natürlich nicht", sagte Ari und schnalzte mit der Zunge. „Vor zwei Jahren wart ihr ja auch noch frisch verliebt und habt so viel Endorphine und Oxytocin ausgeschüttet, dass euch eure Probleme in etwa so belastet haben wie Nieselregen. Aber eure Honeymoon-Phase ist jetzt vorbei – die Arbeit beginnt."

„Das ist nicht fair. Ich mag Honig, ich mag den Mond – die Honigmond-Phase sollte für die Ewigkeit anhalten."

„Nichts ist für die Ewigkeit, Lou", sagte Ariane weise. „Beziehungen sind immer süß und toll – am Anfang! Sie tun so, als wären sie einfach und wundervoll. Das stetige Knistern, das einen warmhält. Und die Phase ist toll – glaub mir –, aber die Phase danach doch so viel wichtiger! Wenn das Knistern weg ist. Wenn es nur noch darauf ankommt, wie gerne und wie viel Zeit ihr miteinander verbringt. Ob ihr die gleichen Vorstellungen von einem gemeinsamen Leben habt. Und du hast Glück mit Josh, Lou. Ich weiß, derzeit kommt es dir nicht so vor, aber er ist ein loyaler Kerl, der Kinder haben und heiraten will. Alejandro zum Beispiel war nicht dieser Mann! Ich fange wieder bei null an, während diese dumme unsichtbare Uhr über meinem Kopf hängt und die Eier zählt, die ich jeden Monat verliere."

Ich biss auf meine Unterlippe und ätzende Tränen brannten in meinen Augen. „Weißt du, in letzter Zeit bin ich mir überhaupt nicht mehr sicher, ob Josh heiraten und Kinder kriegen will", murmelte ich. „Er *denkt* vielleicht, dass er es tut, aber eben erst, wenn der Mordfall seiner Mutter geklärt ist. Und das kann noch Jahre dauern, also ..."

Ariane drückte meine Hand. „Ich würde jetzt gerne etwas Mitfühlendes sagen, aber mein Uterus wird momentan neu tapeziert und das erinnert mich nur wieder an all die verschwendeten Eier. Gott, manchmal hasse ich es, eine Frau zu sein! Wir kriegen jeden Monat kostenlose Bauchkrämpfe, nur für die Chance, nach neun Monaten eine Melone durch ein Nadelöhr zu pressen. Das ist nicht fair!"

Das brachte mich zum Lachen. Sie hatte vollkommen recht.

Das war nicht gerecht verteilt.

Wir mussten mehr für Unterwäsche ausgeben, deklarierte Luxusgüter wie Tampons kaufen und durchlebten jeden Monat unseren eigenen blutigen Krimi. Belohnt wurden wir mit weniger Geld, nachsichtigen Blicken und hämischen Kommentaren, sobald wir laut über unsere Menstruationsbeschwerden redeten.

Männer könnten doch zumindest den Anstand haben, die Geburten oder aber auch das natürliche Fütterungssystem zu übernehmen! Wozu haben sie schließlich Brustwarzen? Oder den Haushalt. Für immer. Schwangerschaftsstreifen waren schließlich auch für die Ewigkeit!

Ich seufzte und rieb mir abwesend über den noch immer flauen Magen. Das erinnerte mich daran, dass meine rote Tante mich demnächst auch besuchen kommen würde ... mein Blick flackerte zu meinem Kalender.

Hm. Was hieß hier *demnächst*, eigentlich sollte sie schon mit einer Tasse Tee in der Hand in meinem Uterus-Wohnzimmer sitzen und eine Renovierung vorschlagen.

Das flaue Gefühl in meinem Magen wurde stärker und mein Herz zog sich zusammen, doch innerlich schüttelte ich nur den Kopf über mich selbst.

Alles war gut. Meine Periode verspätete sich wohl nur um ... drei Tage.

Oh, scheiße.

Eigentlich war ich immer pünktlich. Wie ein Uhrwerk.

Egal, ich war gestresst und Stress machte die dümmsten Dinge mit dem Körper!

Ich konnte nicht schwanger sein. Josh und ich hatten in den letzten Monaten ohnehin eher sporadisch miteinander geschlafen, weil er andauernd unterwegs gewesen war.

Allerdings war da diese Tequila-Nacht vor drei Wochen gewesen ...

„Alles okay, Lou?", riss Ariane mich aus den Gedanken.

Blinzelnd sah ich auf und nahm die Stäbchen entgegen, die sie mir über den Tisch hinweg reichte.

„Klar", sagte ich und lächelte. „Hab gerade nur über die menschliche Reproduktion nachgedacht und dass

Gott – falls er oder sie existiert – das wirklich eleganter hätte lösen können."

Ariane nickte vielsagend. „Mir gefällt, wie das bei Blumen funktioniert. Ich persönlich fände es toll, ein Baby einfach pflanzen zu können."

Der Gedanke gefiel mir. „Dann würde der Begriff Babyspinat eine gänzlich andere Bedeutung bekommen", murmelte ich.

Ariane grinste. „Kannibalen auf der ganzen Welt würden sich freuen. Also, wegen des Falls ... gibt es da irgendwelche Neuigkeiten?"

Ich nickte und lehnte mich im Stuhl zurück. „Was hältst du von Autohäusern, Ari?"

„Finde ich schrecklich. Viel zu viele Autos, viel zu wenig Schokolade."

„Wunderbar. Wir sind heute Abend auf einem Bankett im Autohaus von Janneks Vater eingeladen."

„Wirklich?", fragte sie überrascht. „Wie bist du denn an eine Einladung gekommen?"

Ich verzog das Gesicht und kratzte mich am Kopf. „Es war eher eine ... mündliche Vereinbarung."

„Wirklich?", wiederholte sie.

Ich seufzte. „Nein, wir stehlen uns rein."

Ari grinste. „Klingt gut. Wie schwer kann es schon sein, unbemerkt auf ein riesiges Bankett zu gelangen?"

„Sie können hier leider nicht rein."

„Was?" Verwirrt trat ich einen Schritt zurück und sah zu dem braun gebrannten Hünen auf, der mit verschränkten Armen den Eingang des Autohauses bewachte.

Er sah aus wie ein Bär, der als Kind in einen Topf voller Selbstbräuner und Steroide gefallen war.

„Wir werden drinnen erwartet", fügte Ariane hinzu und sah ihn mit ernsten, großen Augen an.

„Oh, *Sie* dürfen hinein, keine Sorge", sagte der menschliche Schrank freundlich und lächelte Ariane zu. „Die Regel gilt nur für sie." Er nickte zu mir.

Ungläubig öffnete ich den Mund. „Was soll das denn heißen? Werden Blondinen jetzt nicht mehr nur bei Wet-T-Shirt-Contests bevorzugt, sondern auch bei Autohäusern?"

Der Türsteher runzelte die Stirn, bevor er ein paar Männer in Anzügen und mit mächtigen Bärten freundlich durchwinkte. Erst als sie im hell erleuchteten Innenraum verschwunden waren, wandte er sich wieder mir zu. „Es geht nicht um Ihre Haarfarbe, sondern um Ihr Gesicht", stellte er klar.

„Ich bin also zu hässlich, um mir Autos anzusehen?", fragte ich perplex.

Er grinste. „Nee, aber die Polizei hat mir das Foto hier gegeben und gemeint, ich solle die darauf abgebildete Person nicht durchlassen."

Er zog ein Bild von seinem Klemmbrett und hielt es mir vors Gesicht.

Verwundert beugte Ariane sich zu mir und studierte das Foto.

Es zeigte mich, wie ich verschlafen im Bett lag und der Kamera den Mittelfinger entgegenreckte.

Ein Bild von einem ganz normalen Morgen in meinem Leben also.

Meine Finger kribbelten und mein Puls schoss in die Höhe.

Oh, dieser Mistkerl!

Frustriert schnaubte ich auf und möglicherweise fluchte ich auch laut.

Das hatte Rispo schon einmal gemacht! Mich auf die *No-Party-Liste* zu setzen und somit zu versuchen, mich von einer Feier fernzuhalten, die mit einem Mordfall zu tun hatte.

Offenbar griff er jetzt auf seine alten Klassiker zurück. Es würde mich nicht wundern, wenn er mich morgen früh mit Handschellen an sein Auto kettete und mir am Tag darauf einen verdammten Peilsender unterjubelte!

„Entschuldigen Sie mich", sagte ich gepresst und reckte dem Türsteher den Zeigefinger ins Gesicht.

Ruckartig wandte ich mich um, zog mein Handy aus der Tasche und wählte die Schnellwahltaste Eins.

All die angestaute Wut über den gestrigen Abend, über das Chaos, das mein Leben derzeit beherrschte, brodelte in mir hoch wie Kohlensäure, und verätzte meinen Stolz.

Die ganzen letzten Wochen waren kein Fort-, sondern ein Rückschritt gewesen! Josh und ich bewegten uns rückwärts in unserer Beziehung, in unseren Leben, in unserem Verhalten!

Und das regte mich verdammt noch mal auf! Wieso waren wir unfähig, aus unseren Fehlern zu lernen!?

Also, ich meine ... *ich* wusste, warum ich unfähig war, denn meine Neugier stand mir im Weg, aber ...

„Hey, Lou. War das dein lieblicher Schrei der Frustration, den ich so eben vernommen habe?", meldete sich Rispo fröhlich.

Ich knirschte mit den Zähnen, wirbelte auf dem Absatz herum und sah durch die Glasfront des Autohauses.

Es war mit etlichen Lichterketten geschmückt, sodass man eine gute Sicht auf das Innenleben hatte. Ich konnte runde, mit weißen Leinen verkleidete Stehtische erkennen. Eine Menge Frauen in Abendkleidern und Männer in Anzügen.

Doch sie waren zu weit weg, als dass ich Gesichter ausmachen konnte. War Josh da drin?

„Na, amüsierst du dich gut?", fragte ich mit bebender Stimme.

„Jetzt gerade schon ein bisschen", sagte er leichthin. „Weißt du, du bist wirklich vorhersehbar. Sobald Marvin meinte, du hättest gesagt, du kommst nicht, wusste ich, dass du kommen würdest. Als wäre stetig Gegenteiltag bei dir!"

„Ich dachte, du überlässt Marvin diesen Fall! Du solltest überhaupt nicht hier sein."

„Ja, aber mir gefällt nicht, zu was für drastisch wahnsinnigen Maßnahmen du greifst, sobald ich nicht mehr da bin, um dich daran zu hindern. Marvin ist zu sanft zu dir. Er glaubt dir zu schnell. Also habe ich beschlossen, ihn heute Abend bei der Recherche zu unterstützen."

Ich biss die Zähne aufeinander. „Du bist im Autohaus ..."

„Ja. Und du nicht. Das ist der wichtigere Teil."

„Josh! Was soll das?"

Er senkte die Stimme, bevor er murmelte: „Weißt du, Lou, wir mögen ein Streit-Time-out genommen haben, aber ich bin immer noch verdammt wütend auf dich, weil du mein Auto geklaut und mich wieder einmal belogen hast. Und wenn das hier der einzige Weg ist, dich davon abzuhalten, dich einem Mörder vor die Füße zu werfen, dann werde ich ihn nutzen."

„Ich darf mir ein Autohaus ansehen, wenn ich das möchte, Josh! Das heute Abend ist ein wichtiges Bankett."

„Seit wann interessierst du dich für Autos?"

„Seit ich weiß, welch hübsche Muster die Reifen auf toten Männerkörpern hinterlassen können."

„Sicher. Okay, du darfst reinkommen, wenn du mir sagen kannst, welches Auto heute Abend vorgestellt wird."

Mein Blick flackerte zu dem runden, sich drehenden Symbol auf dem Dach des Glaskomplexes. „Ein Mercedes."

„Welcher Mercedes, Lou?"

Fieberhaft rieb ich über meine Stirn. „Der ... Mercedes 5?"

„Falsche Antwort."

„Mercedes ... 6?"

Josh schnaubte.

„Ach, ist doch egal!", rief ich unbeherrscht. „Du hast gesagt, es ist okay für dich, wenn ich mich in den Fall einmische, solange ich dir Bescheid gebe ...""

„Und nichts Gefährliches tust. Richtig. Jetzt erzähl mir doch mal, Lou: Ist es gefährlich, bei einem mutmaßlichen Mörder auf die Rückbank zu klettern, kurz bevor er an einem illegalen Straßenrennen teilnimmt?"

„Nun, das kommt darauf an, wie gut gepolstert die Rückbank ist und wie dick der Schädel des Einbrechers."

„Dein Sturkopf ersetzt keinen Helm! Und dein guter Wille und dein unverschämtes Glück keine Vernunft."

„Nein, aber bis jetzt war beides doch recht hilfreich!"

„Ja, bis sie es nicht mehr sind", erwiderte er trocken. „Okay, Lou, ich schenk dir gerne eine Carrera-Bahn zum Geburtstag, um deine Sehnsucht nach Autos zu befriedigen, aber heute wird das leider nichts. Geh nach Hause. Du hast dich in den letzten Tagen schon auffällig genug verhalten."

„Oh, bitte! Ich bringe mich nicht in Gefahr, wenn ich mir zusammen mit euch den neuen Mercedes 8 angucke!"

„Doch, denn in dieser Angelegenheit besitzt du besondere Fähigkeiten! Du würdest dich auch noch in einem Raum voller Wattebausche irgendwo verletzen. Also – tu mir einen Gefallen und mach heute mal blau, ja? Wir haben alles unter Kontrolle."

Ich biss mir in die Unterlippe und zerquetschte das Handy mit den Fingern. Wie ich es hasste, wenn Josh das Wort *Kontrolle* benutzte! „Das Time-out ist vorbei, Josh!", fuhr ich ihn an. „Wir streiten wieder."

„Wundervoll. Wir befinden uns also wieder in unserem Normalzustand." Im nächsten Moment legte er auf.

Wütend stopfte ich das Telefon zurück in meine Handtasche. Und für diesen Mist trug ich High Heels!

„Josh will dich nicht reinlassen?", mutmaßte Ariane und sah mich beunruhigt an.

„Nein", sagte ich hart. „Er ist der Meinung, ich hätte genug Blödsinn angestellt und solle nach Hause fahren!"

„Und er glaubt wirklich, dass du das tust?", fragte sie perplex.

„Wahrscheinlich nicht. Aber er freut sich bestimmt darüber, mich genauso zu nerven, wie ich ihn nerve."

Ari schüttelte den Kopf. „Ihr seid wirklich ein Traumpaar."

„Ich weiß", sagte ich angespannt. „Feuer und TNT passen nun einmal unglaublich gut zusammen. Okay, du solltest reingehen, Ari, und dich schon mal ein wenig umhören."

„Nein. Ich will dich nicht allein lassen."

„Das wirst du müssen. Besser du gehst allein als niemand. Halt dich an Marvin, er wird dich nicht wegschicken."

„Bist du sicher?"

„Ja, er ist zu höflich und kennt dich nicht gut genug." *Außerdem ist er halb verliebt in dich.*

Ariane seufzte. „Na schön. Und was machst du?"

Ich verengte die Augen und sah mich auf dem dunklen Parkplatz um. „Ich such nach einer Hintertür", meinte ich.

„Was ist, wenn du keine findest?"

Grimmig presste ich die Lippen aufeinander. „Oh, ich *werde* eine finden. Mach dir darum mal keine Gedanken."

Denn ich war *wirklich* verdammt motiviert.

Kapitel 15

Das Gelände des Autohauses von Strauß war riesig.

Ich bereute bereits nach wenigen Minuten, dass ich mir bei dieser Eiseskälte ein kurzes Kleid und ein Paar Stilettos angezogen hatte, obwohl ich mit Skimaske und Uggs besser bedient gewesen wäre.

Die Wolken spuckten einen stetigen, kalten Schneeregen vom Himmel, der den Asphalt rutschig und Laufen zu einem größeren Abenteuer als nötig machte.

Dennoch kraxelte ich in geduckter Haltung auf dem Parkplatz herum, zwängte mich zwischen dutzenden Neuwagen hindurch, die so viel wert waren wie ein Lebensvorrat Tequila, und hielt dabei das gläserne Gebäude im Auge, das sich immer mehr mit Leuten füllte. Schwarze Mercedes standen in Reih und Glied wie düster dreinblickende Soldaten davor und blockierten die Sicht auf mögliche Seiteneingänge, doch wenn ich direkt an der Glasfassade entlanggegangen wäre, hätte der Türsteher mich zu leicht entdecken können. Also machte ich den riesigen Umweg über das Gelände, bis ich an der Rückseite des Komplexes angelangt war.

Ein Maschendrahtzaun umgab einen dunklen, nur mit einzelnen Straßenlaternen gespickten Hof. Ein großes eisernes und leider geschlossenes Tor markierte den Eingang und war mit einem großen weißen Schild geschmückt, auf dem *Ladezone* stand. Wahrscheinlich wurden hier die Neuzugänge der Autos entgegengenommen.

Zögerlich lief ich zum Zaun, blieb zwischen einem roten Mercedes-Kombi und seinem schwarzen Bruder stehen, und sah an ihm hinauf.

Wenn ich nur das richtige Schuhwerk hätte ...

Ach, wem machte ich etwas vor. Selbst mit guten Schuhen und plötzlich sprießenden Armmuskeln hätte ich es höchstens ein Meter über den Boden geschafft.

Aber was dann?

Ich dachte gerade darüber nach, wie lange ich wohl brauchen würde, mit der Nagelschere aus meiner Handtasche ein menschengroßes Loch in den Maschendrahtzaun zu knipsen, als plötzlich ein Auto vorfuhr.

Und nicht irgendein Auto.

Ein metallic blauer Mercedes mit einer schwarzen 95 auf dem Kotflügel.

Hastig duckte ich mich zurück zwischen die Autos und lugte hinter dem Kofferraum des Kombis vor, um zu beobachten, was am Tor passierte.

Ein Flutlicht war angesprungen und beleuchtete den extravaganten Wagen, der mir merkwürdig bekannt vorkam.

Dieses Blau und die 95 ... war das nicht das Auto, gegen das sich die beiden Mädels gelehnt hatten, die wir bei dem Straßenrennen am Vortag belauscht hatten?

Ich versuchte durch den diesigen Regen zu erkennen, wer da hinterm Steuer saß, doch das Flutlicht blendete und jetzt setzte sich der Wagen auch schon wieder in Bewegung.

Das Tor glitt quietschend beiseite und ließ den Mercedes ein, der die Einladung mit röhrendem Motor dankend annahm und über den Innenhof in eine halb überdeckte Lagerhalle fuhr.

Das Tor kam zitternd zum Halt ... ehe es sich zwei Sekunden später wieder in Bewegung setzte, und anfing, sich zu schließen.

Jetzt oder nie.

So schnell es die Stilettos zuließen, trippelte ich über den Asphalt, auf das Tor zu, und schlüpfte kurz bevor es ratternd wieder einrastete hindurch.

Ich hätte gern behauptet, dass meine Bewegungen gezielt und elegant waren, aber in Wahrheit sah ich wohl eher aus wie ein humpelnder Flamingo, der zum ersten Mal Schlittschuh lief.

Egal. Hauptsache, ich erreichte mein Ziel.

Doch die Lichter des Innenhofs strahlten noch immer in all ihrer verräterischen Pracht und wenn jemand diesen Moment nutzte, um genauer hinzuschauen, wäre ich so auffällig wie ein Nashorn im Tutu.

Erneut duckte ich mich und eilte über den Hof, auf die offene Lagerhalle zu, in der das blaue Auto soeben verschwunden war.

Jeder Aufprall meiner Pfennigabsätze hallte wie ein Pistolenschuss durch die Luft und ich verfluchte jeden Action-Film, der einem erzählen wollte, weibliche Agenten könnten in ihren absurd hohen Absätzen gut schleichen oder gar kämpfen.

Wenn mich jetzt jemand erschrak, lag die Wahrscheinlichkeit, dass ich in meinen verdammten Schuhen ausrutschte und mich selbst ausknockte bei zweihundert Prozent.

Am anderen Ende der Lagerhalle, etwa in hundert Meter Entfernung, konnte ich die roten Bremslichter des blauen Wagens erkennen. Er hatte vor einer Art Podest angehalten, das von einem schwarzen Samtvorhang umhüllt wurde, doch noch hallten die lauten Motorengeräusche von der Decke wider und dämpften meine Schritte.

Mein Blick huschte von der einen Seite zur anderen, bis er an eine Reihe metallener Müllcontainer hängen blieb, die an der rechten Seite der Lagerhalle aufgereiht standen.

Innerlich stöhnte ich, ich wurde bei meinen Fällen einfach zu oft mit stinkendem Müll konfrontiert, doch wenn ich unbemerkt bleiben wollte, blieb mir wohl oder übel nichts anderes übrig, als mich hinter den Containern weiter in die Lagerhalle vorzuarbeiten.

Ich wollte wissen, wer da im Auto saß!

Auf leisen Sohlen und mit zitternden Fingern – nicht weil ich Angst hatte, sondern weil ich die Kontrolle über ihre Bewegung vor zehn Grad Außentemperatur verloren hatte – huschte ich über den Betonboden, zwischen Wand und Containern entlang.

Es roch nach Eisen, Dreck und schlechten Entscheidungen. Letzteren Geruch sonderte wohl meine eigene Haut ab.

Doch mir blieb keine Zeit, darüber nachzudenken. Ich hatte das Ende der Müllallee erreicht, gerade rechtzeitig, um eine hochgewachsene Gestalt aus dem Auto aussteigen zu sehen.

Es war Vanessa.

Ihre große Statur, ihre blonden Locken, ihre großen Augen … sie war zu auffällig hübsch, um sie nicht wiederzuerkennen.

Doch sie blieb nicht vor dem Auto stehen, sie schloss den Wagen ab, lief aus meinem Sichtfeld und um die Rundung des erhöhten Rondells herum, bis ich sie nicht mehr erkennen konnte.

Stattdessen hörte ich in der nächsten Sekunde eine gedämpfte, männliche Stimme. Doch wer immer da auch sprach, hatte offenbar Angst, belauscht zu werden. Denn seine Worte waren so leise und eng aneinandergedrängt, dass ich ihn nicht verstehen konnte.

Blöde, vorsichtige Menschen! Wer sollte hier schon herumlungern und lauschen?
Also, außer mir jetzt.

Mist. Ich konnte hier nicht stehen bleiben. Ich musste da hoch. Auf das Podest. Wenn ich mich hinter dem Vorhang versteckte, könnte ich bestimmt unbemerkt belauschen, mit wem Vanessa da sprach.

Mit verengten Augen lugte ich an dem Container vorbei, der mir als Schutzschild diente, und erkannte eine schmale Treppe, die auf das runde Podest führte.

Ohne viel Federlesen eilte ich auf Zehenspitzen die Treppe hoch und rettete mich hinter den schweren Vorhang.

Ich befand mich auf einem halben Rondell, fiel mir auf. Auf der einen Seite wurde es von einer provisorischen Metallwand abgeschirmt, auf der anderen Seite von dem schweren Samtstoff.

Vor mir stand ein weiteres unglaublich teuer aussehendes Auto in aufdringlichem Rot, doch ich achtete nicht wirklich darauf. Stattdessen wanderte ich ein paar Meter nach rechts, suchte nach einem Schlitz im Vorhang und zog ihn vorsichtig ein paar Zentimeter auseinander, sodass ich Sicht auf das Geschehen vor mir hatte.

Vanessa stand mit dem Rücken zu mir, die Arme vorm Körper verschränkt, während ein drahtiger Mann, den ich auf etwa fünfzig schätzte, eindringlich auf sie einredete. Sein Gesicht so rot wie das Auto hinter mir.

Entweder war er schüchtern oder wütend. Oder er war wie ich mit offenen High Heels durch die kalte Nacht gerannt.

„... wir hatten sechs Uhr gesagt! Bevor der ganze Terz hier losgeht. Du kannst hier nicht ein und aus spazieren, wie es dir gefällt!"

Okay, ich tendierte zu der Annahme, dass er wütend war.

„Ich konnte nicht gehen, okay?", sagte Vanessa mit dünner Stimme und trat unwohl von einem Bein auf das andere. „Meine Schwester weiß nichts hiervon und hat mich nicht in Ruhe gelassen. Sie denkt immer noch, ich hätte nichts mit den Rennen zu tun gehabt – und das soll auch so bleiben."

„Mir sind deine Familienprobleme egal! Ich habe auf dich gewartet und musste mich gerade unbemerkt vom Bankett stehlen. Der Boss wird langsam misstrauisch ... und wo ist das gelbe Auto?", wollte er wissen. „Das mit den schwarzen Streifen. Das blaue wolltet ihr doch erste nächste Woche wiederbringen."

„Das haben die Bullen mitgenommen", sagte sie leise und warf ihre Haare über die Schultern. „Tut mir leid. Linus hat es mir vorhin geschrieben. Ich dachte, da bringe ich lieber das hier mit als gar keins."

„Was?" Zornig zog der Mann die Brauen zusammen. „Die Polizei hat das ... scheiße! Wie soll ich bitte Herrn von Strauß erklären, dass sein liebstes Ausstellungsstück weg ist? Das Auto ist ein verdammtes Vermögen wert und wir geben es immer nur jeweils eine Woche für Testfahrten raus. Ihm wird auffallen, dass es fehlt."

Vanessa zuckte die Achseln. „Keine Ahnung, was weiß ich? Sagen Sie, dass es direkt wieder ausgeliehen wurde. Mir egal. Ich kann doch nichts daran ändern, wenn die Polizei ein Auto als Beweismittel konfisziert."

„Wie konnte es überhaupt dazu kommen?", fuhr er sie an. „Ich dachte, ihr benutzt irgendeine Geheimsprache, um Ort und Zeit dieser Rennen an die Fahrer weiterzugeben."

„Haben wir auch, aber die Bullen waren wohl klug genug, sie zu entziffern! Ist auch egal ..."

„Nichts ist egal", zischte der Kerl und in seinen Augen loderten die Feuer von Mordor. „Denn die Polizei ist hier. Auf diesem dummen Bankett. Sie stellt allen möglichen Leuten Fragen und wenn sie ahnt, dass ihr die Autos von hier habt ... dann wird sie sich die geliehenen Wagen angucken wollen."

„Na und?"

„*Na und?*", äffte er sie mit hoher Stimme nach. „Dir ist also egal, ob sie dich für den Mord an deinem Liebsten verknacken."

„*Mich*?", fragte sie perplex. „Wieso denn mich? Ich hab ihn nicht umgebracht!"

„Da war Blut an den Reifen, Mädchen!", wisperte er gefährlich leise.

„Was?" Vanessas Stimme war nur noch ein zitterndes Hauchen.

„An den Reifen des Wagens, den du Montag zurückgebracht hast, klebte verdammtes Blut. Wie erklärst du dir das?"

„Ich … keine Ahnung!" Vanessas Stimme brach. „Ich fahre die Autos nicht, ich bringe sie nur zurück."

„Du musst aber doch wissen, wer das Auto Sonntagnacht benutzt hat!"

„Ich …" Sie zögerte, schüttelte den Kopf. „Nein", sagte sie schließlich. Doch sie hörte sich nicht sicher an. So als wisse sie etwas – aber das Wissen machte ihr Angst.

„Nein!", wiederholte sie, diesmal lauter. „Ich war beim letzten Rennen nicht dabei, ich … Nein! Ich stelle die Autos ab und die Jungs und Mädels entscheiden dann, wer welches fährt, jeder hätte es nehmen können! Ich … Warum haben Sie der Polizei denn nichts gesagt? Warum haben Sie da nicht einfach angerufen und gemeldet, dass Sie Blut am Reifen gefunden haben? So machen wir doch alles nur noch schlimmer!"

Ihr Gegenüber lachte gehässig und fasste sie grob an den Armen.

„Autsch", stieß Vanessa aus und zuckte so heftig zusammen, dass man meinen könnte, er habe ihr ins Gesicht geschlagen.

„Sei nicht so dramatisch, ich hab dich kaum berührt", fuhr der Ältere sie an. „Und wie genau stellst du dir das vor? Ich rufe die Bullen an, sage ihnen, dass ich euch

Blagen dabei helfe, Autos für eure illegalen Rennen zu leihen und selbst einen großen Brocken des Gewinns einstreiche? Wohl kaum! Nein, nein. Niemand muss von unserem kleinen Arrangement erfahren, hast du verstanden?"

Vanessa nickte knapp, die Schultern hochgezogen.

Der Mann ließ sie abrupt los. „Schön. Da ich dich schon einmal hier habe: Hat Linus sich überlegt, wie er weiter verfahren möchte? Bleibst du die Mittelsfrau? Zu wann soll ich die nächste Fuhre vorbereiten?"

Ich konnte Vanessa schlucken hören, bevor sie hastig den Kopf schüttelte. „Ich … Ich will nicht weitermachen", sagte sie leise. „Das alles ist auf Janneks Mist gewachsen, ich habe ihm nur geholfen, okay? Ohne ihn … ohne ihn will ich nichts mehr hiermit zu tun haben. Wenn du weiter Autos verleihen willst, musst du mit Linus sprechen, er …"

„Ich rede aber gerade mit *dir*", sagte er scharf. „Weißt du, Vanessa, Jannek hat dir innerhalb der letzten Monate ein wirklich gemütliches Leben ermöglicht, nicht wahr? Aber ich kann es dir ganz schnell wieder wegnehmen. Du wirst mir also etwas entgegenkommen müssen. Ich habe …"

Der Rest seiner Worte ging in einem lauten, blechernen Quietschen unter.

Erschrocken wirbelte ich herum. Woher kam dieses Geräusch? Und noch eine viel bessere Frage: Bewegte sich die verdammte Wand?

Nein. Das konnte nicht sein. Das musste ich mir einb...

Mit einem unheilvollen Zittern fing die Erde unter meinen Füßen an, sich zu drehen.

Oh mein Gott. Was passierte hier?

Normalerweise fing die Welt nur an, sich zu drehen, wenn ich zu viel getrunken hatte – und ich versuchte auf Alkohol zu verzichten, falls ich … nun, falls ich …

Ein heller Schlitz erschien zwischen blecherner Wand und Podest. Die Wand wurde mit einem elektrischen Surren hochgefahren, während das Rondell, auf dem ich stand, sich nach rechts drehte.

Was zur Hölle?!

Panisch klammerte ich mich an dem Einzigen fest, das mir zur Verfügung stand. Dem roten Auto, das sich zusammen mit dem Podest drehte.

Die Wand war fast in der Decke verschwunden, als ein gleißend heller Lichtstrahl mich im Gesicht traf und blendete.

Ich konnte Musik und gedämpftes Stimmengewirr hören.

Das Podest drehte sich weiter und hastig hob ich eine Hand, um mich vor dem Lichtstrahl zu schützen, während ich blinzelte, um meine Orientierung wiederzuerlangen.

„Meine Damen und Herren! Mit Stolz stelle ich Ihnen das neuste Modell der Mercedes A-Klasse vor", hallte eine laute Männerstimme in meinen Ohren wider und als ich nun auch die andere Hand hob, um das Licht davon abzuhalten, mir ein Loch ins Gesicht zu brennen, konnte ich endlich etwas erkennen.

Noch in der gleichen Sekunde wünschte ich mir, wieder blind zu sein.

Das drehende Podest, auf dem ich stand, war nicht einfach nur ein Podest. Es war eine Bühne.

Das Auto, gegen das ich lehnte, war der Mercedes, der auf dem heutigen Bankett vorgestellt werden sollte.

Die hundert Blicke, die nun auf mich gerichtet waren, waren so unangenehm, wie ein Saunabesuch zusammen mit Trudi und Manni.

Das einzig Positive war, dass so viele Leute vor mir standen, dass es unmöglich war, Marvin oder Joshs Gesicht in der Masse auszumachen.

Leider war meine Vorstellungskraft exzellent und vor meinem inneren Auge konnte ich Marvins erröteten Kopf und Rispos fassungsloses Kopfschütteln deutlich sehen.

„Oh, ich wusste gar nicht, dass die Agentur jemanden geschickt hat", drang plötzlich dieselbe Männerstimme neben mir an mein Ohr, die gerade noch so begeistert durch die Lautsprecher erklungen war.

Perplex wandte ich mich um und sah einen gedrungenen Mann mit schütterem Haar auf mich zueilen. „Fantastisch. Hier, machen Sie Ihren Job." Im nächsten Moment drückte er mir ein Mikrofon in die Hand.

Ungläubig starrte ich ihn an. „Was? Was soll ich tun?", fragte ich panisch.

„Na, das Auto bewerben", antwortete der Mann irritiert und machte eine fahrige Bewegung zu dem roten Wagen neben mir. „Und warum haben Sie immer noch Ihren Mantel an?"

„Weil es kalt ist", sagte ich verwirrt.

Der Mann gab ein ungeduldiges Seufzen von sich, bevor er abwinkte. „Egal. Fangen Sie einfach mit Ihrer Präsentation an."

Mit diesen Worten ließ er mich auf der sich noch immer drehenden Bühne zurück.

Peinlich berührt fing ich an, gegen die Drehung an-
zulaufen, das Mikrofon kühl in meinen Händen ... hunderte Blicke lagen neugierig auf mir.

Oh Gott.

Das hier war schlimmer als mein Theaterauftritt in
der dritten Klasse. In der Inszenierung hatte ich einen
Baum gespielt, der nur einen einzigen Satz hatte sagen
müssen.

Meine Blätter kitzeln.

Doch ich war beleidigt gewesen, weil ich eigentlich
die Rolle des Rehkitzes hatte haben wollen, die mir
Kristin Birnbeer geklaut hatte ... und überhaupt,
warum durften Bäume nur einen Satz sagen und Re-
hkitze gleich dreißig? Beide konnten eigentlich nicht
sprechen! Also hatte ich, als mein Einsatz gekommen
war, stattdessen einen Monolog darüber gehalten, dass
es doch ohnehin egal sei, was ich zu sagen hatte, weil
ich innerhalb der nächsten Tage abgeholzt werden
würde wie all meine Geschwister und dass die
Menschen meinen Lebensraum stehlen, die Rehe
erschießen und die Umwelt wie Dreck behandeln
würden.

Ich hatte drei Kinder zum Weinen gebracht und allen
den Abend versaut und ...

„Warum sagen Sie denn nichts?", zischte der Mann
von der Seite her. „Stellen Sie das Auto vor!"

Ich blinzelte, konzentrierte mich wieder auf die
unangenehme Gegenwart ... und fing an zu reden.
Packte all mein wertvolles KFZ-Wissen aus. Um keinen
weiteren Abend zu versauen.

„Ähm, dieses Auto ist wunderschön rot", sagte ich
lahm und machte eine verkrampfte Bewegung zu dem

Gefährt neben mir. „Es hat vier Reifen und eine Menge Sitze." Ich lugte in das Innere des Fahrzeugs. „Oh, es sind sogar fünf. Außerdem sehen sie nach echtem Leder aus, Sie fahren damit also nicht nur Ihre Kinder, sondern auch ein paar tote Kühe herum. Wenn man will, kann man Benzin in seinen Tank füllen und sicherlich mehr als 100 km/h damit fahren." Ich deutete auf die Tankklappe und beschrieb dann einen Bogen mit meinen Händen. „Es ist ein ... klasse Wagen."

Der Schüttere-Haar-Typ wuselte mit hochrotem Kopf auf die Bühne zurück und drückte mir einen Zettel in Hand.

„Sorry", murmelte er. „Sie haben Ihnen wohl nicht die Eckdaten gegeben. Hier, ich hab sie aufgeschrieben. Lesen Sie einfach ab."

Wieder zog er sich von der drehenden Bühne zurück, die allmählich zu meiner persönlichen Hölle wurde. Ich meine, es war eine Art Laufband, das ich mir mit einem aufdringlichen Auto teilen musste. Ich hasste Sport auch schon, ohne dass ich ihn zusammen mit einer Blechbüchse ausführen musste!

Doch ich wollte auch wirklich nicht vor allen erklären müssen, wer ich war und dass ich in dieses Gebäude eingebrochen war, also konzentrierte ich mich auf den Wisch in meinen Fingern und lief weiter meine Kreise.

Er war handschriftlich beschrieben worden.

Mit einer engen, schrägen Schrift mit einer Menge Ecken und Kanten.

Ich erkannte sie sofort.

Abrupt blieb ich stehen und wandte mich zu dem gedrungenen Typen mit Signalleuchte als Kopf um.

„Sie waren das. Sie haben Jannek um 10.000 Euro erpresst hat", stellte ich perplex fest.

Leider hielt ich das Mikrofon noch in der Hand und die Lautsprecher erlitten keinen plötzlichen Totalausfall.

Stattdessen wurde meine Stimme klar wie ein Bergsee durch den Raum getragen.

Die Musik wurde ausgestellt und eine gespenstische Stille legte sich über den Ausstellungsraum. Der ertappte Erpresser starrte mich mit aufgerissenen Augen und erhobenen Händen an. Als wolle er das Porträt *Schuldbewusst* nachstellen.

Ich seufzte und suchte mit dem Blick die Menge ab, bis ich Rispos düstere Miene und Marvins rosige Wangen entdeckte.

„Hinten stehen übrigens Vanessa und ein grauhaariger Mann, der auch in die illegalen Rennen verstrickt zu sein scheint", nutzte ich ihre ungeteilte Aufmerksamkeit. „Die solltet ihr vielleicht auch befragen. Sie scheinen etwas über ein Auto mit blutigen Reifen zu wissen."

Rispo sah zu Marvin, der hastig nickte und um das Podest herumeilte. Wahrscheinlich, um meinen Auftrag auszuführen.

„Okay", drang Rispos herrische Stimme durch den Raum. „Party vorbei. Herr Westing, wir müssten kurz mit Ihnen sprechen." Er nickte dem Mann zu, der mir den Zettel gereicht hatte.

Rispos Nicken schien der Startschuss zu sein, auf den Herrn Westing gewartet hatte.

Wie von der Tarantel gestochen zuckte er zusammen,

stolperte im nächsten Moment die Treppen des Podestes hinunter und rannte zum Ausgang.

Rispo seufzte laut. „Warum müssen denn alle immer rennen?“, fragte er genervt, durchquerte mit langen Schritten den Raum und streckte zu genau dem Zeitpunkt den Arm aus, als Herr Schütteres-Haar ihn passieren wollte.

Westing rannte mit voller Wucht dagegen und kippte hinten über. Der Arme verstand wohl nicht viel von Limbo.

„Nett, dass Sie bleiben“, sagte Josh und lächelte freundlich auf ihn hinab.

Ich legte den Kopf schief und starrte die noch immer schockierte Meute und die hinter vorgehaltener Hand kichernde Ariane an.

Was sagte man dazu. Autoausstellungen waren gar nicht so langweilig wie ich gedacht hatte.

Kapitel 16

Es dauerte eine halbe Stunde, benötigte zwanzig Durchsagen durch das Mikrofon in meiner Hand und kostete Rispo offenbar seine restlichen Nerven, die Gäste aus dem Gebäude zu dirigieren.

Größtenteils lag das daran, dass Herr von Strauß, ein untersetzter Glatzkopf, der Janneks Vater sein musste, immer wieder „Nein, niemand geht! Dieser Abend ist wichtig", brüllte.

Irgendwann griff Rispo ein und erklärte ihm in seiner freundlichen Cop-Stimme, dass er ihn eigenhändig mit dem roten Mercedes über den Haufen fahren würde, wenn er nicht die Klappe hielt und mit der Polizei kooperierte.

Das brachte von Strauß zum Schweigen und ließ Vanessa das Blut aus dem Gesicht fließen.

Marvin hatte sie zusammen mit Harald – so hieß der unsympathische Typ, den ich belauscht hatte – hinter dem Podest aufgegabelt und nun standen sie zusammen mit dem Erpresser, der scheinbar Autoverkäufer in diesem Laden war, und Janneks Vater in Reih und Glied vor uns.

„Das ist unerhört!", echauffierte sich Herr von Strauß und stemmte die wurstigen Arme in die Seiten. „Wissen Sie überhaupt, mit wem Sie es hier zu tun haben? Es ist eine Sache, Ihnen zu erlauben, heute Abend hier herumzuschnüffeln, eine gänzlich andere jedoch, zuzulassen, dass Sie das Bankett auflösen!"

„Bei allem nicht vorhandenen Respekt, Herr von Strauß", knurrte Rispo. „Eine Feierlichkeit, bei der sich heimlich über das Auto unterhalten wird, mit dem Ihr Sohn offenbar überfahren wurde, und die mit dem Entlarven eines Erpressers ihren Höhepunkt findet, ist keine, die man möglichst lange aufrechterhalten sollte!"

„Ich bin kein Erpresser!", rief Herr Westing lauthals. „Das ist eine haltlose Anschuldigung. Das ist ..."

Josh verengte die Augen und brachte ihn mit nur einem düsteren Blick zum Schweigen. „Ein kleiner Tipp, Herr Westing: Schreiben Sie Ihre Drohnachrichten nicht per Hand. Vor allem nicht, wenn Ihre Handschrift heraussticht wie eine Mohnblume aus einem Meer Gänseblümchen!"

Diese Aussage brachte Herr Westings Wangen derart zum Glühen, dass er problemlos als vorderstes Rentier an den Schlitten des Weihnachtsmanns hätte gespannt werden könnte. Meine Wangen glühten auch ... weil ich stolz auf Rispos Blumenvergleich war.

„Und was mache *ich* hier?", wollte Harald grimmig wissen. „Was wird mir angelastet?"

„Sie haben offenbar Autos aus diesem Autohaus entwendet und an Jannek verliehen, damit er sie für seine illegalen Straßenrennen nutzen konnte. Und

natürlich haben sie dafür Geld bekommen, Herr Rister“, bemerkte Rispo knapp.

„Du hast *was*, Harald?“, rief Herr von Strauß schockiert. „Du hast *meine* Autos ...“

„Ach, tu doch nicht so überrascht, du alter Geizhals“,
unterbrach Harald seinen Chef ungehalten. „Du
bezahlst so scheiße, da ist es doch kein Wunder, dass
wir Leute erpressen oder illegale Straßenrennen unterstützen müssen, um uns etwas dazuzuverdienen!“

„Wer den Penny nicht ehrt, ist des Talers nicht wert!“,
giftete Herr von Strauß wütend zurück.

„Ach ja? Und wer den Penny zu sehr ehrt, weiß nicht,
wie ihm gleich widerfährt!“, erwiderte Harald zornig.

„Mann, Mann, Mann“, flüsterte Ariane neben mir.
„Sind alle Mordverdächtigen so anstrengend?“

„Größtenteils“, gab ich zu. „Aber manche sind freundlicher als andere.“

„Okay, es reicht jetzt“, bellte Rispo. „Ich unterbreche
diese inspirierende Reimrunde ja nur ungern – aber
mich interessiert nicht, wer geizig ist und wer nicht! Ich
habe bereits eine Freundin, die meine Bitten und An-
weisungen ignoriert. Da brauche ich nicht noch drei
Hampelmänner, die mir dasselbe Vergnügen bereiten.
Das hier ist eine verdammt ernste Sache. Sie alle sind
Verdächtige im Mordfall Jannek von Strauß. Und je
mehr Mist aus Ihren Mündern kommt, desto
verdächtiger machen Sie sich!“

„Verdächtiger?“, rief Herr von Strauß und blähte die
Brust. „Verdächtiger im Mordfall meines eigenen
Sohns?“

„Ja“, sagte Rispo schlicht.

Herr von Strauß schnaubte, hielt jedoch ansonsten den Mund.

Josh sah sie alle der Reihe nach an und blickte dann zu Marvin, der sich ratlos den Kopf kratzte. „Was machen wir jetzt mit denen?", wollte er wissen. „Wir haben nicht genug Platz in unserem Polizeiwagen. Sollen wir Verstärkung holen?"

Josh seufzte schwer, dann schüttelte er den Kopf und fuhr an die Verdächtigen gewandt fort: „Wissen Sie, normalerweise würde ich jetzt auf ein paar Beamte warten, die Sie separat in einem Streifenwagen zur Wache fahren, damit wir Sie nacheinander, geordnet und gesittet, zum Mord an Jannek befragen können. Aber ich sag Ihnen was: Mir fehlt die Geduld dafür! Es gab einen Unfall am Friesenplatz und Köln spielt heute gegen Gladbach – hunderte von Polizisten befinden sich derzeit im Einsatz beim Derby und werden Stunden brauchen, um hier aufzukreuzen. Wir spielen heute also Folgendes: Das *„Wer ehrlich ist und uns erklärt, was zur Hölle hier eigentlich los ist, muss gleich keine ungemütlichen zweisamen Stunden mit mir in einem stickigen Verhörzimmer verbringen"*-Spiel. In Ordnung?"

Puh, das würde sich niemals als Brettspiel eignen. Der Name war viel zu lang.

Doch die drei Männer und Vanessa schienen das Spiel sofort verstanden zu haben, denn sie schluckten und nickten gehorsam.

„Wie wundervoll. Marvin, deine Zeugen." Er machte eine ausladende Geste zu den Verdächtigen hin. „Ich habe keinen Bock, mich weiter mit ihnen auseinanderzusetzen und biete dir die Chance, über dich hinauszuwachsen.“

„Oh, okay.“ Marvin nickte eifrig, so als sei das ein mehr als verständlicher Grund, warum er diese lästige Aufgabe übernehmen sollte. „Aber mit wem soll ich anfangen?“

„Such es dir aus“, sagte Rispo schroff. „Du hast die freie Wahl.“

„Gut. Gut, gut“, meinte der Recherchist und zückte Block und Stift. Schließlich wandte er sich an Janneks Vater.

„Herr von Strauß, wir haben gehört, dass Sie sich am Samstag vor seinem Tod mit Ihrem Sohn gestritten haben. Das haben Sie bei Ihrer letzten Zeugenaussage vergessen zu erwähnen. Sie meinten, es habe keinerlei Reibungspunkte mit Ihrem Sohn gegeben.“

Alle Anwesenden schnaubten laut und Vanessa sah ihn vorwurfsvoll an.

Herr von Strauß ließ sich nicht irritieren. „Ich wüsste nicht, inwiefern die Streitereien zwischen meinem Sohn und mir wichtig in seinem Mordfall sein sollten. Deswegen habe ich sie unerwähnt gelassen.“

„Lassen Sie ruhig uns entscheiden, ob sie wichtig sind, oder nicht“, sagte Marvin höflich. „Also? Worum ging es in dem samstäglichen Streit mit Ihrem Sohn?“

„Er sollte aus der Uni geworfen werden, in Ordnung?“, grunzte von Strauß. „Er ist das dritte Mal durch eine wichtige Prüfung gefallen und sollte exmatrikuliert werden! Da darf man ihn ja wohl für anschreien – aber das bedeutet noch lange nicht, dass ich ihn umgebracht habe! Ich habe ihm nur damit gedroht, ihn zu enterben, um ihm etwas Feuer unterm Hintern zu machen.“

„In Ordnung: Weshalb, glauben Sie, hat er die Uni schleifen lassen?"

„Na, ihretwegen", sagte er vorwurfsvoll und nickte zu Vanessa. „Sie hat ihn abgelenkt."

Tränen traten in Vanessas Augen und sie schüttelte mit zusammengepressten Lippen den Kopf. „Ich war die Einzige, die ihm gesagt hat, er solle sich mehr anstrengen in der Uni", wisperte sie mit dünner Stimme. „Ich weiß, wie wichtig gute Bildung ist."

Marvin nickte ihr aufmunternd zu. „Ich denke auch, dass sein Drogenproblem eher schuld an seinen schlechten Noten war."

„Drogen?", dröhnte von Strauß sofort. „Jannek hat keine Drogen genommen."

„Oh, bei Rudolf Diesel, du hast deinen Sohn wirklich nicht gekannt, oder?", fuhr Westing dazwischen und strich sich sein schütteres Haar über die anfängliche Glatze. „Er war ein Junkie, der illegale Autorennen veranstaltet und seine Mitmenschen wie Dreck behandelt hat! Deswegen habe ich mich auch gar nicht schlecht dabei gefühlt, ihn zu erpressen. Er hat es irgendwie verdient gehabt, oder nicht?"

„Du wusstest von den Rennen?", fragte Harald perplex.

„Aber sicher wusste ich davon!", meinte Westing verärgert. „Für wie dumm hältst du mich? Schmuggelst hier alle zwei Tage die teuersten Autos raus und denkst, ich krieg das nicht mit? Es gibt nicht genug reiche Leute in Köln, als dass jeden zweiten Tag jemand vorbeikommen und eines unserer Rennmodelle zum Testfahren mit nach Hause nehmen könnte! Also hab ich dem kleinen Scheißer damit gedroht, diese Info an seinen idiotischen Vater hier weiterzugeben! Aber der Kerl musste ja sterben, bevor er mir das Geld geben konnte. Es war also keine erfolgreiche Erpressung und ist somit nicht strafbar." Zufrieden nickte er Marvin zu.

Marvin blinzelte perplex. „Nun, nein. Das stimmt nicht. Jede Art der Erpressung ist, unabhängig davon, ob sie erfolgreich verläuft, nicht erlaubt und wird mit bis zu fünf Jahren Freiheitsstrafe geahndet."

„Aber wieso das denn?", fragte Westing mit großen Augen. „Es ist doch kein Schaden entstanden."

„Na ja, Jannek ist tot", gab Harald zu bedenken. „Manche Leute würden das schon als Schaden bezeichnen."

„Aber er ist doch nicht meinetwegen gestorben!", rief Westing panisch aus. „Ich hab ihn nicht angerührt. Wieso sollte ich? Ich wollte doch das Geld!"

Marvin seufzte schwer und zog sich das Jackett seines viel zu großen Anzugs glatt. „Das ... ähm ... lasse ich mal so stehen", sagte er. „Kommen wir zu Ihnen, Herr Rister. Sie haben Blut an den Reifen eines Wagens gefunden und das für sich behalten?"

„War mir nicht sicher, ob es Blut war", erwiderte der Grauhaarige schroff. „Dachte, vielleicht ist jemand durch den McDonalds Drive-in gefahren und es lagen ein paar Ketchup-Packungen auf dem Boden herum."

„Das ist eine sehr schlechte Ausrede", stellte Marvin ehrlich verblüfft fest. „Wenn Sie schon lügen, sollten Sie sich wirklich mehr Mühe geben. Sie können doch nicht denken, dass wir Ihnen das abnehmen."

Ariane lachte und Marvin lief rot an, während Harald nur die Achseln zuckte.

„Herr Rister, wir wissen, dass Sie geholfen haben, die Autos zu schmuggeln und somit Teil des illegalen Straßenrennen-Rings sind“, meinte Marvin geduldig. „Sie machen es mit Ihrem Schweigen nur noch schlimmer.“

„Ja, schön, ich glaub, da war Blut dran, okay?“, sagte er ungehalten. „Keine Ahnung, es war rotbraun und klebrig … könnte alles gewesen sein, aber ich hab eben an Blut gedacht, als ich es gesehen habe, also … was auch immer. Wenn sie so heiß darauf sind, schauen Sie doch selbst nach!“

„Sie haben das Blut nicht abgewaschen?“, fragte Marvin verblüfft.

„Nein, dachte, ich kann es vielleicht noch nutzen, um jemanden damit zu erpressen“, meinte Harald unzufrieden.

Wow. Das war wirklich eine Horde Sympathieträger, die hier vor uns stand!

„Aber ich hab keine Ahnung, wer das Auto gefahren hat, okay?“, fügte er gereizt hinzu. „Da müssen Sie sie fragen!“ Er deutete mit dem Finger auf Vanessa. „Sie hat das Auto hergebracht. Sie weiß, wem welches Fahrzeug bei dem Rennen zugeordnet wird. Sie hat den Überblick.“

Alle wandten sich Vanessa zu, die auf ihre Hände starrte. „Ich hab keine Ahnung“, sagte sie leise.

„Sicher?“, fragte Marvin nach.

Sie nickte.

Mein Magen und Herz zogen sich zusammen und ich trat einen Schritt vor. „Du weißt es, Vanessa“, sagte ich mit sanfter Stimme. „Du weißt, von wem du das Auto entgegengenommen hast. Du weißt, wer es Sonntag gefahren hat. Wen immer du schützen willst ... es lohnt sich nicht. Wir werden es ohnehin herausfinden. Früher oder später. Und es könnte dich in Schwierigkeiten bringen, wenn du uns zu dem Gedanken verleitest, dass du versuchst, den Mord zu vertuschen."

Vanessas Unterlippe zitterte und vereinzelte Tränen liefen an ihren Wangen hinab. „Ich wollte das alles nie", wisperte sie. „Die Straßenrennen, die Drogen ... es ist alles aus dem Ruder gelaufen. Jannek meinte immer, es wäre schon okay, wir würden nichts wirklich Schlimmes tun, und ich hab ihm geglaubt und ... ich wollte mich da nie mit reinziehen lassen." Sie blickte auf und sah mich flehentlich an, während sie flüchtig ihre Tränen wegwischte. „Das müssen Sie mir glauben. Ich bin eigentlich klüger als das. Ich habe auch nie selbst Drogen genommen, aber er war so überzeugend! So charismatisch. Und er hat sich für mich interessiert und dann hab ich mich verliebt und ... ich hab erst gemerkt, dass er mir nicht guttut, als ich schon nicht mehr umkehren konnte." Ihre Stimme war so verzweifelt, dass sie in meinem Herzen nachzuvibrieren schien.

Ich nickte ernst. „Das weiß ich", murmelte ich eindringlich. „Man weiß immer erst, dass man eine schlechte Entscheidung getroffen hat, wenn es bereits zu spät ist. Ich verstehe das, glaub mir. Ich treffe jeden Tag hunderte falsche Entscheidungen. Aber letztendlich zählt nur, was man daraus macht. Dass man seine Fehler wieder geraderückt. Und du kannst es immer noch besser machen. Du kannst uns verraten, von wem du das Auto mit den blutigen Reifen entgegengenommen hast."

„Es war Noah", schluchzte sie und verbarg das Gesicht in den Händen, sodass ihre Stimme nur noch gedämpft zu uns durchdrang. „Noah ist das Auto am Sonntagabend gefahren. Es sollte sein erstes Rennen sein, aber dazu ist es dann nie gekommen, weil Jannek ja nicht aufgetaucht ist und ..." Sie schüttelte den Kopf und weitere Tränen quollen zwischen ihren Fingern hervor. „Aber er kann nicht ... er ist so ein guter Kerl! Er würde niemals ... es muss ein Unfall gewesen sein!"

Noah?

Ihre Worte hallten in meinem Kopf wider und erschwerten mir das Atmen.

Aber er war so ... *nett*. Der freundliche Bruder! Der schüchterne Bruder. Und er sollte derjenige gewesen sein, der Jannek eiskalt umgebracht hatte? Nur, damit er Vanessa für sich haben konnte?

Das konnte ich nicht glauben.

Du hast dich schon öfter in Menschen geirrt, Lou, flüsterte meine innere Stimme mir zu. *Mörder sehen nicht immer aus wie Mörder.*

Ich schluckte. Es war die Wahrheit. Menschen waren zu gute Schauspieler.

Marvin sah zu Rispo. „Noah", wiederholte er. „Den haben wir erst heute Mittag aus dem Polizeigewahrsam entlassen."

„Na, wir werden ihn wohl zu einer erneuten Befragung einladen müssen", meinte Josh verkniffen. „Ich kann den Fahndungsaufruf gleich an die Kollegen weitergeben. Die werden ihn schon auflesen. Aber zuerst wollen wir das Auto mit dem Blut am Reifen sehen." Er nickte Harald zu. „Seien Sie doch so freundlich, mir den besagten Wagen zu zeigen. Marvin, können Sie die anderen schon einmal ins Auto verfrachten? Wir werden von ihnen allen eine offizielle Aussage brauchen, und Lou, warum geht ihr nicht nach Hause?" Er hob die Augenbrauen in meine Richtung. „Das hier kann noch dauern. Die Spurensicherung muss antanzen, weitere Mitarbeiter befragt werden … und ich habe gerade absolut keinen Nerv, mit dir darüber zu diskutieren, dass du überhaupt nicht hier sein solltest! Dafür ist es jetzt ja ohnehin viel zu spät, was?"

Wo er recht hatte …

„Okay", sagte ich langsam. „Aber … was soll ich zu Hause tun?"

„Deine Pflanzen in Sicherheit bringen", sagte er trocken. „Falls ich meinem Versprechen doch noch nachkomme und ihnen jede Wurzel einzeln abhacke."

Ich verdrehte die Augen. Das war eine leere Drohung.

„Komm, Ari", sagte ich seufzend. „Gehen wir."

Meine Freundin nickte, lächelte Marvin zu und hakte sich dann bei mir unter.

„Das war aufregend", flüsterte sie, während wir zum Ausgang schlenderten. „Und meine Güte, Rispo kann absurd viel Autorität ausstrahlen. Ich hatte fast ein wenig Angst vor ihm. Obwohl ich weiß, dass er bei WALL-E geheult hat."

Ich hob müde einen Mundwinkel. „Ja, ich weiß. Dabei hat er nicht einmal geschrien. Sich also noch zurückgehalten."

Ich befürchtete leider, dass meine Aktion heute Abend sein Gemüt nicht beruhigt haben würde.

Ach, Mist.
Ich schloss meine Sukkulenten heute Nacht wohl besser in den Schrank …

240

Kapitel 17

Ich schlief wieder einmal schlecht, träumte von Babys mit Rispos Dreitagebart und Sahnetorte, die von blutigen Reifen überrollt wurde.

Am nächsten Morgen wachte ich daher mit unangenehmem Druck auf der Brust, rumorendem Magen und trockenem Mund auf. Rispos Seite des Bettes war schon kalt, doch er hatte einen Zettel auf seinem Kopfkissen hinterlassen.

Hab Nachricht von Informant bekommen. Auftragskiller definitiv noch in Stadt. Musste los. Bis heute Abend. Genieß deinen letzten Tag als Neunundzwanzigjährige.

Mein Magen wurde gleich noch etwas flauer. Was sollte das heißen? Der Killer war noch in der Stadt – und er musste los?

Inwiefern bestand zwischen diesen beiden Tatsachen ein Zusammenhang? Und warum hatte er es mir gleich erzählen müssen? Hätte er nicht schreiben können, dass er Schmetterlinge fangen und das Wattebausch-Museum besuchen ging?

Das hätte mich nicht so unruhig werden lassen. Es gab wirklich bessere Arten und Weisen, in einen Freitagmorgen zu starten.

Ich lief ins Bad und stellte fest, dass meine rote Tante noch immer auf sich warten ließ. Also zog ich mich an und streunerte zwanzig Minuten mit klopfendem Herzen durch die Küche.

Ich wusste nicht, was ich tun sollte. Meine Tage hatten sich noch nie so verspätet, andererseits gab es bis auf meinen flauen Magen – der allerhand Gründe haben könnte! – keine Anzeichen dafür, dass ich ein Kind ausbrütete.

Scheiße, ich würde gerne mit Josh darüber reden, dass ich Schiss hatte, schwanger zu sein – und mir nicht sicher war, ob er sich zu diesem Zeitpunkt darüber freuen oder ob ihm der Kopf platzten würde.

Doch ich war immer noch wütend auf ihn, er war immer noch wütend auf mich, die Sache zwischen uns war zurzeit einfach viel zu kompliziert ... und eigentlich wollte ich auch gar keine Antwort auf die Frage. Denn sie machte mir Angst.

Stöhnend zog ich mich an und versuchte mich eine Weile mit Gedanken an den Mordfall abzulenken.

Das führte allerdings nur dazu, dass sich zu der Schwere auf der Brust und dem flauen Magen, penetrante Kopfschmerzen gesellten.

Ich wollte nicht glauben, dass Noah der Mörder war. Um jemanden zu überfahren, brauchte es schon ... nun, Eier in der Hose. Und zwar keine von diesen mickrigen Legebatterie-Eiern, sondern richtig große, Freilandeier von glücklichen Hühnern, die täglich massiert wurden.

Noah besaß weder noch. Er hatte keine Widerworte gegeben, als er festgenommen worden war, er hatte Vanessa verteidigt, er war selbst während des Verhörs noch halbwegs freundlich gewesen ... Er war der Typ, der seinem größten Feind einen Kuchen backte, wenn er Geburtstag hatte. Mit guten Freilandeiern, nicht mit Legebatterie-Eiern.

Aber wer war denn sonst verdächtig? Die drei Männer aus dem Autohaus waren allesamt Idioten, aber sie hatten mehr von Janneks Leben als von seinem Tod profitiert. Vanessa war das reinste emotionale Wrack, Linus ein Arschloch, aber ein von Jannek abhängiges ...

Zehn Minuten später war ich kein Stück weitergekommen und meine Gedanken wanderten wieder zu meinen nicht vorhandenen Unterleibschmerzen.

Ach, shit. Mein Herz flatterte, mein Magen rumorte – ich würde heute nicht mehr glücklich werden, wenn ich nicht irgendetwas wegen meiner dummen Vorahnung tat.

Also fuhr ich zum nächstbesten Supermarkt und holte mir einen Schwangerschaftstest. Ich nahm direkt ein Doppelpack, weil es nur ein Euro mehr kostete und ich das Gefühl hatte, zwei Tests würden mich mehr beruhigen als einer.

„Oh, ich drück Ihnen die Daumen", sagte die freundliche Verkäuferin und strahlte mich an.

„Für was?", fragte ich irritiert. „Dafür dass er positiv oder negativ ist?"

Die Kassenlady blinzelte verwirrt. „Ähm ... wollen Sie denn gerne schwanger sein?"

Ich schnaubte und bezahlte. „Könnten Sie mir eine leichtere Frage stellen? Zum Beispiel, wie man den Weltfrieden herbeiführt?", gab ich bissig zurück und verließ den Laden.

Mein Handy vibrierte und ich zuckte zusammen. Als hätte mich jemand bei etwas Verbotenem ertappt.

Doch es war nur Emily, die ich schon so oft dabei beobachtet hatte, wie sie etwas Verbotenes tat, dass ich mich sofort entspannte.

Laut App totales Bahnchaos heute, kannst du mich vielleicht abholen und mit zum Laden nehmen?

Ich kaute auf meiner Unterlippe herum und betrachtete den Test in meiner Handtasche.

Klar. Darf ich im Gegenzug kurz dein Bad benutzen?
Wenn es sein muss.

Schwer atmete ich durch. Gut. Es war besser, den Test bei Emmi zu machen als auf der Arbeit. Da würde ich ja doch keine Ruhe finden und einen Rückzieher machen.

Und ich hatte wirklich keinen Grund, es noch länger vor mir herzuschieben, oder? Es war besser zu wissen, ob man einen Braten in der Röhre hatte oder nicht.

Vor allem, wenn man am Abend in den Geburtstag reinfeierte und eigentlich vorhatte, sich ordentlich zu betrinken.

Ich setzte mich in den Passat, doch ehe ich losfahren konnte, gab mein Handy schon wieder Geräusche von sich.

Seufzend zog ich es aus der Tasche und sah auf das Display. Meine Mutter rief an.

Oje. Wollte ich mir das wirklich antun?

Eine Nachricht trudelte parallel ein. Sie war von Trudi.

Deine Mutter ist verrückt! Glaub ihr kein Wort!

Ach, Mist. Seufzend wischte ich über den grünen Hörer.

„Hallo?", meldete ich mich.

„Lou, wie kannst du dieser Frau nur Macht über deine Geburtstagsfeier geben?", begrüßte meine Mutter mich unwirsch. „Sie ist *wahnsinnig!*"

Ich rieb mir mit Mittel- und Zeigefinger über meine Nasenwurzel. „Na ja, ein wenig vielleicht", gab ich zu. „Aber sie meint es gut."

„Aber sie verhält sich unmöglich! Sie ist überhaupt nicht kompromissbereit. Die ganze vergangene Woche über hat sie meine Vorschläge abgenickt und jetzt eröffnet sie mir, dass sie keinen einzigen von ihnen umsetzen will, weil sie langweilig, prüde und fantasielos wären! Kannst du dir das vorstellen? *Ich* langweilig, prüde und fantasielos!"

Ja, das beschrieb meine Mutter tatsächlich ganz passend. „Sie hat eben bestimmte Vorstellungen, Mama", nahm ich Trudi in Schutz. „Du bist ja auch erst Last Minute dazu gestoßen."

„Aber das ist doch nicht meine, sondern deine Schuld! Ganz ehrlich, Lou: Ich kann das nicht auf mir sitzen lassen. Sie ist nicht im Mindesten offen gegenüber meinen Vorschlägen bezüglich der Party!" Meine Mutter sagte das in einem Tonfall, der vermuten ließ, dass dieses Verhalten einem Verrat in Judas-großem Ausmaß glich.

„Wenn es dir hilft: Sie ist auch nicht offen gegenüber Vorschlägen, die jeden anderen Bereich betreffen", informierte ich sie. „Kämpf also nicht gegen sie an, Mama."

„Sie möchte einen Stripper engagieren, Lou!"

Ich schluckte. „Bitte kämpf gegen sie an, Mama!"

„Ich versuche es ja, aber sie hat ihr Auge auf einen Kubaner mit Eight-Pack geworfen und sie hat ihm schon den goldenen Glitter gekauft, der für ihre eigene Haut viel zu grell ist und ..." Meine Mutter seufzte resigniert. „Ich weiß nicht einmal, was ich mit dieser Information anfangen soll!"

Stöhnend sank ich mit der Stirn aufs Lenkrad. „Halt sie einfach auf, Mama, okay? Ich hab da gerade wirklich keinen Nerv für."

„Aber, Louisa, wir ..."

Ich legte auf und schaltete das Handy auf lautlos.

Ja, das war unhöflich, aber was sollte ich tun? Ich machte mir schon um Noah, Rispo und meinen Uterus Sorgen. Die Geburtstagsparty heute Abend wollte ich der Liste auf keinen Fall hinzufügen.

Meine Schwester wohnte in einer Ein-Zimmer-Wohnung in Köln Kalk. Ein Stadtteil, in dem es den Bewohnern nichts ausmachte, wenn der Putz von den Wänden bröckelte und der Hausflur nach Gras roch.

Emmi meinte sogar, sie würde den ständigen und allumgebenden Marihuana-Geruch begrüßen, dann könne man ihn nicht zu ihrer Wohnung zurückverfolgen.

Sie öffnete mir im *Louisa's-Flower-Power*-Polohemd die Tür und ließ mich mit griesgrämiger Miene ein.

„Alles okay?", begrüßte ich sie. „Du siehst unglücklich aus."

Sie seufzte theatralisch. „Das Leben ist schwer, Lou."

Ich nickte. „Weise Worte. Wie kommst du darauf?"

„Kam mir die letzten Tage nur so", sagte sie und wandte den Blick ab. „Man plant immer irgendetwas und dann läuft es doch anders."

Stirnrunzelnd trat ich ein. „Ja. Stimmt schon. Wirklich alles okay, Emily?"

So tiefsinnige Dinge gab sie normalerweise nur von sich, wenn sie high war. Doch ihre Pupillen hatten eine normale Größe und ihre Wohnung roch nach Kamillentee, nicht nach Rock am Ring.

„Jaja." Sie winkte ab. „Wolltest du nicht das Bad benutzen? Es ist schon halb neun, wir kommen sonst noch zu spät."

Ich nickte. „Ja, richtig. Dauert nicht lang", meinte ich vage und verschwand auf ihrer Toilette.

Tief durchatmend zog ich meinen Mantel aus, legte ihn über einen Handtuchhalter und kramte den Schwangerschaftstest aus meiner Handtasche.

Ich öffnete ihn, ignorierte die Packungsbeilage – wie schwer konnte es sein, auf ein Stäbchen zu pinkeln? -, legte die Verpackung mit dem zweiten Test auf eines der Bretter von Emmis Badezimmerregal ... und starrte den länglichen Plastikgegenstand in meiner Hand an.

Wie konnte ein so unschuldiges Gerät meinen Puls derart in die Höhe treiben?

Das erschien mir nicht richtig.

Ich rieb mir mit der Hand über den Nacken und schloss die Augen. Ich sollte das hier nicht allein tun müssen! Ich sollte darüber mit Josh reden können.

Ich sollte keine so große Angst vor seiner Reaktion haben.

Das war doch scheiße!

Das Streit-Time-out war eine dumme Idee gewesen. Mir hätte klar sein müssen, dass ich mich erst besser fühlen würde, wenn wir über alles geredet hatten.

Die Minuten flossen dahin, während ich noch immer regungslos in Emmis weiß gefliestem Bad stand und den Test anstarrte.

Wollte ich es überhaupt wissen? Ob ich heute Abend lieber auf den Alkohol verzichten sollte?

Ich stieß einen Schwall Luft aus und verdrehte die Augen.

„Stell dich nicht so an, Lou", murmelte ich und hob den Toilettendeckel an.

Es hatte nichts Elegantes an sich, auf einen Test zu pinkeln. Ebenso wenig war es sonderlich anstrengend oder aufwändig.

Dennoch standen mir die Schweißperlen auf der Stirn, als ich die Hose wieder hochzog, das Plastikteil auf den Waschbeckenrand legte und mir die Hände wusch.

Nervös tippte ich mit dem Fuß auf den Boden.

Zwei Minuten brauchte der Test. Das waren hundertzwanzig Sekunden zu viel.

Meine Augen fingen an zu tränen, weil ich nicht blinzelte, falls sich etwas auf dem Streifen tat. Gott, das hier war spannender als jede Mörderjagd! Das hier war ...

Es klopfte laut an der Tür.

Erschrocken zuckte ich zusammen und schlug den Test aus Versehen mit der Hand vom Waschbeckenrand.

Mit einem dumpfen Klonk fiel er in den darunter stehenden Mülleimer

„Was zur Hölle treibst du da drinnen, Lou?", rief Emmi durch die Tür. „Wir kommen noch zu spät! Wenn ich nach der blöden Leonie im Laden bin, werde ich dir das nie verzeihen!"

„Ich komme sofort!", rief ich zurück und suchte fahrig mit dem Blick den Mülleimer ab. Doch ich konnte den Test nicht direkt entdeckten, er musste in der Masse an leeren Klopapierrollen, benutzten Zahnbürsten und Wattepads untergegangen sein.

Shit. Es war zu früh, um im Müll zu wühlen und ... wenn ich ehrlich war, fühlte ich mich überhaupt nicht bereit dazu, nachzusehen, ob ich innerhalb der nächsten acht Monate schrecklich fett werden würde. Ich war fast erleichtert, dass ich ihn nicht entdecken konnte.

Der Test lief nicht weg. Er lag gut verwahrt in Emmis Mülleimer. Ich würde mir das Ergebnis einfach später ansehen.

Hastig trocknete ich meine noch feuchten Hände an einem Handtuch ab und stieß dann die Badezimmertür auf.

„Was hast du da drinnen gemacht?", wollte meine Schwester wissen und sah mich stirnrunzelnd an. „Du warst bestimmt zehn Minuten da drin! Kannst du deine schlechte Verdauung nicht in deinen eigenen vier Wänden ausleben?"

„Ich hab nachgedacht“, meinte ich und schüttelte den Kopf.

„Auf der Toilette?“

„Ja, Fliesen beruhigen mich und …“ Nein, ich hatte wirklich keine Ahnung, wohin ich mit diesem Satzanfang wollte. „Ist doch egal! Fahren wir einfach, okay?“

Emmi seufzte und klopfte mir auf die Schulter, bevor sie mich aus der Tür schob. „Trudi hat recht, Lou: Du bist manchmal schon ein krümeliger Keks.“

Da konnte ich ihr nicht widersprechen.

Kapitel 18

Ich konnte mich nicht konzentrieren.

Das lag unter anderem daran, dass meine Mutter noch dreimal anrief und Emmi einen stillen Wettbewerb mit Leonie veranstaltete. Wie jemand beim Aufsammeln von Dornen und Blättern gewinnen konnte, war mir schleierhaft, doch nach zehn Minuten schweißtreibendem Fegen reckte Emily die Faust in die Luft und kürte sich zum Sieger.

Größtenteils wanderten meine Gedanken jedoch den ganzen Morgen über zu dem Schwangerschaftstest in Emmis Mülleimer und dem Blut an Noahs Reifen.

Ob er gestanden hatte? Jannek vergiftet und dann überfahren zu haben?

Na, das würde ich wohl erst am Abend erfahren, vorausgesetzt Marvin erschien zu meiner Party. Eingeladen hatte ich ihn zumindest und im Gegensatz zu meiner Mutter las er seine E-Mails.

Mit einem lauten Klingeln glitt die Ladentür auf.

„Sie haben sie noch nicht gefunden", rief Ariane außer Atem und stützte sich mit den Händen auf den Tresen ab. „Weder Noah noch Linus. Die beiden sind untergetaucht. Als hätten sie gewusst, dass wir ihnen auf der Spur sind.“

„Was?“ Überrascht hob ich die Augenbrauen. „Wirklich? Sie sind geflohen?“

„Keine Ahnung. Das war jetzt meine Version der Tatsachen. Vielleicht haben sie sich auch nur betrunken und sind auf der Couch eines Freundes eingeschlafen“, meinte Ariane vage. „Marvin wollte mir keine genauere Auskunft geben. Aber sie fahnden in der ganzen Stadt nach ihnen. Das lässt Noah leider ganz schön schuldig aussehen, oder?“

Shit, ja. Das tat es.

„Wer sieht schuldig aus?“, wollte Emmi wissen und verstaute Handfeger und Blech unter dem Verkaufstresen. „Sprecht ihr von Leonie? Dann habt ihr nämlich recht, sie hat vorhin ein paar Dornen aus Versehen unter die Kühlfächer gefegt. Ich hab es genau gesehen. Wie, würdest du vorschlagen, sollte solches Verhalten bestraft werden, Lou?“

„Mit einem zärtlichen Schlag gegen den Hinterkopf“, erwiderte ich trocken – und schlug Emmi zärtlich gegen den Hinterkopf.

„Was hab ich Schlimmes getan?“, wollte sie ungläubig wissen.

„Du hast spioniert und gepetzt“, sagte ich sachlich. „Und wir reden nicht über Leonie, sondern über Noah. Er hat vermutlich das Auto gefahren, mit dem Jannek überrollt wurde.“

„Hat jemand meinen Namen gesagt?“ Leonie tauchte aus meinem Büro auf. „Louisa, es tut mir übrigens leid, ich habe vorhin ein paar Dornen unter die Kühlfächer gefegt. Ich werde sie heute Abend von der Wand wegziehen und dort saubermachen."

Emmi verdrehte ihre Augen so stark, dass ich mich darüber wunderte, dass sie ihr nicht im Hinterkopf stecken blieben.

„Gar kein Problem, Leonie", meinte ich freundlich. „Lass die Dornen ruhig da unten. Sie leisten den Hibiskusblüten Gesellschaft, die ich letzte Woche darunter getreten habe."

Leonies Wangen liefen rosa an, doch sie kicherte.

„Ihr wolltet von diesem Noah erzählen", sagte Emmi ungeduldig und wandte Leonie demonstrativ den Rücken zu.

„Wie gesagt", fuhr ich fort. „Er ist vermutlich derjenige, der Jannek ermordet hat. Die Polizei sucht ihn im Moment, um ihn noch einmal zu verhören, doch er und sein Bruder sind offenbar auf der Flucht oder im Urlaub oder einfach nur nicht zu Hause."

„Ah, verstehe. Wer von den Auto-Typen war noch mal Noah?", fragte Emily und neigte den Kopf.

„Der kleine, schlaksige", half Ariane mir auf die Sprünge. „Dunkelblondes, glattes Haar, braune Augen ... blaues Veilchen am linken Auge?"

„Ähm, so wie der da?", meinte Leonie langsam und deutete zum Schaufenster.

Wir wirbelten herum.

Vor den Stufen, die zum Laden hinaufführten, stand tatsächlich ein Jugendlicher, den Blick auf den Schriftzug über der Tür geheftet, die Hände tief in den Jackentaschen.

„Oh, verdammt, das ist er!", sagte ich aufgeregt und zerrte mein Telefon aus der Jeanstasche.

„Was zum Teufel tut er hier?“, wollte Ariane wissen.

„Er scheint sich selbst nicht sicher zu sein“, murmelte ich, denn der Jugendliche stromerte im nächsten Moment nervös die Straße auf und ab, während er gelegentlich einen Blick durchs Schaufenster warf.

Wenn er sich darüber erschreckte, dass wir alle ihn anstarrten, so ließ er es sich nicht anmerken.

„Wenn er wegläuft, rennst du ihm nach, Ariane, und tackelst ihn, okay?“, murmelte ich und wählte Marvins Nummer.

„Warum *ich*?“

„Weil ich rennen hasse.“

„Ich auch! Emmi sollte ihm hinterhersprinten.“

Meine Schwester schüttelte den Kopf. „Ich bin zu leicht und dünn, um ihn zu tackeln. Lou ist da die bessere Wahl. Mit ihrem Keksgewicht wird sie ihn problemlos niederringen.“

Ich schnaubte, während das Freizeichen ertönte.

„Er ist ein Mörder?“, fragte Leonie unruhig und zog die Schultern hoch.

„Womöglich“, meinte ich.

„Dann könnte ich ihm hinterherrennen“, wisperte sie zögerlich. „Ich bin in der Schule Hürden gelaufen. Ich bin sehr schnell. Außerdem sieht er sehr schmächtig aus und ich kann sehr hoch treten.“

Beeindruckt sahen wir sie an.

„Dann wäre das ja geregelt“, meinte Ari zufrieden.

Oh Mann. Ich hoffte sehr, dass es nicht so weit kommen würde. Was sollte ich ihren Eltern erzählen, wenn sie mich fragten, warum Leonies Knie aufgeschürft seien und sie aufgeregt berichte, sie habe einen Mörder geschnappt?

„Held", meldete sich Marvin.

„Hey, Marvin", sagte ich, während Noah sich mittlerweile mit beiden Händen durch die Haare fuhr. „Sucht ihr immer noch nach Noah?"

„Ja", sagte er seufzend. „Ich weiß einfach nicht, wohin ein junger Mann, der Angst vor der Polizei hat, verschwinden würde."

„Nun, ich schon. Er sucht den Blumenladen seines Vertrauens auf und sieht nervös durchs Schaufenster."

„Was?" Seine Stimme rutschte eine Oktave höher. „Er ist bei dir?"

„Jap, steht vor der Tür des Ladens."

„Auweia, auweia ... kannst du ihn festhalten?"

„Wir sind uns nicht sicher. Leonie ist Hürden gelaufen und kann gut treten, ich hab das nötige Keksgewicht ... aber wenn es darauf ankäme, würde ich nicht auf uns wetten. Du beeilst dich besser und kommst her."

„Schon auf dem Weg", sagte er atemlos. Im nächsten Moment klickte es in der Leitung – keine Sekunde später klingelte die Glocke, die einen Kunden ankündigte und Noah stürmte in den Laden.

„Ich war es", sagte er laut. „Ich hab ihn umgebracht."

Wir alle starrten ihn mit offenem Mund an ... und Leonie schob sich vorsichtig hinter den Verkaufstresen. Als könne der sie vor Noah beschützen, falls er entschied, uns ebenfalls umzubringen.

„Das stand nicht in der Jobbeschreibung", flüsterte sie ängstlich.

Emily sah mich kopfschüttelnd an. „Also, das hättest du wirklich ins Kleingedruckte schreiben müssen. War doch klar, dass so was über kurz oder lang passiert."

Ich ignorierte sie beide und lief vorsichtig um den Tresen herum. „Hey, Noah", sagte ich freundlich, auch wenn mir das Herz bis zum Hals schlug, denn er hatte seine Hände noch immer in den Taschen und ich hatte keine Ahnung, was er darin verbarg. „Das ist okay. Du hast ihn umgebracht."

„Das ist überhaupt nicht okay!", rief er ungläubig.

„Nun, nein", ruderte ich zurück und hob beschwichtigend die Hände. „Aber es ist gut, dass du es zugibst. Ich verstehe nur nicht, warum du damit zu mir kommst und nicht zur Polizei."

„Nun, Sie sind kriminell, oder nicht?", sagte er mit zitternder Stimme. „Sie waren doch sicherlich schon einmal im Gefängnis. Ich dachte, vielleicht könnten Sie mir sagen, was jetzt mit mir passieren wird, damit ich mich darauf vorbereiten kann." Er schluckte. „Damit ich nicht so eine große Angst haben muss."

Perplex weitete ich die Augen. Ich wollte ihm gerade mitteilen, dass ich bisher nur in einer Gewahrsamszelle gesessen hatte, aber nicht in einer richtigen, als die Tür erneut aufflog.

Es war Linus, sein Gesicht rot vor Wut und Sorge, die Zähne gefletscht. „Hör auf zu reden, Noah!", brüllte er seinen Bruder an. „Du musst überhaupt nichts zugeben!"
„Doch, ich muss", antwortete Noah mit brüchiger Stimme. „Ich kann mit der Schuld nicht leben, Linus."

„Aber das wirst du müssen. Egal, ob hinter Gittern oder nicht!", rief Linus ungläubig und zerrte an seinem Arm, um ihn aus der Tür zu ziehen.

Doch die Tür war blockiert. Denn zwei weitere Gestalten waren hereingekommen.

„Louisa Josephine Manu, ich habe dich an die dutzend Male angerufen!", rief meine Mutter hysterisch. „Ich kann nicht mit Trudi arbeiten! Sie ist eine verrückte Nudel, die zu lang gekocht wurde! Sie …"

„Ach, Papperlapapp", fuhr Trudi dazwischen und schob meine Mutter verärgert aus dem Weg. „Sabine ist schlichtweg eine noch größere Spaßbremse als du, Lou! Sie will keine magischen Feuerzaubertricks, sie will keine nackten Männer, sie will keine T-Shirt-Kanone und gegen Hahnenkämpfe oder Froschweitsprung hat sie auch etwas einzuwenden. Sie ist so langweilig, dass ich mich frage, warum ihr Herz aus Protest noch nicht aufgehört hat zu schlagen."

„Ich heiße *Gitti*!", schrie meine Mutter aufgebracht. „Wie oft soll ich das noch sagen?"

„Bis ich es dir glaube", sagte Trudi und reckte das Kinn. „Kitti ist ein furchtbar alberner Katzenname."

„Es wird mit G geschrieben, nicht mit K!", rief Mama hysterisch. „Und ich kenne meine Tochter ja wohl am besten: Sie will auf ihrem Geburtstag nicht dabei zusehen, wie zwei Hähne sich zerfleischen."

„Mann, das wäre eine tolle Party", sagte Emmi begeistert. „Dann würde ich vielleicht sogar länger als bis um Punkt zwölf bleiben."

„Leute", sagte ich streng. „Es ist gerade wirklich ein schlechter Zeitpunkt, um …"

„Ist mir völlig egal!", keifte meine Mutter. „Es ist deine Party, du wirst uns jetzt genau sagen, was du magst und was nicht – erst dann werden wir wieder gehen."

Das einzig Positive an Mamas und Trudis Ausbruch war, dass Noah und Linus zeitweilig gelähmt zu sein schienen.

Mit großen Augen und offenen Mündern starrten sie die älteren Frauen an.

„Es ist sehr unhöflich, eine Dame so anzusehen!“, unterrichtete meine Mutter sie wie auf Kommando. „Das hier ist keine Theatervorstellung. Vielleicht wäre es besser, wenn ihr beide einfach geht.“

„Nein!“, rief ich sofort und sprang vor. „Ihr werdet nirgends hingehen.“

„Doch“, knurrte Linus und zerrte wieder an Noahs Arm. „Wir haben hier nichts verloren. Wir gehören vielleicht ins Gefängnis, aber sicher nicht ins Irrenhaus.“

„Linus, ich bleibe!“, sagte Noah und wehrte sich gegen seinen Bruder. „Ich will für meine Fehler einstehen. Ich habe etwas Schlimmes getan und muss die Konsequenzen tragen!“

„Siehst du, Trudi!“, fuhr meine Mutter meine ehemalige Mitarbeiterin an. „Dieser junge Mann kann sich doch auch eingestehen, dass er Fehler macht! Wieso fällt es dir so schwer? Du hast ungefragt einen Hahn in mein Auto geladen – jetzt musst du die Federn aus dem Polster ziehen!“

„Ich darf mich nicht bücken, hat mein Arzt gesagt. Willst du, dass ich zu meiner neuen Hüfte auch noch eine neue Wirbelsäule hinzufüge?“, echauffierte sich Trudi mit funkelndem Blick. „Und ganz ehrlich, Federn sind heutzutage der letzte Schrei auf dem Dekomarkt. Du solltest froh sein, dass ich deinem Auto die Möglichkeit gebe, näher am Nabel der Zeit zu fahren.“

„Ich *möchte* aber nicht am Nabel der Zeit fahren!“, schrie meine Mutter. „Alles, was ich wollte, war *keinen* Hahn in meinem Kofferraum wiederzufinden.“

„Nun, das konnte ich ja wirklich nicht wissen“, sagte Trudi hochnäsig. „Du hättest mir direkt von Anfang an sagen müssen, dass du etwas gegen flugunfähige Vögel hast. Dann hätte ich Hühner und Pinguine sofort aus der Gleichung gestrichen. So eine persönliche Abneigung hält man nicht vor der verbündeten Partyplanerin geheim.“

„*Wie bitte?*“ Das Gesicht meiner Mutter war mittlerweile glutrot angelaufen.

„Ruhe!“, fuhr ich dazwischen und hob beide Hände in die Höhe. Ich musste eingreifen, bevor meiner Mutter noch der Kopf platzte. „Erst das Mordgeständnis, dann alles andere!“, rief ich zornig und deutete mit meinen Zeigefingern auf sie.

Trudi und meine Mutter machten große Augen. „Mordgeständnis?“, wollte Mama dann wissen. „Ich hab den Hahn doch nicht umgebracht! Ich ...“

„Großer Gott, Mama, sei still“, rief Emily laut. „Der Kerl neben dir hat viel größere Probleme als einen Vogel im Kofferraum. Er hat jemanden überfahren und wollte uns gerade erzählen, warum.“

In den offenstehenden Mund meiner Mutter hätte ein ganzer Hühnerkäfig gepasst.

„Nein, wollte er nicht“, knurrte Linus. „Er wollte die Klappe halten und gehen. Vergesst, was er gesagt hat.“ Auf einmal sah er mich ernst an. „Er ist unschuldig. Ich war es, der am Steuer saß.“

Noah knirschte mit den Zähnen. „Hör auf, Linus. Du weißt, dass das nicht stimmt. Ich bin kein Kind mehr. Du musst mich nicht mehr beschützen. Es wird Zeit, Verantwortung für meine Taten zu übernehmen.“

Doch wieder kam er nicht dazu, denn erneut flog die Tür auf. Marvin stürzte herein und hielt sich schwer atmend und mit schmerzverzerrter Miene die Seite. „Kein ... Parkplatz ... musste ...weit rennen", keuchte er. „Komm ich zu spät?"

„Du bist Polizist, Marvin", meinte Emmi augenverdrehend. „Hättest du nicht einfach vor der Tür in der zweiten Reihe parken können?"

„Oh." Verwirrt sah er sie an. „Hab ich gar nicht dran gedacht. Ich breche ungern Regeln."

„Alles ist gut, Marvin, du kommst gerade richtig", unterbrach ich ihre nicht hilfreiche Diskussion. „Wir befinden uns noch mitten im Geständnis."

„Ich war es. Ich saß am Steuer. Verhaften Sie mich", sagte Noah wie auf Kommando und hielt Marvin seine Hände hin.

„Nein, verhaften Sie mich!", widersprach Linus und stieß seinen Bruder weg, um Marvin seine eigenen Handgelenke anzubieten. „Er wollte doch gar nicht bei dem Rennen mitmachen! Ich hab ihn dazu überredet. Ich wollte, dass er mal rauskommt, ein paar neue Freunde findet ... es ist alles meine Schuld!"

„Schwachsinn!", fuhr Noah ihn an. „Ich bin gefahren, ich hab nicht aufgepasst, ich hab ihn überrollt." „Wir haben beide nicht aufgepasst, Noah! Ich saß neben dir, ich hätte ebenso auf die Straße achten müssen. Außerdem hab ich darauf bestanden, dass wir die Strecke vor dem Rennen noch einmal abfahren. Hätte ich das nicht von dir verlangt ..."

„Du musst aufhören, meine Kämpfe auszutragen, Linus", sagte Noah hitzig. „Ich weiß, Mama und Papa haben uns nie unterstützt, und du sorgst seitdem dafür, dass es uns gut geht – aber ich bin erwachsen. Du musst meine Fehler nicht mehr geradebügeln.“

„Scheiße, er war doch bestimmt schon halbtot, Noah!“, fuhr Linus ihn an. „Er hatte eine Überdosis genommen. Da bin ich mir fast sicher. Warum sonst hätte auf dem kalten Waldboden chillen sollen? Du hast ihn nicht totgefahren, du warst nur zum falschen Zeitpunkt am falschen Ort.“

„Nein, er war nur ohnmächtig, er …“

Ich räusperte mich vernehmlich und die Geschwister schnellten zu mir herum. „Dein Bruder hat tatsächlich recht“, informierte ich Noah. „Jannek war schon tot, als du ihn überfahren hast, Noah. Er wurde vergiftet.“

„Was?“, fragte er perplex.

„Ja“, stimmte Marvin zu. „Ihm wurde eine tödliche Dosis Batrachotoxin verabreicht.“

„Batra… was?“, fragte Linus dümmlich.

„Batrachotoxin“, wiederholte Marvin. „Ein Nervengift.“

„Aber wo hat er das denn her?“, wollte Noah wissen. „Kann man das kaufen?“

„Nein, kann man nicht, es ist tatsächlich relativ selten“, sagte Marvin sachlich. „Aber ich hatte gehofft, *ihr* könntet mir erzählen, woher das Gift kam.“

„Wir wissen nichts von einem Gift“, sagte Linus sofort. „Wir haben ihn überfahren, ja, aber auf dem Boden lag er schon!“

„Das stimmt“, unterstützte Noah ihn sofort. „Wir haben gequatscht und nicht aufgepasst und dann war da ein plötzlicher Huggel, aber der Huggel war eigentlich Jannek und als wir angehalten haben, sah er schon so tot aus, dass ein Krankenwagen sich nicht mehr gelohnt hätte ..."

„... und dann habt ihr ihn in den Kofferraum geladen und bei Ariane über die Hecke geworfen", bemerkte Marvin und nickte zufrieden, wie ein Kind, das ein richtiges Puzzleteil gefunden hatte.

„Wer ist Ariane?", fragte Linus verwirrt.

„Oh, das bin ich!", sprang meine Freundin ein und hob die Hand. „Ihr habt Jannek in meinem Garten abgeladen. Warum, wenn ich fragen darf?"

„Wir wollten, dass er gefunden wird", murmelte Noah und rieb sich über das bleiche Gesicht. „Es war weit genug von der Rennstrecke weg und es war still und die Autobahn direkt um die Ecke. Es schien so gut wie jeder andere Ort, um eine Leiche abzuladen, die entdeckt werden soll."

Ariane zog unzufrieden die Augenbrauen zusammen. „Das ist alles? Letztendlich hatte ich also einfach nur ... Pech? Mir ist die Leiche nur aus Versehen zugeflogen?"

„Willkommen in meinem Leben", murmelte ich und klopfte ihr auf die Schulter.

„Sorry, wir wollten Sie nicht erschrecken. Wir konnten nur nicht klar denken, weil wir ... nun, gerade unseren Freund überfahren hatten." Noah schluckte. „Es war eine Kurzschlussreaktion."

Ari winkte ab. „Was soll's. Es ist eine gute Erste-Date-Anekdote."

„Moment. Habe ich das richtig verstanden? Wir sind keine Mörder – sondern nur unaufmerksame Autofahrer?", schlussfolgerte Linus hoffnungsvoll. „Wir haben eigentlich gar nichts Schlimmes getan?"

„Ihr habt jemanden überfahren, eine Leiche entsorgt und die Polizei belogen", erwiderte Marvin verdattert.

„Na ja, schon, aber das ist alles besser, als jemanden heimtückisch umzubringen, oder?" Erwartungsvoll hob er eine Augenbraue.

„Wenn man es vergleichen müsste, dann vielleicht ...", gab Marvin zu. „Ich muss euch trotzdem mit auf die Wache nehmen."

„Er ... war tot?", wisperte Noah, mehr zu sich selbst als zu uns. „Ich habe einen Toten überfahren? Keinen Lebenden?"

„Wenn ihr ihn wirklich nicht vergiftet haben solltet ..." Unsicher blickte Marvin zwischen den Brüdern hin und her.

„Nein", sagten sie wie aus einem Mund – und ich glaubte ihnen. Marvin offensichtlich auch, denn er seufzte schwer und nickte.

„Okay, wisst ihr denn noch, wo genau auf der Rennstrecke ihr ihn überfahren habt? Das ist möglicherweise ein Tatort, den wir noch untersuchen müssen."

„Sicher", antwortete Linus. „Man vergisst nicht, an welcher Stelle man über einen Menschen fährt."

„Wundervoll." Marvin nickte zufrieden. „Kommt ihr dann freiwillig mit?" Er deutete zur Tür. „Wir müssen ein kleines Stück zum Wagen laufen und ich will wirklich keinem von euch nachrennen oder wehtun müssen. Außer in meinem Dojo werde ich nicht gern übergriffig."

„Klar", sagte Linus sofort und rieb sich über die Brust. Als würde er sich gerade daran erinnern, wie hart er auf dem Boden gelandet war, als Marvin das letzte Mal *übergriffig* hatte werden müssen. Auch Noah nickte.

„Okay, dann los." Er ließ ihnen den Vortritt durch die Tür, bevor er sich noch einmal zu mir umwandte. „Danke, Lou. Fürs Anrufen", meinte er dann und lächelte mir zu, bevor sein Blick zu Ariane schwenkte und seine Wangen sich Tüll-Rosa färbten. „Guten Hallo, Ariane ... ähm, ich meinte Guten Morgen."

Ariane lächelte, erwiderte jedoch nichts.

Das verunsicherte Marvin sichtlich, und auf einmal hatte er es sehr eilig, den Laden zu verlassen.

„Das war spannend", meinte Trudi ehrfürchtig.

„Das war absurd", wisperte Ariane.

„Das war beängstigend", flüsterte Leonie.

„Wer hat den Kerl denn jetzt vergiftet?", wollte Emmi ungeduldig wissen.

„Das war schrecklich! Passiert dir so was öfter?", fragte meine Mutter entsetzt.

Öfter als mir lieb war, ja. „Nein, natürlich nicht", sagte ich sofort. „Das war eine absolute Ausnahmesituation."

Ariane und Emmi prusteten und Trudi schnalzte missbilligend mit der Zunge. „Du solltest deine Mutter wirklich nicht belügen, Louisa."

„Heilige Mutter Gottes", murmelte Mama und betastete ihre eigene Stirn, so als hoffe sie, dass sie einem Fiebertraum zum Opfer gefallen war.

„Es ist halb so wild, Mama. Niemand hatte eine Pistole oder ein Messer dabei. Niemand wurde bedroht. Das gerade war doch noch recht zivilisiert", beschwichtigte ich sie.

„Wie oft wirst du denn mit Messern und Pistolen konfrontiert?", fragte sie entgeistert.

Ach, so alle paar Monate. „Kaum.“

Meine Mutter glaubte mir nicht. Das erkannte ich an ihrem bestürzten Gesichtsausdruck. Den Ausdruck hatte ich das letzte Mal auf ihrem Gesicht gesehen, als ich ihr in der fünften Klasse gebeichtet hatte, dass ich mir nicht sicher war, ob Gott existierte, denn warum sollte eine allmächtige Person zu viel Schokoladenpudding mit Karies bestrafen? Das sei mir nicht geheuer.

„Mörder zu jagen, ist wirklich ein furchtbares Hobby, Louisa“, unterrichtete sie mich mit bleichem Gesicht. „Willst du nicht lieber einem Cluedo-Club beitreten oder öfter mal ein Krimi-Dinner besuchen?“

Jetzt hörte sie sich schon an wie Rispo. „Meine Hobbys sind meine Sache“, meinte ich und räusperte mich. „Was die Geburtstagsfeier-Problematik betrifft ...“

„Ich kann nicht mit diesem verrückten Vogel zusammenarbeiten!“

„Sabine stellt sich wirklich an!“

„... ist es mir egal, wie ihr eure Differenzen beilegt“, schloss ich. „Ich wollte nicht feiern. Ich wollte mich mit einem Kakao auf die Couch lümmeln und Josh dazu zwingen, einen Disneyfilm mit mir zu gucken. Du wolltest unbedingt etwas vorbereiten.“ Ich richtete den Finger auf Trudi. „Und du wolltest sie gerne dabei unterstützen.“ Mein Finger schwenkte zu meiner Mutter. „Es ist nicht mein Problem, dass ihr zwei nicht miteinander klarkommt. Ich habe meine eigenen Sorgen. Die Party ist heute Abend, ich werde um acht auf der Matte stehen – mir egal, was ich in der Bar, die ich gemietet habe, vorfinden werde.“

„Wirklich?“, fragte Ariane und verzog das Gesicht. „Du wärst mit Hahnenkämpfen einverstanden?“

Ich kniff die Augen zusammen. „Ich revidiere meine Meinung: Mir ist nicht egal, was ich vorfinde werde. Keine lebenden Tiere – das habe ich dir bereits gesagt, Trudi! – kein Rosenkohl und keine Stripper. Ansonsten lasst eurer Fantasie freien Lauf und einigt euch!"

„*Keine lebenden Tiere* schränkt meine Fantasie erheblich ein", murrte Trudi unzufrieden.

„Das tut mir sehr leid, aber das sind meine Regeln", sagte ich streng.

Meine Mutter warf der alten Dame einen triumphierenden Blick zu. „Ich habe dir gesagt, dass sie die Hahnenkampf-Idee nicht gut finden wird." „Natürlich, denn ihr teilt euch den langweiligen Teil eurer DNA", sagte Trudi verärgert. „Aber schön. Keine Tiere. Die Mäuse, die ich besorgt habe, gebe ich dann wohl auch besser zurück."

Ungläubig sah ich sie an. „Wozu in Gottes Namen hast du Mäuse gekauft?"

„Im Internet stand, dass, wenn man nicht weiß, was man schenken soll, Mäuse gut ankommen würden."

Ariane kicherte, Emmi grinste breit und Leonie sagte zaghaft: „Ich glaube, damit ist Geld gemeint."

„Oh." Trudis Miene erhellte sich. „Das ergibt Sinn. Ups. Na ja, macht ja nichts. Hab mich auch schon gewundert, warum junge Menschen sich über Kohle freuen würden. Die grillen doch heutzutage alle mit diesen unmännlichen Elektrogeräten."

Ich seufzte schwer. „Bitte bring die armen Tiere einfach zurück, ja?"

Dieser Tag zerrte an meinen Nerven.

„Klar", sagte Trudi und winkte ab. „Oder ich nutze sie, um ein paar persönliche Experimente durchzuführen."

Ich hatte nicht einmal die Energie, ihr diese Idee auszureden.

„Dann machen wir uns mal besser an die Arbeit, was?", fuhr sie schließlich fort und warf meiner Mutter einen scheelen Blick zu.

„Ja", sagte sie betont freundlich. „*Zusammen.*"

Trudi schnaubte. „Klar", erwiderte sie trocken und stapfte aus der Tür. Meine Mutter folgte ihr mit einem Knurren, das ich ihr nicht zugetraut hätte.

„Und?", fragte Emmi scheinheilig, sobald die Tür hinter ihnen zufiel. „Freust du dich schon auf heute Abend?"

Kapitel 19

Ich freute mich nicht.

Mit jedem Zentimeter, den der Stundenzeiger der Uhr vorankroch, wurde ich missmutiger.

Nicht unbedingt wegen der Feier an sich, sondern vielmehr, weil ich dreißig wurde – somit ein weiteres Jahrzehnt meines Lebens abschloss – und das Gefühl hatte, dass mein Alter der einzige Bereich war, in dem ich vorankam.

Dreißig war ein undankbares Alter. Sobald eine drei vorn auf dem Geburtstagskuchen prangte, rechnete die Gesellschaft damit, dass man sein Leben auf der Kette hatte. Dass man seine Steuern zahlte, Hochzeit und Kinder zumindest schon fest einplante und davon absah, sich betrunken auszuziehen und nackt durch den Aachener Weiher zu schwimmen.

Mein Leben hing derzeit jedoch aus seinen Angeln und nackt durch den Aachener Weiher zu schwimmen, kam mir im Moment vernünftiger vor als eine Vielzahl der Entscheidungen, die ich in den letzten Monaten getroffen hatte.

Alles fühlte sich derzeit so furchtbar unabgeschlossen an.

Ich hatte den Streit mit Josh nicht beendet. Ich wusste immer noch nicht, wer Jannek vergiftet hatte. Ich wartete noch immer auf den Antrag. Der Mörder von Joshs Mutter befand sich noch immer auf freiem Fuß und ob ich schwanger war oder nicht, hatte ich auch noch nicht herausgefunden.

Um wenigstens eines von diesen schrecklichen Dingen hinter mich zu bringen, versuchte ich seit dem Mittag, Josh zu erreichen. Ich wollte wissen, ob er vor der Geburtstagsparty noch einmal nach Hause kommen würde. Ich wollte unseren Streit aus der Welt schaffen, bevor ich den Abend mit meiner Familie und Unmengen an Glitzer verbringen würde. Doch die Stunden flogen dahin und als es Zeit wurde, sich für meine Party fertig zu machen, hatte er noch immer nicht geantwortet.

Mein Nacken prickelte bei dem Gedanken daran, dass er auf der Suche nach einem Auftragskiller durch die Straßen Kölns streifte und offenbar zu beschäftigt war, um mir zu antworten.

Mist, meine Mutter hatte recht. Eigentlich war mein Hobby zu aufregend für mich. All diese Mördergeschichten machten mich paranoid.

Ich überlegte kurz, ob ich nicht doch noch bei Emmi vorbeifahren sollte, um mir den Schwangerschaftstest anzusehen ... aber ich brachte es nicht über mich.

Denn ich hatte das unbestimmte Gefühl, dass mich eine weitere schlechte Überraschung nur noch unglücklicher machen würde.

„Überraschung!"

Der Ruf hallte in etlichen Stimmen und Lautstärken von Wänden und Decke wider und trieb ein Lächeln auf mein Gesicht.

„Leute!", sagte ich lachend. „Ich wusste, dass diese Party stattfindet. Sie ist keine Überraschung."

„Aber du hattest keine Ahnung, wie der Raum dekoriert sein würde", unterrichtete Trudi mich weise und trat vor, um mich in den Arm zu nehmen. „Deine Mutter und ich sind uns einig geworden. Alkohol hat geholfen", flüsterte sie fröhlich in mein Ohr. „Gitti ist lustig, wenn sie Tequila trinkt."

Wie auf Kommando legten sich auch die Arme meiner Mutter um meinen Hals. „Ich habe überall Glitzer, Louisa!", sagte sie ernst. „An lauter interessanten Stellen. Dein Vater wird heute Nacht eine ganz schöne Überraschung erleben."

Oje. Zeit, die Umarmung zu beenden.

„Danke, ihr beiden", murmelte ich, trat einen Schritt zurück und sah mich um. Mir blieb die Spucke weg. „Wow", hauchte ich. „Das ist ... wow."

Es sah atemberaubend aus.

Als wäre ich mitten auf eine Kirmes getreten. Dutzende Discokugeln hingen von der Decke der gemieteten Bar und taten so, als wären sie bunte Sterne. Ein Riesenrad, das Muffins anstelle von Gondeln aufwies, stand auf einer langen Theke, die auch sonst mit Essen überladen war.

Luftballons flogen umher, Glitzer schmückte die Tische, jeder Gast schien einen Keks in der Hand zu haben ... es sah wunderschön aus.

Nur eins fehlte: Josh.

Ich begrüßte lächelnd die Gäste, bedankte mich für ihr Kommen, riet Leonie, sich von den Rispo-Jungs fernzuhalten, sie würden nur Ärger machen, und sah mich verstohlen um.

Jeder Mensch, den ich kannte, schien anwesend zu sein. Sogar meine Steuerberaterin und meine Gynäkologin hatte Trudi eingeladen.

Doch Rispo war nirgends zu entdecken.

Jedes Mal, wenn ich nach einem großgewachsenen Mann mit schwarzen Haaren suchte, erblickte ich nur seine Brüder, die mit Kuchen auf ihren Tellern im Halbkreis standen und mit ihren Gabeln herumfuchtelten.

Ich trat zu ihnen und eröffnete höflich ein Gespräch:

„Wo zur Hölle ist Josh?"

Ich sah in die Runde und drei unschuldige Rispo-Augenpaare starrten zurück.

„Keine Ahnung", sagte Finn und hob die Achseln.

„Hab ihn seit einer Woche nicht mehr gesehen", meinte Florian.

„Er ist noch nicht da?", fragte Jonas stirnrunzelnd.

Ich presste die Lippen aufeinander. „Nein!"

„Mhm, witzig, was?", stellte Finn fest. „Normalerweise ist Josh es, der dich sucht, weil du eine deiner Kamikaze-Aktionen vollführst. Nicht andersherum."

„Ja, ich lach mich tot", sagte ich nüchtern und drehte mich einmal um die eigene Achse. Doch ich konnte ihn nirgendwo entdecken. Und noch jemand anderes fehlte.

„Du musst dich dreimal drehen, um eine magische Wirkung zu erzielen", meinte Florian neunmalklug.

„Muss ich dich auch dreimal schlagen, damit du die Klappe hältst?“, erwiderte ich bissig.

„Nee, da reicht einmal.“

„Wundervoll! Ich werde es mir merken. Wisst ihr dann vielleicht, wo Mo ist?“

„Ach, der verspätet sich immer“, meinte Jonas und machte eine wegwerfende Handbewegung. „Der taucht sicher noch auf.“

„Oder nicht“, sprang Flo ein.

„Ja, oder nicht“, bestätigte Jonas und nickte.

„Ihr seid nutzlos“, bemerkte ich unzufrieden. Finn runzelte die Stirn. „Weißt du, das sagst du uns immer wieder – und trotzdem scheinst du die Hoffnung nicht verloren zu haben, dass sich dieser Umstand eines Tages ändert. Vielleicht solltest du in dem Bereich einfach aufgeben, Lou.“

Das war das Klügste, was ich heute gehört hatte. „Das werde ich“, versprach ich, bevor ich ihnen den Rücken zuwandte, mein Handy aus der Tasche barg und zum Ausgang drängte.

Es war schweinekalt draußen, doch meine Wut und Sorge hielten mich warm.

Zum zehnten Mal an diesem Tag wählte ich Joshs Nummer und zum zehnten Mal ging seine Mailbox dran. „Wo zur Hölle bist du, Josh?“, zischte ich die mechanische Stimme an. „Liegst du tot im Graben oder hast du nur die Zeit vergessen? Gott, ich hoffe für dich, dass es Ersteres ist, ich …“ Ich schluckte, bevor ich sanft hinzufügte: „Nein, das hoffe ich nicht. Ich hoffe, dir geht es gut. Aber *wenn* es dir gut geht, dann wird es dir bald nicht mehr gutgehen, denn das ist meine verdammte Geburtstagsparty und der einzige Mensch, den ich eigentlich von Anfang an dabeihaben wollte, ist nicht da! Also ruf mich an, schick Rauchsignale, tauch hier auf – Hauptsache, du hast eine gute Erklärung parat!"

Ich legte auf und biss die Zähne aufeinander.

Das gefiel mir nicht. Ich hatte ein ungutes Gefühl. Ein Gefühl, das eine Gänsehaut meinen Rücken hinabschickte und meine Eingeweide nervös tanzen ließ.

Als Nächstes rief ich Mo an, doch auch bei ihm erwischte ich nur die Mailbox und ...

„Alles okay, Lou?"

Ich blinzelte und erkannte Ariane. Sie musste mir nach draußen gefolgt sein.

„Alles gut", sagte ich knapp, steckte das Handy weg und schluckte hart.

Ari seufzte. „Du solltest aufhören zu lügen."

Ich lächelte wacklig. „Nehme ich mir fürs nächste Jahr vor."

Sie legte einen Arm um mich und drückte mich an ihre Seite. „Du solltest dich freuen", informierte sie mich. „Du hast morgen Geburtstag, der Mordfall wird sicher sehr bald gelöst, Josh steckt bestimmt nur im Stau fest – und ich habe eine riesige Schokoladentorte für dich gebacken."

Ich rieb über mein Gesicht und versuchte wirklich, ihr zu glauben. Doch bevor ich den Mund öffnen konnte, um ihr zu sagen, dass das alles Schwachsinn war, gesellte sich eine weitere Stimme zu uns.

„Hallo."

Ich sah auf und erblickte Marvin, der zum Gruß die Hand gehoben hatte.

„Marvin“, sagte ich überrascht. „Ich war mir nicht sicher, ob du es schaffst. Musst du nicht Linus und Noah vernehmen?“

„Schon getan“, meinte er stolz und hob zufrieden das Kinn. „Sie waren auf einmal sehr kooperativ. Wir wissen jetzt auch, wo Janneks Leiche zuerst entsorgt wurde. Ich hoffe, dass die Spurensicherung vielleicht bis morgen früh noch einen Hinweis auf den Mörder findet.“

Ich nickte. Das hoffte ich auch. Dieser dumme Fall sollte endlich vorbei sein!

„Du kannst sehr stolz sein, Marvin“, sagte Ariane und lächelte ihm warm zu. „Du hast deinen ersten Fall schon zu großen Teilen gelöst!“

Marvins Schultern versteiften sich auf einmal und nachdem er genickt hatte, räusperte er sich vernehmlich. „Hey, ich bin Marvin, wie geht’s?“, sagte er dann.

Ariane blinzelte ihn verwirrt an. „Ich weiß, wer du bist, Marvin.“

„Oh ja, natürlich.“ Marvin warf mir einen nervösen Blick zu. „Ähm, schön dich zu sehen. Wie geht es dir?“

„Gut“, sagte sie und hob irritiert eine Augenbraue in meine Richtung. So als wolle sie wissen, ob nur sie Marvins Verhalten komisch fand. „Wie geht es *dir*, Marvin?“

„Auch gut, danke“, sagte er und lächelte milde. „Deine Haare sehen heute besonders seidig aus. Was machst du eigentlich beruflich?“

„Ich führe die *Maisonette du chocolat* in der Innenstadt“, erwiderte sie langsam. „Aber das weißt du doch. Ich habe es dir zu Protokoll gegeben, als du meine Aussage aufgenommen hast.“

Mein Herz sackte drei Stockwerke tiefer. Oje. Ich wusste, was Marvin tat. Warum er sich so merkwürdig verhielt. Er flirtete. So wie ich es ihm beigebracht hatte.

Meine Güte, ich war eine schreckliche Lehrerin!

„Das ist interessant. Erzähl mir mehr davon", sagte er hölzern und wischte sich seine schweißnassen Hände an der Hose ab.

Oh Gott. Er ging unter wie die Titanic. Und niemand half ihm auf eine Tür, auf der er sich in Sicherheit bringen konnte.

„Wir sollten uns alle Kuchen holen", sagte ich laut.

„Blendende Idee", schloss Ariane sich sofort an. „Es ist wirklich eiskalt hier draußen." Sie schlüpfte uns voran zurück in die Bar und Marvin warf mir einen unsicheren Blick zu.

„Habe ich das richtig gemacht? Mit dem Flirten?", wollte er wissen.

„Sehr gut", log ich und tätschelte unbeholfen seine Schulter, denn ich brachte es nicht übers Herz, ihm den Mut zu nehmen.

Mein wichtigstes Organ war heute Abend ohnehin schon viel zu schwer. Da konnte ich es nicht noch weiter belasten.

Wir folgten Ariane zurück auf die Party und ich lief zielsicher auf die Schokoladentorte zu, die Trudi eigentlich erst um zwölf Uhr anschneiden wollte.

Doch ich war das baldige Geburtstagskind, konnte nicht mit gutem Gewissen trinken und brauchte Torte. Jetzt. Also nahm ich das größte Messer, das ich finden konnte, setzte es an die Torte an …

„Lou“, kreischte Trudi und warf mir eine Handvoll pinkem Glitter ins Gesicht. „Ich habe herausgefunden, wer Sabine ist!“

Ich hustete und ließ etwas enttäuscht das Messer sinken. „Was?“

„Sabine! Der Name, der mir die ganze Woche schon im Kopf herumgeistert. Ich weiß, wer sie ist“, erklärte sie strahlend und zerrte im nächsten Moment eine mir unbekannte Frau neben sich.

Verwundert blinzelte ich sie an. „Hey“, sagte ich langsam und ließ meinen Blick an ihrer Erscheinung hinabwandern.

Sie war in einen hautengen hellgrünen Spandexanzug gehüllt und trug eine merkwürdige gelbe Kopfbedeckung aus Stoff, der ihr in dicken Strängen auf die Schulter fiel. Ihr Gesicht war in einem hellen Braunton angemalt.

Ich verengte die Augen. Wenn ich genauer darüber nachdachte, dann sah sie aus wie eine …

„Das ist Sonnenblumen-Sabine!“, unterrichtete Trudi mich begeistert. „Erinnerst du dich noch daran, dass du eine Zeit lang über deine Website erotische Blumentänze verkauft hast?“

„Vage“, sagte ich vorsichtig.

„Nun, ich dachte, es wäre doch witzig, eine Tänzerin zu engagieren, die eine Blumenchoreographie vorführt.“

Widerwillig musste ich lachen. Großer Gott, Trudi hatte wirklich zu viel Geld. „Das kommt darauf an, Trudi … ziehen Sie sich während Ihrer Choreographie aus, Sabine?“

Sie winkte ab. „Ich verliere nur ein paar Blätter. Wie eine echte Sonnenblume eben.“

Eine echte Sonnenblume im Januar war eine tote Sonnenblume, aber das behielt ich für mich.

„Dann habe ich nichts dagegen. Aber warten Sie noch eine Weile, bis alle gegessen haben, in Ordnung?"

Trudi klatschte in die Hände. „Das wird grandios", sagte sie die Zukunft voraus und verschwand wieder in der Menge.

Ich lächelte, auch wenn es sich etwas mühselig anfühlte. Aber es war schon recht witzig, dass Trudi eine professionelle Tänzerin dazu überreden konnte, eine Sonnenblume zu mimen. Das war sicherlich nicht Schwanensee.

Ich schnitt mir ein Stück Kuchen ab, auf das Obelix stolz gewesen wäre, und ließ die erste Gabel in meinem Mund verschwinden, bevor ich mich erneut im Raum umsah.

Ich sah wie Trudi meiner kichernden Mutter ein Pinnchen reichte, in dem sich mit Sicherheit Tequila befand. Betrachtete Emily, die gekonnt Finn ignorierte, der sie mit seinen Blicken auszog. Unterdessen umklammerte Marvin fest seinen Becher und schaute immer wieder zu Ariane rüber, die mit einer Freundin quatschte, die wir noch aus dem Studium kannten.

Sie sahen alle fröhlich und zufrieden aus. Mehr oder weniger.

Seufzend schloss ich die Augen.

Ich hatte Glitzer im Haar, ein Stück Schokotorte in der Hand und Freunde und Familie hier – warum zum Teufel war ich dann so unglücklich?

Unter normalen Umständen hätte ich Finn geraten, Emily doch einfach seine Gefühle zu gestehen. Ich hätte mich darüber amüsiert, dass Trudi meine Mutter offenbar betrunken machen wollte. Ich hätte Sabine gefragt, ob das Leben als erotische Blumentänzerin hart sei. Ich hätte Marvin erklärt, dass der beste Anmachspruch immer noch *Hey* war.

Aber ich fühlte mich nicht danach, irgendetwas von dem zu tun. Denn jedes Mal, wenn ich zur Tür sah, stand Rispo immer noch nicht da und langsam, aber stetig arbeitete sich taube Verzweiflung durch meinen Körper.

Was, wenn ihm etwas passiert war? Was, wenn er den Mordfall seiner Mutter nur mal wieder über meine Bedürfnisse gestellt hatte?

Beide Szenarien waren beschissen.

„Was ist los, Loubalou? Du ziehst ja eine Schnute wie sieben Jahre Abstiegskampf." Mein Vater trat zu mir und lud sich ebenfalls ein Stück Torte auf den Teller „Das ist doch eine echt fesche Fete!", brummte er und tätschelte meine Schulter. „Mensch, ich wünschte, ich hätte in meinen jungen Jahren mehr solcher Partys gefeiert. Stattdessen war ich damit beschäftigt, Jannis' Windeln zu wechseln und zu arbeiten."

„Alles gut, Papa."

Missbilligend sah er mich an. „Ein Vater weiß, wenn seine Tochter etwas bedrückt. Du lässt dir das ganze *Dreißig-ist-alt*-Gerede doch nicht zu Kopf steigen, oder?"

„Nein, das ist es nicht", murmelte ich und stocherte in meinem Tortenstück herum.

„Was denn sonst?"

Der Kloß, den ich bereits seit heute Morgen im Sekundentakt herunterschluckte, arbeitete sich wieder meinen Hals hinauf und ich senkte den Blick.

„Ich bin im Moment wirklich nicht glücklich, Papa“, flüsterte ich, denn wenn ich diesen Satz noch länger für mich behielt, würde ich platzen. „Ich hab das Gefühl, ich stelle mich an, denn ich habe einen tollen Job, fantastische Freunde, ein interessantes Hobby und einen liebevollen Freund ... aber ich habe seit Wochen diesen heißen, roten Knoten in meiner Brust, der sich einfach nicht auflösen will und mich davor warnt, dass etwas Schreckliches passieren wird, wenn ich nicht aufpasse.“

„Oh, Schätzchen“, sagte mein Vater mit seiner tiefen Stimme, die noch das hyperaktivste Kind, das zu viel Kaffee getrunken hatte, beruhigen konnte. „Du hast das Recht dazu, unglücklich zu sein. Jeder Mensch hat Probleme – und wenn wir uns immer mit den Leuten vergleichen würden, denen es noch schlechter geht, dürften wir uns ja niemals beschweren. Also: Sei unglücklich. Aber kümmere dich um deine Probleme und versinke nicht in Selbstmitleid. Wir Menschen unterscheiden uns letztendlich doch nur darin, wie wir in Krisensituationen reagieren und unsere Probleme bewältigen.“

„Aber ich weiß nicht, *wie* ich sie bewältigen soll“, wisperte ich und lehnte mich gegen ihn. „Es sind zu viele. Zu unterschiedlich. Die meisten scheinbar unlösbar. Ich weiß überhaupt nicht, wo mir der Kopf steht, Papa!“

„Loubalou“, sagte er und küsste mich auf den Scheitel, seine Stimme so weich wie Marshmallows. „Du gibst dir ja gar keine Möglichkeit, durchzuatmen! Warum nimmst du nicht ein paar Tage Abstand von deinen Problemen, atmest durch und überlegst in aller Ruhe, wie du weiter verfahren willst? Wenn sie dich so unglücklich machen, kann es nicht schaden, auf den Pause-Schalter zu drücken und dir genug Zeit zu nehmen, um sie zu analysieren. Außerdem ..." Er zögerte, bevor er sich räusperte und mit gesenkter Stimme fortfuhr: „Wo ist Joshua, Loubalou? Für mich hört sich das so an, als müsstest du mit ihm und nicht mit mir reden."

Ich schluckte fest und meine Augen brannten. „Ich hab keine Ahnung, wo er ist. Er ..."

Mein Handy vibrierte in meiner Hosentasche und mein Herz sprang mir in den Hals.

Ich zerrte es hervor und atmete erleichtert und wütend zugleich auf, als *Josh* aufblinkte.

„Sorry, Papa, bin gleich wieder da", murmelte ich, bevor ich in Richtung Ausgang eilte, wo die Musik nicht so laut war, und abhob.

„Wo zum Teufel steckst du, Josh?", fuhr ich ihn an und stieß die Tür nach draußen auf. „Ich versuche schon den ganzen Tag, dich zu erreichen!"

Niemand antwortete.

„Josh?"

Es knackte in der Leitung, dann ertönte ein leises Fluchen und im nächsten Moment endlich Rispos Stimme. „Lou?"

„Ja! Was ist bei dir los? Wo bist du? Was tust du? Was soll das?"

„Bin in Bocklemünd beim Gartencenter."

„Was?"

„Sorry, verrückter Tag. Ich wollte nur kurz Bescheid geben, dass ich es heute nicht zur Party schaffe."

„Was?" Mein Magen fiel drei Stockwerke tiefer. „Warum?"

„Mo und ich haben den beschissenen Auftragskiller gefunden. Glauben wir zumindest. Wir beschatten seit Stunden diesen Ort und jetzt ist ein Kerl hier aufgetaucht, komplett in Schwarz gekleidet ... aber ich kann ihn nicht einfach festnehmen, ich brauche einen Beweis und wenn ich meinen Informanten glauben kann, findet heute eine Geldübergabe für einen neuen Auftrag statt, also ..."

Das Blut floss aus meinem Gesicht. „Ihr wartet seit *Stunden* darauf, dass ein Killer auftaucht, der sich jetzt mit seinem kriminellen Boss trifft?"

Josh antwortete nicht.

Stattdessen erklang eine andere Stimme dumpf durch den Hörer. „Was macht er da beim Gewächshaus?"

Das war Mo.

„Keine Ahnung", murmelte Rispo, bevor er lauter hinzufügte: „Lou, ich muss auflegen. Er geht rein, wir werden ihm folgen."

„Was? Nein!" Panik pulsierte durch meine Adern und trieb mir die Schweißperlen auf die Stirn. „Das ist eine dumme Idee! Bleibt draußen, holt Verstärkung."

„Wenn die Verstärkung hier auftaucht, ist es längst zu spät, Lou."

„Josh, nein! Geh da nicht allein rein."

„Tue ich nicht, ich habe Mo bei mir."

„Mo ist kein Polizist! Mo ist ein noch größerer Hitzkopf als du! Mo zählt nicht."

„Wenn du Trudi als deine Komplizin verkaufen kannst, kann ich Mo auch guten Gewissens als Polizisten ausgeben", erwiderte er nüchtern.

„Josh, das ist nicht lustig, der Typ wird dafür engagiert, Leute umzubringen, du ..."

Er hatte aufgelegt.

Nein.

Meine Finger zurrten sich um das Handy und begannen zu zittern.

Nein!

Das war dumm. Das war gefährlich. Das war unvorsichtig.

Das war nicht *Rispo*!

Das war etwas, dass noch nicht einmal *ich* tun würde. Solche Treffen wurden doch normalerweise vom SEK gesprengt, nicht von einem Kommissar und seinem unbewaffneten Bruder!

„Scheiße", fluchte ich. „Scheiße, Scheiße, Scheiße."

Ich stopfte das Handy zurück in meine Tasche und riss die Tür zur Bar auf. Als ich diesmal den Innenraum absuchte, hielt ich nicht nach einem dunklen, sondern nach einem hellen Schopf Ausschau.

Ich entdeckte Marvin an der Bar und rempelte diverse Leute an, während ich mich mit den Ellenbogen durch die Menge pflügte. Doch das war mir egal.

„Rispo hat den Auftragskiller, Marvin", zischte ich ihm zu.

„In Gewahrsam?", fragte er perplex.

„Nein! Im Auge, er ... er will ihn bei irgendeiner Geldübergabe überraschen."

„Allein?" Dem Recherchisten fielen fast die Augen aus

dem Kopf. Er war der Einzige, der angemessen reagierte!

„Ja!", erwiderte ich und zerrte ihn am Arm zum Ausgang.

„Das ist ... oh wow. Und jetzt?"

„Jetzt werden wir hinfahren und sicherstellen, dass er nicht draufgeht. Denk mit, Marvin!"

„Oh, gut." Er nickte. „Ich hab nur ein Problem."

„Welches?"

Seine Wangen liefen rosa an. „Ich bin ein wenig betrunken."

Oh, klasse. Ein Kommissar mit Gott-Komplex, ein Journalist mit Rachegelüsten, ein betrunkener Recherchist und eine möglicherweise schwangere Blumendetektivin auf der Jagd nach einem Auftragskiller.

Das war der Stoff, aus dem Katastrophen gemacht wurden!

„Kein Problem. Ich fahre", sagte ich knapp.

Josh würde heute nicht sterben – mit einem Toten ließ es sich so viel schlechter streiten!

Kapitel 20

„Du fährst zu schnell, Lou.“

„Das passiert, wenn man schnell ankommen möchte, Marvin.“

„Aber du solltest nicht zu schnell fahren. Nicht, während ein Polizist neben dir sitzt, der dir jetzt sofort ein Knöllchen geben könnte.“

„Aber das würdest du nicht tun, weil du mich magst und ich guten Grund dazu habe, zu schnell zu fahren!“

„Lou, das glaub ich nicht … Rispo wird nichts allzu Dummes anstellen. Nicht allein, nicht ohne Verstärkung.“

Doch, das würde er. Wenn es um den Mord an seiner Mutter ging, würde er das.

„Er kann nicht klar denken, Marvin. Alles, was mit seiner Mutter zu tun hat, trübt sein Urteil!“

„Ich weiß nicht …“, bemerkte Marvin zweifelnd, während ich eine dunkelorangene Ampel überfuhr. „Aber *ich* weiß es. Wie lange dauert es, bis die Verstärkung vor Ort ist?“

Marvin hatte aus dem Auto heraus um Uniformierte gebeten, die zum Gartencenter kamen und Josh unterstützten, doch wer wusste, wie der Verkehr war und ob sich eine Streife in der Nähe befand?

Gott, mit wem traf sich der Auftragskiller bei den Gewächshäusern? Und wie gefährlich und wie bewaffnet war sein jetziger Auftragsgeber?

Das waren einfach zu viele Fragen, auf die ich keine Antwort hatte!

„Vielleicht so fünf bis zehn Minuten", sagte Marvin nachdenklich und betrachtete seine Waffe, die er aus seinem Wagen geholt hatte und nun in seinem Schoß lag. „Ich hoffe, wirklich, dass sie mich nicht in ein Röhrchen pusten lassen. Man lernt auf der Polizeischule relativ schnell, dass man nicht betrunken mit Schusswaffen agieren soll."

„Du bist nicht betrunken, du bist beschwipst, das macht überhaupt nichts." Hoffte ich.

„Okidoki", sagte Marvin und nickte. „Wenn du das sagst."
Ich hielt es für ein gutes Zeichen, dass er mir glaubte, denn *ich* würde die Waffe sicherlich nicht benutzen. Ich konnte so gut zielen wie auf Pflanzen verzichten.

Wir passierten das gelbe Schild, das uns im Stadtteil Bocklemünd willkommen hieß, und ich bog scharf nach links ab.

Ich kannte den Weg zum Gartencenter in- und auswendig, denn sie verkauften Blumen und machten exzellente Waffeln – zwei Dinge, die mir sehr wichtig waren.

Doch wir waren noch immer fünf Minuten entfernt und ich wagte nicht, Josh anzurufen, falls er sich gerade verstecken musste und ich ihn mit dem Aufblinken seines Displays verriet.

Das dauerte zu lang ... viel zu lang!

Ich hasste es, nicht zu wissen, was gerade passierte.

„Sag mal, Lou“, bemerkte Marvin von meiner Seite. „Ich weiß, jetzt ist vielleicht nicht der richtige Zeitpunkt, aber ... deine Freundin Ariane. Hat sie einen Freund?“

„Du hast recht, Marvin“, sagte ich angespannt und bretterte um eine weitere Kurve. „Jetzt ist nicht der richtige Zeitpunkt!“

„Na ja, ich dachte nur, deine Geburtstagsfeier heute Abend wäre die perfekte Möglichkeit, sie mal anzusprechen, aber deine Flirttipps scheinen nicht wirklich funktioniert zu haben, also ...“

„Marvin!“, fuhr ich ihm gereizt dazwischen. „Können wir uns zuerst um Josh kümmern, bevor wir deine persönlichen Probleme angehen?“

„Oh, natürlich“, sagte er unangenehm berührt. „Dachte nur, da du jetzt gerade Zeit hast.“

Ich lachte trocken auf und klang dabei fast ein wenig hysterisch.

Gott, hatte Rispo sich so gefühlt, als ich ihm geschrieben hatte, dass ich im Auto eines vermeintlichen Mörders saß?

Kein Wunder, dass er mir seit Jahren sagte, wenn er mit vierzig an einem Herzinfarkt starb, sei das meine Schuld.

In der Ferne sah ich die riesigen Gewächshäuser des Gartencenters aufragen und ich verlangsamte den Wagen.

„Was tun wir jetzt genau?“, fragte ich an Marvin gewandt und sah ihn unsicher an, während ich gezwungenermaßen an einer Ampel hielt.

„Ich dachte, du hättest einen Plan", sagte er und strich sich nervös die Haare aus der Stirn.

„Ich habe *nie* einen Plan, Marvin", fuhr ich ihn an. „Das müsste dir doch mittlerweile klar sein!"

„Schon gut, schon gut." Beschwichtigend hob er die Hände. „Was wissen wir?"

„Josh ist zusammen mit Mo in irgendeines der Gewächshäuser geschlichen, in der sich vermutlich auch ein Auftragskiller und sein Auftraggeber befinden."

„Puh." Marvin stieß einen Schwall Luft an. „Das hört sich schon recht ernst an, was?"

„Kein Scheiß!", sagte ich und biss die Zähne aufeinander.

„Ähm, ich würde sagen, du schaltest erst mal die Scheinwerfer aus und fährst dann langsam auf den Parkplatz. Wir wollen nicht, dass sie wissen, dass wir hier sind, oder nervös werden. Bewaffnete, nervöse Menschen sind nie eine gute Sache."

Das hörte sich logisch an.

Mit kribbelnder Haut und penetrantem Augenzucken fuhr ich an, sobald die Ampel auf Grün sprang, und schaltete das Licht aus. Ich verlangsamte die Geschwindigkeit und fuhr schließlich vorsichtig auf den riesigen Parkplatz des Gartencenters, der gespenstisch leer war.

Es war schrecklich dunkel. Es gab keine Laternen, kein Scheinwerferlicht, Mond und Sterne wurden von einer diesigen Wolkenschicht verborgen. Ich hielt an und beugte mich über das Lenkrad, um einen besseren Blick durch die Windschutzscheibe zu erhaschen.

„Es ist sehr still und leer“, bemerkte Marvin unruhig und tat es mir gleich.

Ich nickte und rollte mit dem Wagen weiter vor, fuhr ums Hauptgebäude herum ... hinter dem plötzlich ein Lichtschein hervordrang.

„Siehst du das auch, Marvin?“, wisperte ich.

„Ja“, murmelte er. „Fahr näher ran.“

Ich tat wie geheißen, während ich meinen Passat stumm darum bat, doch ein wenig leiser zu sein und aufzuhören, einen laut knurrenden Magen zu imitieren.

Der Parkplatz führte um die Haupthallen herum und gab Blick auf zwei weitere, kleinere Gewächshäuser frei.

Sie bestanden fast vollkommen aus Glas, wurden nur von ein paar hölzernen Längs- und Querstreben zusammengehalten und waren von kargen Beeten und dünnen Streifen an Kieselsteinen umgeben.

Das linke von beiden war hell erleuchtet. So hell, dass man durch die großen Scheiben, zwischen ein paar großen Buchsbäumen hindurch genau erkennen konnte, was dort vor sich ging.

Vier Gestalten waren zu erkennen. Zwei dunkle, vollkommen in Schwarz Gekleidete auf der einen Seite und zwei in Jeans und blauem beziehungsweise rotem Mantel auf der anderen.

Ein Mantel, von dem Josh behauptet hatte, dass er Mo wie einen schlanken Weihnachtsmann aussehen ließe.

Leider waren es die in Schwarz gekleideten Männer, die zwei Pistolen hielten ... und die anderen, die die Hände in die Höhe reckten.

Mein Herz blieb stehen.

Das sah nicht gut aus. Überhaupt nicht gut.

Im Gegenteil. Es wirkte wie eine Hinrichtung.

Kälte strömte in meine Brust. Das Blut rauschte laut in meinen Ohren. Der Puls schlug schmerzhaft an meinem Hals. Mein Herz hämmerte plötzlich erbarmungslos in meiner Brust. Schwarze und rote Punkte tanzten vor meinem Auge und meine Fingerknöchel traten weiß hervor.

„So ein Mist mit Käse überbacken", fluchte Marvin und schnallte sich ab. „Wir müssen da rein! Ihnen helfen."

Mein ganzer Körper zitterte, doch ich bewegte mich nicht. Natürlich hatte er recht. Wir mussten helfen. Aber wer wusste, wie viele Minuten, Sekunden uns noch blieben? Wer wusste, ob der Typ in Schwarz nicht bereits den Finger am Abzug hatte? Ich konnte nicht sehen, ob sie sich unterhielten, ob sie gehässig grinsten, ob Rispo schon bleich wie ein Gespenst oder noch zuversichtlich rosig aussah.

Eine Eisschicht umschloss mein Herz und gefror mein Blut.

Es würde zu lange dauern, auszusteigen, in das Gewächshaus zu gelangen und einzugreifen. Viel zu lang.

„Louisa", fuhr Marvin mich an. „Komm schon. Uns läuft die Zeit davon."

Er hatte vollkommen recht – und ich hatte eine Entscheidung gefällt.

„Schnall dich wieder an, Marvin", sagte ich tonlos und ignorierte die Übelkeit in meinem Magen.

„Was?"

„Schnall dich an, Marvin!", schrie ich, löste die Handbremse und schaltete im nächsten Moment meine Scheinwerfer und das Fernlicht an.

Erschrocken sah er mich an, tat jedoch wie geheißen. „Was hast du vor?", fragte er panisch.

„Mit einem sehr großen Stein aufs Glashaus werfen und hoffen nicht selbst kaputtzugehen", wisperte ich und drückte das Gas durch.

Ich konnte nicht sehen, ob ich den Mann in Schwarz mit dem plötzlichen Flutlicht überraschte. Ob er aufsah oder die Waffe sinken ließ oder in Panik ausbrach.

Das Licht blendete zu stark in den Glashausscheiben und das Adrenalin, das durch meinen Körper pumpte, verschleierte meine Sicht.

Gott, ich hoffte sehr, dass Josh und Mo genug Zeit hatten, aus dem Weg zu springen, doch auf sie hielt ich ja nicht zu. Ich visierte den Kerl an, der seine Knarre auf meinen Lieblingsrispo richtete.

Schwarze Schatten krochen in mein Sichtfeld, während mein Fuß wie Blei auf dem Pedal lastete und der Motor durchdrehte. Ich schaltete in einen höheren Gang, lehnte mich tief in den Sitz zurück, konnte die Glaswand auf uns zurasen sehen, spürte wie der Passat ruckelte, als er die Blumenbeete niederwalzte und hörte Marvin aufschreien. „Brems, Louisa! Brems!"

Doch ich achtete nicht auf ihn. Ich starrte stur geradeaus. Fünfzehn Meter.

Der Motor heulte auf.

Zehn Meter.

Marvin heulte auf.

Fünf Meter.

WUMMS.

Der Aufprall dröhnte in meinen Ohren und zerriss mein Trommelfell.

Das Metall krachte, das Glas zerschellte, die Holzstreben zerbarsten. Die Geräusche vermengten sich zu einem grässlichen Reißen und Ratschen, das in meinem ganzen Körper nachvibrierte.

„BREMS!“

Diesmal reagierte ich. Ich drückte mit aller Kraft beide Beine durch. Das Auto schlitterte ein paar Meter weiter, bevor es ruckartig zum Stillstand kam.

Mein Oberkörper wurde nach vorne geschleudert. Der Airbag platzte auf, traf mich an Schultern und Gesicht. Ein hohes Piepen setzte in meinen Ohren ein.

Mein Trommelfell stülpte sich nach innen, Lichter und Dunkelheit blinkten gleichermaßen vor meinen Augen auf, und ein schweres Druckgefühl lastete auf meiner Brust.

Mein Gesicht war taub. Ich verlor die Orientierung.

Wusste einen Moment lang nicht, wo vorne und hinten, oben und unten war.

Um mich tobte eine schwarze, taube Masse, die sich mit jedem hechelnden Atemzug enger um mich zusammenzog.

Mein Gesicht schmerzte, meine Unterarme brannten dort, wo der Airbag über meine Haut geratscht war, meine Schulter pochte schmerzhaft.

Mein Atem ging flach und stoßweise, während ich zwanghaft versuchte, genug Sauerstoff in meine Lungen zu saugen.

„Louisa? Alles okay?“ Marvins Stimme drang aus unendlicher Ferne zu mir durch.

Ich nickte, konnte jedoch nicht sprechen. Mir fehlte die nötige Luft. Blinzelnd schlug ich den Airbag weg, versuchte wieder klar zu sehen. Doch die Windschutzscheibe war zersprungen. Unendlich viele dünne Risse zogen sich wie Spinnenweben durch das Glas und erschwerten die Sicht. Und das Klingeln in meinen Ohren ließ noch immer nicht nach.

„Wo sind sie hin?", ertönte eine andere, aufgeregte Stimme. „Sie standen doch gerade noch genau dort!"

„Vergiss sie, Mo! Sie sind weggelaufen, als sie das Auto auf sich zurasen sahen. Scheiße, Lou, was zur Hölle hast du dir dabei gedacht?"

Ich versuchte den Mund zu öffnen, einen kohärenten Satz zu formen, doch meine Zunge klebte an meinem Gaumen.

„Lou, verdammt, sag etwas! Geht's dir gut? Mo, guck verdammt noch mal nach ihr! Lass mich in Ruhe und hilf ihr."

„Mann, Josh, du blutest ziemlich heftig, du …"

„Ist mir egal!"

Im nächsten Moment wurde meine Tür aufgerissen und ich erkannte ein verschwommenes Gesicht, das sich über mich beugte.

„Lou?", murmelte Mo. „Alles okay bei dir?"

Ich nickte steif.

„Sie nickt, Josh!"

„Sie würde auch nicken, wenn ihr ein Metallpflock im Bauch steckt!"

„Ich glaub, es ist okay, sie steht nur unter Schock", meinte Mo.

Wieder nickte ich, bevor ich zwanghaft versuchte meine Stimme zu finden. „Marvin?", krächzte ich. „Bist du verletzt?"

„Nee, alles paletti", sagte der Recherchist sofort. „Der Airbag hat eine Menge abgefangen. Wir sollten trotzdem aus diesem Auto raus."

Wieder nickte ich, tastete nach meinem Anschnaller und löste den Gurt.

Das penetrante Klingeln in meinen Ohren ließ allmählich nach, während Mo mir aus dem Auto half.

Glas knirschte unter unseren Schuhen, als wir mühselig um den Wagen herumliefen.

Ich sah zu dem Auto und eins wurde sehr schnell klar: Mein Passat war nicht unzerstörbar.

Er sah aus, als habe ihm jemand die Nase gebrochen. Mit Hilfe eines großen, gläsernen Hauses.

„Fuck", wisperte ich und presste die Hände aufs Gesicht, bis die Welt aufhörte, sich zu drehen, dann wandte ich mich um und suchte meine Umgebung mit klopfendem Herzen nach Rispo ab.

Er saß nur noch in T-Shirt und Jeans bekleidet auf dem Boden. Er hatte seinen Mantel ausgezogen und presste seinen Pullover auf seine Stirn, an der Blut hinabtropfte. Er war kreidebleich und seine Haare klebten schweiß- oder vielleicht auch blutfeucht an Stirn und Nacken.

Erneut verließ der Sauerstoff meine Lungen wie Ratten das sinkende Schiff und die Panik presste mein Herz schmerzhaft zusammen.

„Josh", wisperte ich ängstlich und kniete mich mit zitternden Händen neben ihn. Meine Schulter schmerzte bei jeder Bewegung, doch ich achtete nicht darauf. Stattdessen fuhr ich mit sanften Fingern seine Wangen entlang, wischte Blutstropfen weg, betastete seine Schultern, seine Brust. Er fühlte sich heil an, aber er sah nicht heil aus! „Alles okay? Hat das Auto dich erwischt?"

Er schüttelte den Kopf. „Die Platzwunde habe ich von unseren kriminellen Freunden", murmelte er rau. „Mir geht es gut. Es ist nur ein Kratzer. Auf dem Boden sitze ich nur, weil ich dem Passat aus dem Weg gesprungen bin."

„Kannst du aufstehen?"

Er schüttelte den Kopf. „Ich glaub, dann kotz ich dir auf die Füße. Das wäre ein beschissenes Geburtstagsgeschenk."

Ich lächelte zittrig und wischte gerade einzelne Tränen von meiner Wange, als die Sirenen ertönten.

Autos strömten auf den Parkplatz, Blaulicht spiegelte sich hundertfach in den Glasscherben auf dem Boden wider, Reifen quietschten.

Ich drehte den Kopf. Überall standen Polizeiautos – und sie hatten ihren guten Freund den Krankenwagen mitgebracht.

„Ich hole einen Arzt, Josh", wisperte ich, drückte seine Hand und stieß mich auf meine wackligen Füße. „Du musst ins Krankenhaus."

„Mir geht's gut. Ich will nicht ins Krankenhaus. Ich muss den Beamten eine Beschreibung der beiden Täter geben..."

„Du gehst verdammt noch mal ins Krankenhaus", fuhr ich ihn laut an, sodass meine eigene Stimme schmerzhaft in meinen Ohren rang. „Es gibt Wichtigeres im Leben, als böse Buben zu fangen."

„Lou“, sagte Josh mit erschreckend ruhiger Stimme. „Je länger wir warten, desto weiter können sie fliehen, sie …“

Ich hörte ihm nicht mehr zu. Denn ich konnte seine Worte nicht ertragen. Wie konnte er mit blutendem Kopf und Glasscherben in den Haaren immer noch an den Auftragskiller denken?

Ich kniff die Augen zusammen, blinzelte und stapfte auf den Krankenwagen zu. Meine Knie zitterten, doch meine Sicht hatte sich geklärt. Ebenso wie meine Gedanken.

Josh hätte sich den Kopf noch ein weniger fest anstoßen müssen.

Dann wäre er vielleicht zur Vernunft gekommen.

Kapitel 21

Ich hasste Krankenhäuser mehr als Zuckerfasten.

All die klinischen Gerüche, die schrillen Geräusche, die verzweifelten Menschen. Sie schlugen mir auf Herz und Magen.

Die nächste Stunde wurde ich von einer jungen Ärztin mit ernstem Blick untersucht, die mir am Ende erklärte, was ich bereits wusste: Ich hatte verdammt viel Glück gehabt.

Keine meiner Rippen war gebrochen. Ich hatte nur eine leichte und unbedenkliche Gehirnerschütterung. Die Verbrennungen an meinen Armen würden heilen. Meine Schulter war lediglich geprellt.

„Sie sollten in nächster Zeit trotzdem davon absehen, mit einem Auto in ein Gewächshaus zu rasen", informierte sie mich pikiert, bevor sie mich vor die Tür schickte.

Marvin stand davor und sprach mit mehreren Beamten. Er hatte ein paar Schrammen im Gesicht, schien aber ansonsten unverletzt. Die Uniformierten sahen auf, als ich zu ihnen trat, und der Größere von beiden räusperte sich. „Frau Manu, Sie müssen leider mit auf die Wache kommen, wir ..."

„Lasst sie für heute in Ruhe", unterbrach Marvin sie, bevor er an mich gewandt hinzufügte: „Du kannst deine Aussage auch morgen abgeben."
Ich war Marvin in meinem Leben noch nicht so dankbar gewesen. „Das wäre toll", murmelte ich.

Er nickte. „Du siehst wirklich sehr müde aus."

So fühlte ich mich auch. „Wo ist Josh?", wollte ich wissen.

„In Untersuchungsraum drei. Ich weiß aber nicht, ob du dort reindarfst, es …"

Ich ignorierte ihn, wandte mich um und suchte die Wände der Notaufnahme nach einem Schild ab, das auf besagten Untersuchungsraum hinwies. Ich fand ihn zehn Meter weiter. Die Tür war nur angelehnt, das fasste ich als persönliche Einladung auf, einzutreten.

Josh saß auf einer Krankenliege, den Rücken an die Wand gelehnt, die Augen geschlossen.

Jemand hatte ihm das Blut aus dem Gesicht gewischt und die Platzwunde an seiner Stirn genäht.

Er sah dennoch recht ramponiert aus.

Sein Shirt war erd- und blutbefleckt. Seine Arme zerkratzt, als hätte er sich mit einem Tiger oder widerspenstigen Kaktus duelliert. Die Farbe war noch nicht ganz in sein Gesicht zurückgekehrt, dunkle Schatten lagen unter seinen Augen, seine Lippen waren spröde …

Es brach mir das Herz, ihn so zu sehen.

Mein dummes, lebenswichtiges Organ, das die letzten Wochen über ohnehin schon angeknackst gewesen war, splitterte an seiner Naht, durchbohrte meine Lunge und erschwerte mir das Atmen.

Wie hatte ich es so weit kommen lassen können?

Nein: Wie hatte *er* es so weit kommen lassen können?

Ich trug keine verdammte Verantwortung für sein Leben! Keine Verantwortung dafür, dass er kluge Entscheidungen traf.

Zitternd atmete ich durch und schloss leise die Tür hinter mir.

„Nur drei Stiche", murmelte Josh, als wüsste er, dass ich es war, und blinzelte. „Ich war weitaus schlimmer verletzt, als Finn mir mit sechzehn die Fernbedienung an den Kopf geworfen hat."

„Warum hat er dich mit der Fernbedienung angegriffen?"

„Was weiß ich. Kann sein, dass ich ihm sein letztes Kondom weggenommen habe. Vielleicht hab ich auch vergessen, das Staffelfinale von Gilmore Girls für ihn aufzunehmen. Es war irgendetwas Tragisches."

Ich lächelte milde, auch wenn ich mich nicht danach fühlte. „Dann hattest du es dir verdient."

Er hob einen Mundwinkel. „Wahrscheinlich."

„Josh, was ist heute Abend passiert?", fragte ich tonlos und setzte mich neben ihm auf die Liege. „Wie konnte ... wie konnte das derart eskalieren?"

Josh antwortete nicht sofort. Er fuhr sich mit der Hand durch die Haare und verzog das Gesicht, als er dabei an seine Wunde stieß. Schließlich murmelte er: „Mo und ich haben heute Morgen eine Nachricht von einem meiner Informanten bekommen, dass ein zwielichtiger Kerl sich nach einem Auftragskiller informiert hat – und sich daraufhin jemand gemeldet hätte, der ein Treffen vorschlug. Wir wussten nicht, wann es stattfinden sollte, aber wir wussten, dass sie sich beim Gartencenter treffen wollten. Es war reine

Spekulation. Solche Infos trudeln immer mal wieder bei der Polizei ein, aber meistens steckt nichts dahinter." Er seufzte. „Aber ich hatte dieses Kribbeln in meinem Nacken, das ich immer bekomme, wenn ich auf der richtigen Spur bin, also haben Mo und ich den Tag bei den verdammten Gewächshäusern verbracht … bis der Bastard tatsächlich aufgetaucht ist."

„Und ihr seid ihm hinterhergerannt", murmelte ich und verkrampfte die Finger in dem Papierüberzug der Liege.

Er nickte. „Sind durch den Hintereingang des Gewächshauses gekommen. Aber der Kerl war leider nicht allein und diese dumme Halle hat nicht wirklich Deckung geboten." Er seufzte. „Wir wurden von hinten überrascht. Irgendwer hat mir mit einem Aktenkoffer voller Geld eins übergezogen. Das Ding ist aufgeplatzt und ich bin in einem Sturm aus Fünfzig-Euro-Scheinen zu Boden gegangen. Hatte schon stolzere Momente in meinem Leben. Mo hat es nicht so hart getroffen, ihm wurde nur eine Waffe an den Kopf gehalten. Ist auch egal, fünf Minuten später standen wir den zwei Kerlen in Schwarz gegenüber, die du beinahe umgefahren hast. Ich vermute, es waren die Auftraggeber des Killers. Sie wollten wissen, wer wir sind, was wir wollen … und dann kamst du."

Ich senkte den Blick. „Verstehe. Also wart ihr schlichtweg zu unvorsichtig", fasste ich mit enger Kehle zusammen.

„Wir hatten Pech, Lou."

„Natürlich", murmelte ich. „Hat es dir denn wenigstens irgendetwas gebracht? Hast du bekommen, was du wolltest, Josh? Einen Namen? Ein Gesicht? Eine Erklärung?"

„Nun, nein, aber ..."

„Aber was?", fragte ich erschöpft. „Das wirst du noch? Glaubst du das wirklich? Selbst wenn du den Auftragskiller fassen solltest ... glaubst du, dass er seine Auftraggeber verraten würde? Nur damit diese einen neuen Auftragskiller anheuern, um ihn zum Schweigen zu bringen?"

„Das spielt überhaupt keine Rolle, Lou", sagte er ruhig. „So oder so sollte er nicht frei da draußen rumlaufen."

„Nein, natürlich nicht. Aber andere Polizisten würden vielleicht nicht so leichtfertig ihr Leben riskieren und so unvorsichtig ein Gebäude stürmen, ohne zu wissen, wie viele bewaffnete Männer sich darin befinden, um diesen Killer in die Finger zu bekommen ... kannst du mir also erklären, warum du die richtige Wahl für diesen Job bist?"

Josh antwortete nicht. Er hatte die Augen wieder geschlossen und rieb sich über den Unterarm.

Ich presste die Lippen zusammen und jetzt, da meine Sorge und Angst nachließen, spürte ich, wie neue Wut in mir hochkochte. Er kannte die Antwort auf meine Frage, aber sie gefiel ihm nicht – deshalb schwieg er lieber, als mir recht zu geben.

Weil er nichts ändern würde. Weil er nichts ändern wollte.

„Du würdest es wieder machen, oder?", wollte ich scharf wissen. „Dem Kerl hinterherrennen. Selbst wenn du wüsstest, wie es endet?"

„Warum ist das wichtig, Lou?"

„Weil man normalerweise erst weiß, dass man eine schlechte Entscheidung getroffen hat, wenn es bereits zu spät ist – aber du triffst sie derzeit bewusst, Josh. Und das macht mich so unfassbar wütend. Weil du dich damit in Gefahr bringst. Weil du mir das Leben damit erschwerst. Weil ich mir nicht länger einreden kann, dass ich grundlos Angst um dich habe. Dass du schon weißt, was du tust."

Josh seufzte schwer und sah mich an. Seine dunklen Augen undurchdringlich und hart. „Willst du mir jetzt ernsthaft einen Vortrag darüber halten, dass ich mich nicht kopfüber und ahnungslos in einen Mordfall stürzen sollte? Dafür bist du nämlich die absolut falsche Wahl."

„Das ist mir gleich", wisperte ich hitzig. „Denn ohne Verstärkung einem Killer in ein Glasgebäude hinterherzurennen, in dem es unmöglich ist, sich zu verstecken, war leichtsinnig und dumm von dir, Josh!"

„Würdest du sagen, leichtsinniger und dümmer als mit tausend Sachen in ein Gewächshaus reinzufahren?", fragte er interessiert.

„Ich hatte keine Wahl!", fuhr ich ihn an. „Da waren zwei bewaffnete Kerle, die auf deinen und Mos Kopf gezielt haben, Josh! Erinnerst du dich? Hätte ich also einfach dabei zusehen sollen, wie ihr erschossen werdet?"

„Ich sage nicht, dass ich nicht froh bin, dass du es getan hast, Lou", murmelte er. „Aber es war ebenso leichtsinnig und dumm. So funktioniert das Leben nun einmal. Wir treffen dämliche, riskante Entscheidungen, wenn wir emotional involviert sind."

„Was genau der Grund ist, warum du diesen verdammten Fall abgeben solltest!“

„Ich weiß mehr darüber als jeder andere“, sagte er kühl. „Ich besitze die größte Expertise, um den Fall zu lösen.“

„Aber zu welchem Preis, Josh!“, fuhr ich ihn an. „Herrgott, willst du so enden wie deine Mutter? Tot in einer Gasse? Sie hätte das nicht gewollt! Sie würde wollen, dass du dein Leben lebst, dass du glücklich wirst, dass du ... “

„Woher zur Hölle willst du das wissen?“, fragte er bitter. „Du kanntest sie nicht, Lou – und du wirst sie niemals kennenlernen. Weil irgendwer einen beschissenen Auftragskiller angeheuert hat, um sie aus dem Weg zu schaffen! Wie kannst du von mir verlangen, das zu vergessen?“

„Du sollst es nicht *vergessen*“, wisperte ich und meine Stimme wurde flehentlich. „Du sollst diese Tatsache nur nicht dein Leben diktieren lassen. Du sollst für die Suche nach dem Täter nicht *alles* aufgeben. Und du solltest wissen, wann es zu viel ist, Josh. Wann ein Wunsch zum Wahn wird. Wann es besser ist, aufzuhören und die Verantwortung an jemand anderen abzugeben.“

Er schüttelte steif den Kopf. „Die Drohnachricht, der heutige Abend ... es bedeutet, dass ich irgendetwas richtig mache, Lou. Dass ich dem Täter näher komme.“

„Nein. Es bedeutet, dass du dich mit einer Platzwunde im Krankenhaus befindest und Glück hast, dass du nicht im Koma oder unter der Erde liegst!“, sagte ich wütend und sprang auf. „Du denkst seit Monaten, dass du dem Täter auf die Spur kommst, aber es stimmt nicht, Josh! Du drehst dich noch immer im Kreis. Nur dass du jetzt zwei anstelle von einer Person suchst! Es wird niemals enden, Josh! Selbst wenn du den Mörder fasst, wird der Schmerz nicht vergehen. Du wirst deine Mutter nicht weniger vermissen. Der Mord an ihr wird nicht weniger grausam sein. Du machst es schlimmer, nicht besser! Verstehst du das denn nicht?"

Ruckartig wandte ich mich um und lief zur Tür.

Ich musste hier raus.

„Wohin gehst du?", rief er mir perplex hinterher.

„Keine Ahnung. Auf meine Geburtstagsfeier? Nach Hause? Eine Runde im Rhein schwimmen? Alles ist besser, als diese beschissene Unterhaltung mit dir zu führen!"

„Lou …"

Doch ich wartete nicht darauf, dass er seinen Satz beendete. Ich verließ das Zimmer und knallte die Tür hinter mir zu.

Die Wut brodelte in mir und verätzte meine Haut. Wie konnte er nur … Wie hatte Josh … Was stimmte nicht mit ihm?!

„Louisa?"

Ich schrak zusammen und erblickte Marvin, der auf einem ungemütlich aussehenden Plastikstuhl vor dem Zimmer saß.

„Oh, hey", sagte ich und ballte die Hände zu Fäusten, damit meine Finger aufhörten zu zittern.

„Geht es dir gut?" Er sah besorgt aus. „Ich hab dich schreien hören."

„Nein, mir geht es beschissen, deswegen habe ich geschrien", erwiderte ich knapp. „Kannst du mich nach Hause bringen, Marvin?"

Mein Passat stand noch immer in einem Gewächshaus in Bocklemünd.

„Ja, klar." Hastig sprang er auf. „Hat der Arzt dich entlassen?"

Ich nickte.

„Okay. Mann, tut mir leid, dass der Abend so furchtbar war. Aber trotzdem … Happy Birthday, Lou", sagte Marvin leise, zog die Schultern hoch und tippte mit dem Zeigefinger auf seine Armbanduhr. Es war kurz nach zwölf.

„Ja, danke", erwiderte ich schroff. „Dieser Tag ist wahrlich ein Grund zum Feiern."

Als ich zu Hause ankam, hing mir noch immer der Geruch von Desinfektionsmittel und Blut in der Nase.

Ich hatte Verbrennungen am Unterarm, eine Schürfwunde an der Wange und eine geprellte Schulter. Am meisten tat mir dennoch das Herz weh. Das Einzige, um das sich der Arzt nicht gekümmert hatte.

Ich hatte es nicht über mich gebracht, zu meiner Geburtstagsfeier zurückzukehren, die sich vermutlich ohnehin bereits aufgelöst hatte. Stattdessen schrieb ich meiner Mutter, dass ein Notfall dazwischengekommen sei und sie gerne ohne mich weitermachen sollten, bevor ich mein Handy ausschaltete.
Ich hatte keinen Nerv, ihre Fragen zu beantworten. Keinen Nerv, mir Vorwürfe anhören zu müssen. Keinen Nerv, so zu tun, als würde es mir gut gehen.

Ich hatte schon eine Menge schlimme Abende erlebt, doch dieser schaffte es definitiv in die Top Drei. Vor der Eskapade im Stripclub, bei der ich einem Drogendealer in den Fuß geschossen hatte, aber nach der Nacht, in der meine Oma gestorben war und ich mir während des Anrufs dank einer Lebensmittelvergiftung die Organe aus dem Leib gekotzt hatte.

Twinky begrüßte mich mit einem Schnurren und einem bestimmten Stupser gegen das Schienbein.

Mehrfach schluckend hockte ich mich vor ihn und strich ihm über das weiche Fell.

„Manchmal wäre ich gern du", wisperte ich. „Ein Kater, dessen einzige Sorge es ist, ob sein Frauchen ihm Huhn oder Rind vorsetzt."

Twinkys Schnurren wurde lauter, so als wisse er um sein formidables Leben.

Müde hob ich einen Mundwinkel und richtete mich wieder auf.

Ich konnte nicht einfach untätig auf der Couch herumsitzen. Meine Hände brauchten etwas zu tun, damit meine Gedanken nicht überhandnahmen und meine Wut nicht erneut hervorbrach. Also fing ich an, meine Pflanzen zu gießen, den Staub von ihren Blättern zu wischen, die Sukkulenten umzutopfen, obwohl das noch längst nicht nötig war. Ich hatte sie erst vor ein paar Monaten umgesetzt.

Ich dachte über den Mordfall nach und fragte mich, wer alles noch ein Motiv haben könnte, Jannek zu vergiften.

Ich achtete nicht auf die Uhrzeit. Ignorierte meine Müdigkeit, und arbeitete mich durch meine Sorgen durch. Suchte nach Lösungen, drängte meine Tränen zurück und übte mich im Atmen, denn ich schien vergessen zu haben, wie es funktionierte.

Ich hatte vier Sukkulenten in Kochtöpfen untergebracht – mir waren die Blumentöpfe ausgegangen –, als ich den Schlüssel im Schloss hörte.

Meine Hände zitterten und ich sah nicht auf, als ich Joshs schwere Schritte hörte. Es fiel mir gerade schwer, ihm auch nur in die Augen zu blicken. Also konzentrierte ich mich weiter auf meinen Atem und auf die Erde an meinen Händen.

„Lou", sagte Josh sanft und ich hörte, wie er die Tür ins Schloss sinken ließ.

Ich schluckte, bewegte mich jedoch nicht.

„Lou, kannst du mich bitte ansehen?"

Ich rieb die Erde von meinen Fingern und schloss ein paar Sekunden lang die Augen, bevor ich mich umwandte.

Doch ein Blick in sein Gesicht war bereits zu viel für mich. Da war die Platzwunde an seiner Stirn und die Ernsthaftigkeit in seinen dunklen Augen, die sein Lachen seit Monaten nicht mehr erreicht hatte.

Ich war nicht die Einzige, die unglücklich war. Rispo war es auch. Doch er war nicht bereit, etwas dagegen zu unternehmen.

Gott, was tat ich hier?

Ich wollte ihn nicht sehen. Nicht mit ihm reden.

Ich hatte mir eine Pause verdient. So wie mein Vater es gesagt hatte. Die Möglichkeit, durchzuatmen! Abstand von meinen Problemen zu nehmen, um zu analysieren, was mich unglücklich machte.

Ich brauche Zeit, um nachzudenken. Um endlich wieder ruhig zu schlafen.

„Du hättest da sein sollen", murmelte ich mit belegter Stimme und schüttelte den Kopf. „Bei der Feier. Ich hätte mir nicht den ganzen Tag über Sorgen machen sollen. Du hättest dich viel früher melden müssen. Du hättest ... du hättest nicht allein einem Auftragskiller nachstellen sollen! Du ..." Ich brach ab und biss mir so fest auf die Unterlippe, dass Tränen in meine Augen stiegen.

Oder vielleicht waren die Tränen auch schon vorher dagewesen.

„Ich hasse es, mich wiederholen zu müssen, aber du hättest diesen Scheiß-Fall schon vor Monaten abgeben sollen! Du kannst nicht mehr klar denken – und du weißt es! Du bist besessen – und du weißt es. Aber es ist dir egal. Du machst trotzdem weiter und weiter und ... nein." Ich schüttelte heftig den Kopf und lief in der nächsten Sekunde ins Schlafzimmer.

Abstand, ich brauchte Abstand.

„Lou", rief Josh mir hinterher. Ungeduld schwang in seiner Stimme mit.

Ich ignorierte ihn.

„Lou", wiederholte er lauter und ich hörte die Tür knarzen, als er mir folgte. „Du hast recht, okay? Aber es war eine ..."

„Wenn du jetzt *Ausnahmesituation* sagst, trete ich dir in die Eier und boxe gegen deine Platzwunde, Josh", sagte ich tonlos und zerrte eine Tasche aus dem Schrank.

„Es tut mir leid, okay? Aber du hast jedes Jahr Geburtstag. Ich *musste* ihn beschatten. Manche Dinge sind momentan wichtiger."

„Nicht *momentan*, Josh. Seit Monaten." Meine Stimme war gespenstisch ruhig und emotionslos, sodass ich mir selbst eine Gänsehaut bereitete.

Doch ich hatte einfach keine Kraft mehr, mich aufzuregen. Wütend zu sein.

Es war zu viel.

„Ich weiß, aber ...“

„Nein. Ich habe keine Lust mehr auf *aber*. Denn es wird immer ein Aber geben, Josh!“

„Wir waren so nah dran, Lou“, wisperte er eindringlich. „Den Killer zu finden. Ihn zu fragen, wer ihm den Auftrag erteilt hat und ich weiß, dass wir in den nächsten Wochen, wenn Mo und ich noch mal ranklotzen ...“

„Was?“ Fassungslos sah ich ihn an. „Ich bin vor ein paar Stunden mit meinem verdammten Passat für dich durch eine Wand gebrettert ... und du denkst über die nächsten Schritte im Fall nach?“

Irritiert sah er mich an. „Natürlich. Der Typ ist zwar geflohen, aber wir können eine Beschreibung rausgeben und dann ...“

„Nein. Nein, nein, nein“, flüsterte ich und schüttelte immer wieder den Kopf, bevor ich im nächsten Moment den Schrank aufriss. „Du kannst das vielleicht, aber ich nicht.“

„Was? Wovon redest du? Und was zur Hölle tust du da?“ Josh griff nach meinen Händen, mit denen ich wahllos T-Shirts und Jeans aus dem Schrank gezogen hatte.

Ich riss mich los. „Ich packe“, sagte ich fahrig. „Das siehst du doch.“

„Du ... was?“

„Ich brauche eine Pause von dir, Josh.“

„Du machst Schluss?", fragte er ungläubig und ein paar Sekunden lang huschte blanke Panik über seine Züge.

„Nein", sagte ich hart und wandte mich ruckartig zu ihm um. „Mache ich nicht. Ich ..." Ich schluckte und wischte mir über die feuchten Augen. „Nein."

„Louisa", sagte er mit Nachdruck, umfasste sanft mein Gesicht und zwang mich so, ihn anzusehen. „Es tut mir leid, dass ich deine Party verpasst habe, aber ..."

„Es geht nicht um die dumme Party!", rief ich wütend. „Es geht darum, dass ich Todesangst um dich hatte und dir das Leben retten musste – und du noch immer denkst, dass du den Fall deiner Mutter weiterverfolgen solltest." Die erste Träne stahl sich über meine Wange und ich schloss die Augen. „Ich liebe dich, okay?", flüsterte ich. „Egal, wie daneben du dich im Moment benimmst ... ich liebe dich. Ich kann nicht anders. Ich will diese Beziehung nicht beenden. Ich will den Rest meines Lebens mit dir verbringen. Aber ... *nicht so.* Nicht, wenn du in dieser Verfassung bist. Wenn da nur noch deine Wut und dein Hass und deine Arbeit sind. Denn es tut weh, das mitanzusehen, Josh! Wie du dich kaputtmachst." Unwirsch wischte ich die Tränen weg und zog meine Nase hoch. „Ich würde dir gern helfen, aber du lässt mich nicht! Du tust so, als wäre alles wie immer – und das ist jedes Mal ein Schlag ins Gesicht für mich! Denn *nichts* ist wie immer, Josh! Nicht mehr seit September. Du hörst mir nicht zu, du bist nicht für mich da, ich meine ..." Trocken lachte ich auf. „Die letzten drei Tage hatte ich Panik, dass ich vielleicht schwanger bin und hatte nicht das Gefühl, diese Sorge mit dir teilen zu können! Weil du beschäftigt oder abwesend oder wütend warst. Und ich weiß, dass ich in der letzten Woche auch keine Heilige war und Mist gebaut habe – aber ich sollte doch trotzdem mit dir über so etwas Wichtiges reden können. Oder nicht? Es ist nämlich scheiße, mit der Angst allein zu sein!"

Ich sah, wie Josh das Blut aus dem Gesicht floss. Langsam, stetig, bis er bleich wie die Wand war und seine Hände sinken ließ. „Du bist schwanger?"

„Ich weiß es nicht", fuhr ich ihn an.

„Aber ... was?"

Ich ließ die Schultern sinken und atmete zitternd durch. „Wäre das ein Problem?", fragte ich dann leise. „Vor ein paar Monaten hast du noch davon gesprochen, dass wir Kinder kriegen werden und dir kein Einzelkind ins Haus kommt ..."

„Nein, kein *Problem*", sagte er hastig und schüttelte den Kopf. „Es ist nur ... na ja, das Timing wäre einfach beschissen."

„Was du nicht sagst", erwiderte ich tonlos. „Und da hatte ich Angst, es dir zu erzählen. Ich frag mich bloß, warum? Deine Reaktion erwärmt mein Herz."

„Shit, nein, das kam falsch rüber." Fieberhaft rieb er sich übers Gesicht. „Ich würde mich freuen, Lou. Ich will Kinder, aber ... jetzt gerade ... Du weißt, was ich meine."

„Nein, weiß ich nicht", erwiderte ich kühl.

Schwer atmete Josh durch. „Hast du einen Test gemacht?"

„Ja!"

„Und? Was sagt der?"

„Keine Ahnung!", erwiderte ich aufgebracht. „Das weiß nur Emmis Mülleimer. Aber es kann dir doch egal sein, oder nicht? Ein Kind passt dir doch zurzeit sowieso nicht in den Kram – und wie solltest du dich auch darum kümmern können, da du doch bis zum Hals in Arbeit steckst und es vermutlich auch noch die nächsten drei bis dreihundert Jahre tun wirst! Also, Josh: Mach dir darüber keine Gedanken. Beschäftige du dich weiter mit den Toten, während ich mich um die Lebenden kümmere."

Mit einem Ruck zog ich den Reißverschluss der Tasche zu und lief im nächsten Moment zur Tür.

„Lou, bitte, bleib. Lass uns darüber reden."

„Nein!", erwiderte ich hitzig und fuhr zu ihm herum. Sein Gesicht verschwommen durch die Tränen in meinen Augen. „Ich brauche Abstand von meinen Problemen. Ich muss durchatmen", sagte ich. „Und zurzeit bist *du* mein Problem, Josh. Du und dein beschissener Wahn. Du zerstörst dich von innen heraus. Und das Schlimmste ist, dass du es bewusst tust. Denn du hast das Ganze schon einmal durchgemacht!"

„Ich kann nicht anders, Lou", wisperte er. „Ich kann den Mistkerl nicht da draußen rumrennen lassen."

Ich wischte mit den Handkanten meine Tränen weg und nickte.

„Josh, es ist okay", murmelte ich. „Dass du noch immer dem Tod deiner Mutter nachhängst. Es ist okay, dass du dich in den Fall stürzt, ohne nach links und rechts zu blicken. Es ist okay, dass du dich tagtäglich in Gefahr begibst. Du kannst deine Prioritäten setzen, wie du willst. Es ist *dein* Leben. Aber es ist auch *mein* Leben – und ich kann nicht länger mitansehen, wie du dich kaputtmachst. Denn es tut weh, dich dabei zu beobachten und hilflos danebenzustehen. Ich wünschte, du würdest dich für dieses Leben entscheiden. Mit mir. Für das Hier und Jetzt, Josh. Ich wünschte, du könntest die Vergangenheit ruhen lassen und nur noch an die Zukunft denken. Aber so ... Es tut mir leid. Ich brauche mehr als das.“

Mit diesen Worten drehte ich mich um und stürmte aus der Tür. Die salzigen Tränen verätzten meine Haut und mein Herz schlug schmerzhaft in der Brust, als ich die Treppen hinuntereilte.

Warum hatte ich das Gefühl, dass ich viel mehr als nur Josh zurückließ?

Kapitel 22

Ich konnte guten Gewissens sagen, dass mein dreißigster der beschissenste Geburtstag meines ganzen Lebens war.

Schlimmer noch als das Debakel zu meinem fünften, als der Clown betrunken aufgetaucht war und sich auf meinen Kuchen gesetzt hatte.

Definitiv schlimmer als mein zehnter, als wir auf eine Schnitzeljagd geschickt worden waren und keinen Schatz, sondern nichts als Hundehaufen gefunden hatten.

Ich schlief bei Ariane, saß bis tief in die Nacht auf ihrer Couch, trocknete meine Tränen, indem ich becherweise Eiscreme aß – und konnte nicht trinken, weil der verdammte Schwangerschaftstest noch immer Urlaub in Emmis Mülleimer machte! Ich hätte mir natürlich einen neuen kaufen können, aber wenn ich ehrlich war, wäre ein positiver Schwangerschaftstest zum jetzigen Zeitpunkt einfach zu viel für mich. Da erstickte ich meine Sorgen lieber mit Zucker anstelle von Tequila.

Als Ariane mich daran erinnerte, dass ich Zucker doch eigentlich fastete, erwiderte ich lediglich trocken:

„Ich würde aufpassen, was du sagst, sonst überfahre
ich dich nämlich und schmeiß dich über deine Hecke."
Das brachte sie zum Lachen.
Eigentlich hatte ich mir den Samstag freigenommen,
um meinen Geburtstag mit Rispo im Bett zu verbringen
– doch als ich am Morgen aufwachte, war der Gedanke,
den Tag heulend auf der Couch zu sitzen, so schrecklich, dass ich duschte, mir Arianes Auto lieh und zur Arbeit fuhr.
Ich brauchte die Ablenkung – doch als Emmi mich
mit den Worten: „Mann, Lou, was war gestern los?
Warum siehst du so scheiße aus?", begrüßte, war ich
mir nicht mehr so sicher, ob ich sie hier bekommen
würde.
„Ich meine, was tust du hier?", fuhr sie fort und rieb
sich über die Augen, unter denen schwarze Ringe lagen.
„Du hast Geburtstag! Wolltest du nicht zu Hause
bleiben?"
„Ich will nicht drüber reden", sagte ich knapp und
verschwand im Büro. Ich war noch nicht bereit, meine
Misere mit der Familie zu teilen.

Der Tag verging quälend langsam. Ich stürzte mich in
Papierkram, brachte meinen Schreibtisch auf Vorder-
mann, ignorierte jeden Geburtstagsanruf, aktualisierte
meine Website und versuchte so zwanghaft, nicht an
Josh zu denken, dass ich Kopfschmerzen bekam.
Immer wieder dachte ich an den Mord, ging in
meinem Kopf die Verdächtigen durch ... doch ich kam
nicht weiter. Mir waren die Ideen ausgegangen.
Um kurz nach sechs klopfte Emmi an und sagte, sie
habe den Laden geschlossen, ob ich sie nach Hause

fahren könne.

Ich nickte, denn ich hatte nichts Besseres vor und hätte die Nacht über noch genug Zeit, wieder heulend neben Ariane zu sitzen und mir beruhigend von ihr über den Kopf streichen zu lassen.

Es war bereits dunkel und dünner Nieselregen fiel vom Himmel auf die Windschutzscheibe, als wir uns auf den Weg machten. Emmi saß untypisch schweigsam neben mir und starrte auf ihre Hände, die sie im Schoß verschränkt hielt. Ab und an kam ein beinahe zärtliches Seufzen über ihre Lippen, das zu einer Disneyprinzessin gepasst hätte, aber sicher nicht zu dem grasaffinen Kamasutra-Fan neben mir.

„Alles okay?", fragte ich behutsam. Denn nur weil es mir beschissen ging, hieß es nicht, dass ich nicht mitbekommen hätte, dass Emmi auch nicht das blühende Leben war. Sie hatte den Tag über kaum gesprochen, sah unfassbar müde und … nachdenklich aus.

„Was?" Sie schrak hoch und sah mich an. „Oh, ja. Ich hab nur … nachgedacht."

„Worüber?", wollte ich wissen.

„Mein Leben."

Ach Gott. Nicht einmal auf Emilys Fähigkeit, mich mit einer Menge Schwachsinn von meinen eigenen Problemen abzulenken, konnte ich mich noch verlassen.

„Irgendetwas Bestimmtes?"

„Ja. Aber ich will nicht drüber reden. Sag mal, wo ist eigentlich dein Passat? Warum hast du Arianes Wagen?"

„Ich will nicht drüber reden."

Sie nickte. „Okay."

Ich hielt an einer Ampel und dachte sofort wieder an Rispo und daran, dass er sich den ganzen Tag nicht gemeldet hatte. Dass er nicht vorbeigekommen war. Dass er mich nicht gesucht und darauf bestanden hatte, mit mir zu reden.

Tränen brannten in meinen Augen, Verzweiflung in meinem Herzen, doch ich ignorierte sie beide.

Schluss damit! Ablenkung. Ich brauchte Ablenkung.

Also schweiften meine Gedanken zu Noah und Linus. Marvin hatte mir vorhin eine Nachricht geschickt, in der er gemeint hatte, dass beide mit milden Strafen davonkommen würden.

Das hatte mich zumindest aufgeheitert. Die Brüder, die so kämpferisch füreinander eingestanden hatten, waren keine furchtbaren Menschen.

Ich meine: Linus wäre für Noah in den Bau gewandert. Das war ... wahre Geschwisterliebe.

„Sag mal, Emmi, würdest du für mich in den Knast gehen?“, fragte ich aus einem Impuls heraus. Vielleicht, weil ich einfach irgendein Gespräch brauchte, um mein gebrochenes Herz zu vergessen.

Stirnrunzelnd sah meine Schwester mich an. „Was meinst du? Einen Freund besuchen? Es für ein Wochenende mal ausprobieren? Bei Monopoly? Zu eins und zwei Ja, zu drei Nein. Bei Monopoly versteh ich keinen Spaß.“

Ich lächelte müde. „Nein, das meine ich nicht. Nehmen wir an, ich hätte aus gutem Grund etwas Schlimmes getan ... würdest du mir den Rücken freihalten und für mich lügen? Womöglich sogar für mich ins Gefängnis wandern?“

Sie verzog das Gesicht. „Oh Gott, was hast du getan? Wieder den Eismann angegriffen, weil er dir bei Stracciatella große Schokostückchen versprochen hatte, aber nur Streusel drin waren? Nein, warte: Hast du Josh umgebracht?" Sie seufzte tragisch und legte sich eine Hand über die Augen. „Bist du deswegen so mies gelaunt heute? Weil ihr euch gestritten und du ihn umgebracht hast? Ich dachte immer, wenn so was passiert, würde ich diejenige mit dem Dreck am Stecken sein!"

Ich schnalzte mit der Zunge und boxte ihr sacht gegen den Arm. Sie sollte sofort aufhören, über Josh zu reden. „Ich meine es ernst, Emmi."

Meine Schwester zuckte zusammen, als hätte ich ihr einen Stromstoß gegeben. „Autsch!", fluchte sie und stieß meine Hand weg.

Sofort sprang mir das Bild von Vanessa in den Kopf, die ebenfalls übermäßig zusammengezuckt war, als Harald sie an den Armen gegriffen hatte.

Ich verdrehte die Augen. „Das tat nicht weh. So fest war das nicht!"

„Nein, aber ich habe die hier", sagte sie und zog ihre Jacke von der Schulter. Darunter kamen zwei mächtige blaue Flecke zum Vorschein.

„Oh, Mist. Sorry. Was hast du denn da gemacht?"

„Finn ist beim Sex etwas zu enthusiastisch gewesen und hat mich aus dem Bett geschubst", meinte sie sachlich.

„Oh, Gott, Emmi, zu viele Informationen!"

„Du hast gefragt", erwiderte sie unschuldig.

Ich verdrehte die Augen und drückte aufs Gas. „Jaja, schon klar."

Sie räusperte sich. „Aber um auf deine andere Frage zurückzukommen", sagte sie gedehnt. „*Vielleicht* würde ich für dich in den Knast gehen. Oder es zumindest riskieren. Kommt drauf an, was du getan hast und warum."

„Tatsächlich?" Ihre Worte überraschten mich. Mir war klar, dass Emmi mich liebte. Aber doch eher auf die: *„Ich tätschele dir die Schulter, wenn es dir schlecht geht"*-Art-und-Weise. Nicht auf die: *„Ich würde für dich durch Mordor laufen und einen Ring in den Schicksalsberg werfen"*-Art-und-Weise.

„Ja", sagte sie leichthin. „Nehmen wir jetzt zum Beispiel an, du würdest Finn dabei erwischen, wie er mit einer anderen Frau meine letzten Grasreserven aufraucht und dann anfängt mit ihr rumzumachen ..."

„In welchem Szenario erwische ich Finn bei einer solchen Schandtat?", fragte ich nachdenklich.

„Du willst dir von ihm Zucker leihen und er hat seine Tür offen gelassen, damit die Nachbarskatze reinkommen und er ihr Thunfisch anbieten kann", sagte Emmi ungeduldig. „Ist doch egal! Der Punkt ist: Du erwischst ihn mit einer anderen Frau und brichst ihm daraufhin verständlicherweise die Nase ..."

„Ich dachte, ihr führt eine Nicht-Beziehung. Darf er da nicht machen, was er will?", fragte ich irritiert.

Wütend sah Emily mich an. „Natürlich darf er machen, was er will", presste sie zwischen den Zähnen hindurch, sichtbar gereizt. „Einen Schlag in die Fresse hat er trotzdem verdient, wenn er mein Gras mit einer anderen Frau raucht. Oder nicht?"

„Sicher", sagte ich und räusperte mich. „Sorry, rede weiter."

„Also, du haust ihm eine rein und brichst ihm beide Beine, sobald die andere Tussi im Bad verschwindet. Dann rennst du weg und kaufst mir Blumen."
„Du kennst mich gut, genau das würde ich tun", sagte ich knapp.

Emmi grinste. „Weiß ich doch. Gut, du hast ihn verprügelt und er erzählt der Polizei, dass du es warst … ich würde sofort schwören, dass das nicht stimmt und dass ich es war."

Meine Mundwinkel zuckten. „Das ist wirklich sehr nett von dir, Emmi."

„Kein Problem", sagte sie und reckte das Kinn. „Danke, dass du Finn für mich verprügeln würdest."

„Jederzeit."

„Ich würde Josh auch verprügeln, weißt du? Wenn er sich weiter wie ein Idiot verhält und dir nicht langsam mal den Antrag macht."

Meine Kehle zog sich zusammen und ich versuchte wirklich zu lächeln – doch versagte auf voller Länge. Aber die letzten Stunden über hatte ich jeden Gedanken an Josh erfolgreich verdrängt und ich hatte nicht vor, diese Taktik jetzt zu ändern. „Danke", wisperte ich deshalb nur. Wieder hielt ich an einer Ampel, und rieb mir müde über das Gesicht. „Ich würde auch zu Gift greifen, weißt du", murmelte ich nach einer Weile. „Wenn ich jemanden umbringen wollte. Aber wahrscheinlich eher zu Blausäure und nicht zu Batrachotoxin. Was immer das auch ist."

Emily zog ihr Handy aus der Tasche und tippte etwas auf ihrem Touchpad ein. Keine zehn Sekunden später sagte sie:

„Es ist ein extrem potentes neurotoxisches Steroid-

Alkaloid aus der Haut südamerikanischer Pfeilgiftfrösche. Oh, das kenne ich. Mensch, da erzähl mir doch noch mal einer, Ethnologie zu studieren hätte mir nichts gebracht. Die Indianer in Südamerika streichen das Gift auf ihre Pfeile und erlegen damit Tiere. Mein damaliger Professor hat solche Frösche mal mit in eine Vorlesung gebracht. War das erste Mal, dass ich aufgepasst habe."

Ich blinzelte. „Was? Er hatte solche Frösche zu Hause?"

„Ja. War unglaublich stolz darauf, dass sie nicht aus einer Nachzucht stammten und somit auch wirklich noch giftig waren. Hat einen ganzen Monolog gehalten."

„Hm", machte ich und meine Haut fing an zu prickeln. Meine Nackenhaare stellten sich auf. Das war ein besonderes Gift. Es gab so viele Möglichkeiten, jemanden umzubringen ... und der Mörder entschied sich für Pfeilgiftfroschgift?

Ich ließ die Schultern kreisen, während meine Gedanken zu afrikanischen Masken an rostigen Nägeln wanderten.

Zu Vanessa, die zusammenzuckte, als Harald sie berührte. Zu Linus, der Noah beschützten wollte.

Vanessa hätte nicht den Mumm dafür gehabt, sich von Jannek zu trennen. Sie wäre bis zum Tod mit ihm zusammengeblieben. Das hatte Linus zu Noah gesagt.

Vanessa war nicht stark genug gewesen, die toxische Beziehung zu beenden.

Also hatte jemand anderes es für sie sein müssen.

„Der Sitz", murmelte ich nachdenklich.

„Was?"

„Der Fahrersitz! Linus hat sich beschwert, dass er ihn so weit zurückstellen musste. Weil jemand sehr Kleines vor ihm darauf gesessen haben musste. Doch Jannek ist über eins achtzig groß, Vanessa nicht viel kleiner ... also muss jemand anderes damit gefahren sein."

„Wer?", wollte Emmi verwirrt wissen. „Es gibt viele kleine Menschen, Lou!"

„Ja, aber nur wenige, die wissen, wie sie an das Gift eines Pfeilgiftfrosches herankommen."

„Na ja, das kannst du nicht wissen, oder?", überlegte sie laut. „Vielleicht ..."

Ich hob die Hand und brachte sie somit zum Schweigen. „Ich weiß immer, wenn etwas nicht mit dir stimmt", sagte ich und lachte trocken. *„Immer."*

„Was hat denn das jetzt damit zu tun?", fragte Emmi verwirrt.

„Vanessa meinte, ihre Schwester hätte nicht gewusst, dass sie bei den Rennen mitmacht. Sie hätte nicht gewusst, in was für Schwierigkeiten sie sich manövriert hätte ... aber was, wenn sie sich geirrt hat? Wenn ihre Schwester genau wusste, was los war ... und es nicht länger mitansehen wollte?"

Emily blinzelte perplex. „Du meinst ... sie würde für ihre Schwester ins Gefängnis wandern?"

„Genau das", sagte ich knapp.

Scheiße, warum hatte ich da nicht früher dran gedacht?

Es ergab so viel Sinn!

„Fuck", stieß ich aus. „Natürlich ist sie die Mörderin! Gott, das gefällt mir überhaupt nicht."

Meine Schwester sah mich mitfühlend an. „Manchmal tun nette Leute schreckliche Dinge, Lou."

Ja. Manchmal taten sie das.

Ich fuhr auf den nächstbesten Aldiparkplatz und zog mit zitternden Fingern mein Handy aus der Tasche.

„Held?", meldete sich Marvin nach dem dritten Klingeln.

„Marvin, was macht Vanessas kleine Schwester beruflich?", fragte ich fahrig.

„Anna? Sie studiert Medienwissenschaften und Ethnologie. Wieso?"

„Weil das Gift, das Jannek umgebracht hat, von Pfeilgiftfröschen stammt. Indianer benutzen es, um ..."

„Um ihre Beute zu erlegen, ich weiß. Aber nur, weil sie Ethnologie studiert hat, heißt das noch lange nicht ..."

„Emmi hat mir erzählt, dass ihr Professor solche Frösche zu Hause hält. Er hat sie gerne für Demonstrationen mit in die Vorlesungen genommen."

„Ähm, na ja, aber ..."

„Vanessa meinte, ihre Schwester hätte keine Ahnung von den Schwierigkeiten gehabt, in die Jannek sie verstrickt hat – doch Schwestern wissen so was immer, Marvin. Wir wissen es einfach, wenn es dem anderen schlecht geht. Und der Sitz in Janneks Auto ... er war für eine sehr kleine Person eingestellt. Anna ist sehr klein."

„Ja, das mag sein, aber klein sind auch hunderttausend andere Menschen. Und warum hätte Anna mit Janneks Auto fahren sollen?"

„Weil Jannek dann keine Fragen stellen und einfach einsteigen würde. Weil es sonst immer Vanessa war, die ihn mit den neuen Autos abgeholt hat. Weil er sicherlich erst gedacht hat, sie wäre es." Die Puzzleteile fielen an ihren Platz. „Shit, Marvin, Jannek war nicht mehr zu Hause als Vanessa ihn Sonntagabend abholen wollte – vielleicht, weil Anna ihr zuvorgekommen ist. Vielleicht hat sie sich eine Ausrede ausgedacht, warum sie die Autos an dem Tag zum Rennen bringt und nicht Vanessa … es ist auch egal. Ich weiß, dass sie es war, Marvin! Ich weiß es einfach. Denn ich würde Finn die Beine brechen, wenn er Emily verletzt."

Einige Sekunden lang herrschte absolute Stille auf der anderen Seite.

Dann sagte Marvin: „Treffen wir uns bei ihrer Wohnung?"

„Deal."

„Sollte ich Rispo noch anrufen? Vielleicht …"

„Nein", unterbrach ich ihn sofort und in meinem Magen formte sich ein roter Knoten. Ich wollte ihn nicht sehen. „Dein Fall. Du solltest ihn allein beenden. Ich bin praktisch schon auf dem Weg, Marvin."

„Supi, bis gleich", sagte er und legte auf.

Der große Plattenbau, in dem Anna und Vanessa wohnten, sah in der Dunkelheit aus wie ein finsterer Käfig – und vielleicht fühlte er sich manchmal genau so an. Ein Ort, den man verlassen wollte, aber niemals verlassen konnte. Nicht solange einem das Geld fehlte.

Die letzten zehn Minuten über hatte sich ein Kloß in der Größe eines Kampfhahns meinen Hals hinaufgeschoben.

Normalerweise war ich am Ende eines Falls erleichtert. Froh darüber, dass ein Mörder weniger durch Köln spazierte.

Doch Erleichterung war nicht die Emotion, die ich verspürte.

Verzweiflung war ein passenderes Wort.

Alles fühlte sich schief an.

Ich wünschte mir, dass ich falschlag. Dass ein großer schwarzhaariger Typ mit Augenklappe und Kinderköpfen auf seinem Kaminsims für Janneks Tod verantwortlich war.

Doch als Emmi, Marvin und ich das vergilbte Treppenhaus emporklommen und Vanessa uns im Tanktop die Tür öffnete, das darin versagte die blauen Flecken zu verbergen, die ihre Oberarme zierten, schwand meine letzte Hoffnung.

„Was ist los?", wollte Vanessa wissen und runzelte irritiert die Stirn. „Ich hab Ihnen alles gesagt, was ich weiß!" Ihre Stimme brach und das Blut wich aus ihrem Gesicht.

„Wir sind nicht Ihretwegen hier, Vanessa", sagte Marvin leise. „Wir sind wegen Ihrer Schwester gekommen."

Vielleicht hatte Anna uns sprechen hören, vielleicht war sie auch nur neugierig gewesen, wer da an der Tür war. Jedenfalls kam sie zögerlich durch den Flur auf uns zu.

Ihr Blick huschte von mir zu Marvin und wieder zurück. „Ich hab mir schon gedacht, dass Sie noch einmal hier vorbeischauen würden", wisperte sie. Ihre Unterlippe zitterte und sie rang die Hände ineinander. Einzelne Schweißperlen standen auf ihrer Stirn und ich wünschte mir, dass ich sie zusammen mit ihrer Schuld einfach mit meinem Ärmel hätte wegwischen können.

„Was?" Verwirrt blickte Vanessa zu ihrer Schwester. „Warum sollten sie?"

Anna antwortete nicht. Sie schluckte mehrfach, den Kopf zwischen die Schultern gezogen, die Unterlippe zwischen ihren Zähnen gefangen.

„Er hat dir wehgetan, oder Vanessa?", fragte ich. „An den Armen?" Ich rieb über meine eigenen. „Jannek war manchmal sehr aufbrausend und hat seine Wut an dir ausgelassen."

Vanessas Augen glänzten verräterisch hell, doch sie hob nur eine Schulter. „Nur das eine Mal. Es war ein Versehen, wirklich ..."

„Es war kein beschissenes Versehen, Nessa!", fuhr Anna sie auf einmal an und auch in ihren Augen glitzerten Tränen. „Und es war nicht nur das eine Mal! Du versuchst seit Monaten, blaue Flecke vor mir zu verstecken. Gott, selbst jetzt verteidigst du ihn noch! Du hättest ihn *niemals* verlassen. Er hat dein ganzes Leben kaputt gemacht und du hättest trotzdem weiter zu ihm gehalten. Weil du abhängig von ihm warst! Weil du geglaubt hast, er würde dein Leben erleichtern ... aber in Wirklichkeit hat er dich nur als Trophäe benutzt und dich nach jedem seiner Ausbrüche mit teuren Geschenken vertröstet!"

„Was? Nein." Vanessa schüttelte den Kopf. „Er war ein guter Kerl. Er kam nur aus schwierigen Verhältnissen und ..."

„Hör auf", flüsterte Anna bitter und wischte sich fahrig die Tränen von den Wangen. „Das stimmt nicht und das weißt du auch! Er war ein schrecklicher Mensch. Hat alle seine Freunde von oben herab behandelt. Dich in seine scheiß illegalen Rennen mit reingezogen ... du hast dich so von ihm blenden lassen, Nessa! Hast die Uni schleifen lassen, deine Chance auf ein besseres Leben verspielt ... dir ging es mit jedem Tag, den du mit ihm verbracht hast, schlechter. Ich hatte doch gar keine andere Wahl! Irgendwer musste etwas unternehmen, bevor du für seine Fehler gebüßt hättest."

Vanessa starrte ihre Schwester ausdruckslos an. Die Lippen geöffnet, die Augen aufgerissen, das Gesicht aschfahl. „Was? Wovon redest du?"

Die Tränen rannen mittlerweile unaufhaltsam über Annas Gesicht und sie gab sich nicht mehr die Mühe, sie wegzuwischen. „Es tut mir leid", schluchzte sie und verbarg das Gesicht in den Händen. „Aber ich konnte es nicht länger mitansehen. Er hätte dir deine Zukunft ruiniert, wenn ich ihn nicht gestoppt hätte."

„Was? Ich verstehe nicht, du ... nein." Vanessa schüttelte den Kopf und ihre Hände fingen an zu zittern. „Du würdest doch nie ... du bist die bessere Hälfte von uns beiden! Ich bin es, die manchmal Mist baut, aber doch nicht du ..."

„Nein, das stimmt nicht", wisperte Anna und griff nach Vanessas Hand. „Du bist ein guter Mensch. Der beste Mensch. Du hast die schillerndste Zukunft verdient. Du warst gut in der Schule, du hast auf ein Ziel hingearbeitet – und dann taucht Jannek auf und am nächsten Tag tanzt du in Hotpants zwischen Autos umher? Nein! Das war nicht unser Plan, Nessa! Wir wollten hier raus. Aus dieser Wohnung, aus unserem schlechten Leben. Wir wollten keine Geheimnisse voreinander haben ... doch als Jannek aufgetaucht ist, hast du aufgehört, mit mir zu reden. Und anstatt mir zu sagen, wie schlecht es dir in der Beziehung ging, hast du immer größere Geheimnisse vor mir verborgen gehalten. Aber ich kenne dich besser als mich selbst, Nessa. Natürlich wusste ich, was los ist. Du warst einfach nicht stark genug, ihn zu verlassen. Also musste ich nachhelfen."

„Was?" Das blanke Entsetzen spiegelte sich auf Vanessas Gesicht wider. „Aber ... wie?"

Annas Blick schweifte zu Marvin, bevor sie leise sagte: „Ich habe von dem Gift in meinem Studium gelesen. Die Indianer benutzen es als Pfeilgift und auf gesunder Haut ist es nicht tödlich, aber wenn es ins Blut gelangt, wenn man es beispielsweise direkt injiziert ..." Sie lachte gequält auf. „Raten Sie doch mal, wie schwer es ist, einem drogenabhängigen Vollidioten eine Spritze aufzuschwatzen? Eben. Es war alles viel zu einfach. Ich bin dir zuvorgekommen und habe das hässliche gelbe Auto von eurem geheimen Treffpunkt abgeholt. Bin bei Jannek vorbeigefahren und habe behauptet, dass du mich darum gebeten hättest, heute Chauffeur zu spielen, weil du noch etwas zu erledigen hättest. Er hat sich nicht einmal gewundert. Hat gar nicht hinterfragt, warum ich mich dazu bereiterklären sollte, diese Aufgabe zu übernehmen. Denn die Welt drehte sich nun einmal um ihn und seine Bedürfnisse."

„Deswegen war das Auto weg?", hauchte Vanessa. „Ich dachte, Harald hätte es zu spät dort abgestellt."

Anna schüttelte den Kopf. „Ich hab die Spritze in die Mittelkonsole gelegt ... und musste sie ihm nicht einmal anbieten! Er muss geglaubt haben, du hättest mir einen Schuss für ihn mitgegeben, schließlich hast du seine Drogen für ihn versteckt, Nessa. Ich hab ihm gesagt, er solle das bitte nicht vorn machen, wo man leicht durch die Windschutzscheibe sehen könne, sondern auf der

Rückbank … aber eigentlich hab ich das nur gesagt, weil ich ihm nicht beim Sterben zusehen wollte." Die Tränen tropften ihr Kinn hinab, doch sie achtete nicht darauf. „Es ging so schnell, aber war trotzdem so schrecklich und …" Sie schloss die Augen und krallte ihre Finger ins Bein. „Jannek hat verlangt, dass ich ihn ins Krankenhaus fahre, weil er wusste, dass irgendetwas nicht stimmt, aber stattdessen …

stattdessen bin ich zur Rennstrecke gefahren und hab ihn da aus dem Auto auf die Straße gezerrt. Er hat die Strecke und die blöden Autos doch so geliebt. Es kam mir wie ein passendes Ende vor. Ich hab mir gedacht, dass irgendjemand schon über ihn drüberfahren wird. Irgendjemand würde sich danach um die Leiche kümmern, damit ich es nicht mehr tun musste. Und es hat ja auch geklappt."

„Anna, nein … das kann nicht … Nein! Hör auf zu reden …"

Vanessa hatte beide Fäuste auf ihre Augen gepresst und mit jedem ihrer Schluchzer brach mein Herz ein Stückchen mehr. Sie hatte ihre Schwester schützen wollen. Sich einfach nicht anders zu helfen gewusst.

Das war keine Entschuldigung. Es machte ihre Tat nicht weniger schrecklich.

Aber ich verstand sie.

„Warum hast du das Geld nicht genommen, Anna?", wollte ich wissen.

„Weil ich kein schlechter Mensch bin!", sagte sie laut. „Ich bin keine Diebin. Ich bin keine Verbrecherin. Ich … ich wollte nur, dass es aufhört. Dass wir endlich weitermachen konnten. Ohne Jannek und seine Probleme."

Vanessa hörte nicht mehr zu. Sie weinte, die Hände auf ihr Gesicht gepresst, ihre Schultern von heftigen Schluchzern geschüttelt. „Es ist okay", flüsterte Anna und zog ihrer Schwester mit wackligem Lächeln die Finger vom Gesicht. „Ich habe etwas Schreckliches getan, ich habe es verdient, ins Gefängnis zu gehen." „Nein, du ... nein!" Vanessa schüttelte vehement den Kopf. „Warum, Anna? Warum?"

„Weil du mir wichtiger bist als alles auf dieser Welt, Nessa", hauchte sie und hielt Marvin ihre Hände hin, damit er ihr Handschellen anlegen konnte. „Und weißt du ... ich bereue es nicht einmal wirklich. Weil du dadurch zu Sinnen kommen und deine letzten Entscheidungen überdenken wirst. Und wenn das alles dazu führt, dass du das schöne Leben hast, das du verdienst ... dann ist es das doch irgendwie wert, oder?"

Ich sah zu Emmi, der ebenfalls Tränen in den Augen standen, und griff nach ihrer Hand.

Ich hoffte sehr, dass Anna recht hatte.

Kapitel 23

Die zweite Nacht war noch schlimmer als die erste. Denn jetzt weinte ich nicht mehr nur um Rispo – sondern auch um Anna und Vanessa.

Ich sollte froh sein, dass der Fall endlich abgeschlossen war, doch ich war es nicht. Ich fühlte mich so miserabel wie schon lange nicht mehr. Alles war ... zerbrochen.

Am nächsten Morgen wachte ich mit verquollenen Augen, zerknautschtem Gesicht und schwerem Herzen auf Arianes Couch auf. Etwas hämmerte gegen meinen Schädel und zuerst dachte ich, dass ich schlafgewandelt war und doch literweise Tequila getrunken hatte. Woher sonst sollte der Kater kommen?

Doch als eine verschlafene Ariane fluchend aus ihrem Schlafzimmer torkelte und die Wohnungstür aufriss, wurde mir klar, dass der schreckliche Lärm vom Eingang herrühren musste.

Blinzelnd richtete ich mich auf.

Vielleicht war es Josh. Der mich auf Knien anbettelte, wieder nach Hause zu kommen.

Das würde mir gefallen.

Doch die Stimme, die aus dem Flur drang, war leider weiblich.

„Was soll das heißen, sie ist noch im Bett? Ich hab ihr geschrieben, dass ich sie zum Sonntagsbrunch abhole. Es ist halb elf. Wenn wir zu spät kommen, wird Mama mir die Schuld geben."

„Lou hat ihr Handy ausgeschaltet. Wollte nicht in Versuchung geraten, Josh anzurufen."

Emmi schnaubte laut. „Was zum Teufel hat der Kerl überhaupt angestellt? Lou will nichts erzählen und Finn meinte nur, dass er sich in die Wohnung eingesperrt hat und niemanden sehen will." Ich spitzte die Ohren. Josh hatte was? Warum?

„Warum?", sprach Ari meine Gedanken aus.

„Was weiß ich. Die Rispo-Jungs sind alle etwas merkwürdig. Als Finn herausgefunden hat, dass Delfinmännchen in Gruppen Delfinweibchen vergewaltigen, hat er zwei Wochen lang kein Wort mehr gesagt. Weil nichts im Leben mehr sicher sei."

„Delfinmännchen zwingen Weibchen zu Gruppensex?", rief Ariane schockiert. „Was zur Hölle? Warum erzählst du mir so was?"

„Ja, sein Gesicht sah in etwa aus wie deins", erwiderte meine Schwester trocken, bevor sie rief: „Lou? Wo bist du! Steh auf, Sonnenschein, Mama wartet nicht gern."

Im nächsten Moment trat sie ins Wohnzimmer und sah mich vorwurfsvoll an.

„Ich geh heute nicht zum Brunch, ich bin krank", murmelte ich und rieb mir die Augen.

Liebeskrank zählt nicht, Lou!", sagte Emmi ungeduldig. „Das weißt du. Oder soll ich Mama darum bitten, dir noch einmal das PDF zu schicken, in der sie die Sonntags-Brunch-Regeln zusammengefasst hat? Du darfst fehlen, wenn du ansteckend bist oder in den Wehen liegst. Keine weiteren Ausnahmesituationen." Seufzend stützte ich mich mit den Ellbogen auf die Knie. „Ich habe wirklich keine Lust, mir Mamas Fragen anzuhören."

„*Niemand* hat Lust, sich von Mama auf den Zahn fühlen zu lassen!", informierte meine Schwester mich ungeduldig. „Zieh dich an, schmink dir diese hässlichen Säcke unter deinen Augen weg und komm mit. Also ehrlich, du bist zu alt, um dich so jämmerlich selbst zu bemitleiden. Werd erwachsen, Lou."

Hatte Emmi, die Frau, die mit einem Stoffhasen auf der einen Seite des Bettes und ihrem täglichen Bedarf an Marihuana auf der anderen schlief, mich gerade dazu angehalten, damit aufzuhören, mich so unreif zu verhalten?

Scheiße, nein. Das konnte ich nicht auf mir sitzen lassen.

Eine halbe Stunde später parkte Emmi vor unserem Kindheitshaus. Sie stand so schief in der Lücke, dass nur noch Autos, die die letzten Monate auf Kekse verzichtet hatten, daran vorbeifahren könnten, doch ich hatte nicht die Muße, sie darauf hinzuweisen.

Stattdessen hievte ich mich aus dem Wagen und seufzte schwer. Das einzig Gute an dem heutigen Morgen war, dass ich nicht länger auf Zucker verzichtete und mir somit endlich wieder Nutella gönnen konnte.

„Was genau hat Josh getan, Lou?", wollte Emmi wissen, während wir den kargen Vorgarten meiner Mutter durchquerten.

„Er wäre beinahe abgekratzt“, unterrichtete ich sie tonlos.

Meine Schwester nickte verständnisvoll. „Ich hasse es, wenn Kerle so was tun.“

Jap. Ich auch.

„Mann, die Rispos machen einen fertig, oder?“, murmelte sie.

„Jap. Was hat deiner gemacht? Eure Vereinbarung gebrochen?“

„Nein“, bemerkte sie griesgrämig. „Im Gegenteil. Er hält sich dran. Zu sehr, wenn du mich fragst.“

„Es war deine Idee, Emmi!“

„Na und? Ich hab *dumme* Ideen. Finn weiß das besser als jeder andere.“

Ich seufzte und fuhr mir durch die Haare. Warum waren Beziehungen nur so verdammt kompliziert? Wer hatte sich dieses dumme Konzept, das auf Respekt, Liebe und Vertrauen beruhte, ausgedacht?

Es war fünf nach elf und bevor ich die Hand zum Klingeln heben konnte, riss Mama bereits die Tür auf. Sie musste dahinter gewartet haben.

„Louisa, was war am Freitag los?“, begrüßte sie mich bestürzt. „Bist du wirklich in ein Gewächshaus gerast?“

„Woher hast du denn *die* Information?“, wollte ich stirnrunzelnd wissen.

„Also stimmt es nicht?“

„Doch, doch. Das ist schon wahr. Ich würde trotzdem gern wissen, wer gepetzt hat.“

Meine Mutter wurde bleich. „Jesus, Maria.“

Ich schnalzte missbilligend mit der Zunge und zog meine Jacke aus. „Ich wusste schon immer, dass ich mich nicht auf die beiden verlassen kann. Frauen, die

Sex mit dem Heiligen Geist haben, und Männer, die zu viel Myrre rauchen, sind einfach nicht vertrauenswürdig."

„Lou! Was ist passiert?"

„Das willst du nicht wissen, Mama", unterrichtete ich sie knapp, bevor ich an ihr vorbei ins Wohnzimmer lief. Der Tisch war schwer beladen und Jannis und Konsorten saßen bereits auf ihren Plätzen.

„Oma sagt, dass du dieses Wochenende wieder nur Quatsch gemacht hast", meinte Lara und sah mich mit großen Augen an. „Stimmt das?"

Ich seufzte und schielte auf den Tisch, auf der Suche nach dem Nutellaglas. „Nicht *nur*", verteidigte ich mich. „Ich habe auch einen Mörder gefangen und womöglich zwei Leben gerettet."

„Wow", hauchte Isa. „Das hört sich spannend an."

„Das war es." Aber auch mehr als beängstigend.

„Louisa, wir haben extra für dich eine Party geschmissen und du warst keine Stunde da!", beschwerte meine Mutter sich. Sie war mir mit Emily im Schlepptau ins Wohnzimmer gefolgt.

Ich ließ mich auf den Stuhl neben Jannis fallen und wisperte flehentlich: „Hilf mir."

Jannis hob eine Augenbraue. „Was krieg ich dafür?", wollte er im Flüsterton wissen.

Ach, dummer Anwalt, der immer verhandeln musste!

„Ich geh mit Isa und Lara zum Rosenmontagszug, wenn du Mama die nächsten zwei Stunden ablenkst."

„Deal", sagte er sofort, bevor er lauter hinzufügte: „Sag mal, Mama, kann es sein, dass deine Vorhänge gelb angelaufen sind? Hast du angefangen zu rauchen?"

„Was?" Bestürzt wandte meine Mutter sich zum Fenster um und verbrachte die nächsten Minuten damit, den lupenreinen weißen Stoff unter die Lupe zu nehmen.

Papa warf Jannis und mir einen mahnenden Blick zu. „Die Vorhänge sehen toll aus, Gitti", sagte er dann ruhig. „Komm, setz dich wieder, die Eier werden kalt."

Kalte Eier trumpften fleckige Vorhänge, also folgte Mama seiner Anweisung.

„Louisa ...", fing sie an, doch Jannis unterbrach sie.

„Hat Lara dir schon erzählt, dass sie jetzt bald den Fahrradführerschein macht?"

Die Neunjährige nahm das prompt als Anlass dafür, in einen Monolog über die Sicherheit im Straßenverkehr zu verfallen und uns alle zu fragen, ob wir denn auch einen Helm trugen.

Die meisten von uns logen und sagten Ja, nur Emmi gestand, dass sie Helme nicht mochte. Sie taten unsägliche Dinge mit ihren Haaren.

Ich seufzte erleichtert auf, während Lara von Emily wissen wollte, warum ihre Frisur wichtiger als ihr auf der Straße auslaufendes Gehirn sei, und griff nach dem Nutella. „Du bist gut, Jannis", wisperte ich.

„Das sagt man über mich, ja", bestätigte er selbstzufrieden.

Die nächsten zwanzig Minuten hatte ich Ruhe und konnte kalte Eier und Nutella aus dem Glas essen, bevor meine Mutter eine Lanze in meiner Brust versenkte.

„Wo ist eigentlich Josh, Lou? Er war seit Ewigkeiten nicht mehr hier."

Mein Herz machte etwas Komisches. Es zog sich zusammen und schien gleichzeitig zu platzen. Emily warf mir einen mitfühlenden Blick zu, während ich betont gelassen sagte: „Er kommt heute nicht."

„Ja, aber warum?", hakte Mama nach.

Weil er doof ist, war vermutlich eine zu kindische Antwort.

„Ich…" Meine Stimme wurde von der Türklingel verschluckt.

„Huch, wer ist das denn?", fragte Mama überrascht, sprang jedoch bereits auf.

Ich betete inständig, dass es ein Einhorn, ein ehrlicher Politiker oder ein anderes Fabelwesen war, das da vor der Tür stand. Das würde Mama hoffentlich auf andere Gedanken bringen.

„Joshua", sagte Mama überrascht. „Louisa hat gerade noch erzählt, dass du heute nicht kommen würdest."

Sofort spannten sich meine Schultern an. Was?

„Nun, sie war falsch informiert", antwortete Rispo, seine Stimme ungewöhnlich leise.

Mein Herz sprang in meiner Brust auf und ab und mein Atem blieb mir in meinem Hals hängen.

Was zur Hölle tat er hier?

Ich hatte keine Lust, mich zu streiten.

Ich war zu ausgelaugt, um dieselbe Diskussion zu führen.

„Was hast du an der Stirn gemacht?"

„Hab mich mit einer Aktentasche duelliert."

„Oh."

„Ja, die Tasche hat gewonnen. Ich würde gern mit Lou sprechen."

„Nun, sie sitzt im Wohnzimmer ... Ist alles in Ordnung bei euch beiden?“

Er antwortete nicht und ich war ihm dankbar dafür. Ich wartete nicht darauf, dass Rispo ins Wohnzimmer kam. Was immer er mit mir besprechen wollte – ich würde es sicher nicht vor meiner Familie tun.

„Was tust du hier?“, wisperte ich scharf, ignorierte meine brennenden Augen und packte ihn am Arm, um ihn zurück in den Flur zu ziehen.

„Du gehst nicht ans Telefon.“
„Ich hab es ausgeschaltet.“

„Das dachte ich mir. Was blieb mir also für eine andere Wahl, als dir bei deinen Eltern aufzulauern?“

„Du hättest es einfach ganz sein lassen können“, informierte ich ihn und schlüpfte hastig in Schuhe und Mantel, bevor ich vor die Tür trat. Weg von neugierigen Ohren und Augen. „Ich hab gesagt, ich brauche eine Pause. Abstand.“

Der kalte Wind blies mir ins Gesicht und unter meine Jacke und fröstelnd verschränkte ich die Arme vorm Körper, bevor ich Josh das erste Mal richtig anschaute.

Er sah nicht gut aus.

Also, schon, auf seine übliche *Rispos-sind-heiß*-Art-und-Weise, doch er wirkte lädiert. Seine Augen waren rot unterlaufen, sein Blick müde, sein Bart zu lang.

„Ja ... nein“, meinte er und rieb sich den Nacken. „Ich halte Abstand von dir nie für eine gute Idee. Das hab ich einmal versucht und es war scheiße. Und ich wollte dir ehrlich gesagt nicht allzu viel Zeit zum Nachdenken geben, denn ich glaube, das würde mir eher schaden als helfen.“

Ich schnaubte. „Es ist aber nicht deine Entscheidung, wann ich genug Abstand hatte.“

„Das weiß ich doch, Lou, aber ...“ Fahrig fuhr er sich mit den Händen durch die ohnehin schon von seinem Kopf abstehenden Haare. „Scheiße. Ich hab mich gestern in die Wohnung gesperrt und nachgedacht, Lou.“

„Schön für dich.“

„Nein, es war überhaupt nicht schön für mich“, widersprach er und schloss die Augen. „Es war grausam. Erstens weil mir mein Kopf noch ziemlich wehtat und zweitens, weil mir wirklich nicht gefallen hat, zu was für einem Menschen ich in den letzten Wochen geworden bin.“

Ich biss mir auf die Unterlippe. „Und was für ein Mensch ist das?“

Ein bitterer Zug entstand um seinen Mund. „Ich bin ein verdammt aufmerksamer Mensch, Lou. Das ist eine meiner besten Eigenschaften. Gott, ich bin sogar ziemlich arrogant, was sie angeht! Wie kann es also sein, dass ich nicht mitbekommen habe, wie unglücklich du die letzten Wochen warst?“ Er rieb sich mit der Hand übers Gesicht und senkte den Blick.

„Du hattest viel im Kopf“, wisperte ich. „Und ich habe versucht, es dir nicht zu zeigen.“

„Aber das solltest du!“, sagte er und kniff die Augen zusammen. „Du solltest mir zeigen können, wenn es dir schlecht geht. Wenn du dir Sorgen machst. Du ...“ Er zögerte, bevor er murmelte: „Du solltest als Erstes damit zu mir rennen, wenn du glaubst, dass du schwanger bist, nicht zu deiner Schwester. Und ganz sicher solltest du keine Angst vor meiner Reaktion haben müssen."

Ich schwieg und sagte nichts. Denn es stimmte.

„Es tut mir leid", murmelte er. „Dass das Ganze so eskaliert ist …"

„Du sagst seit Wochen, dass es dir leidtut, Josh. Doch das ändert nichts."

„Ich weiß. Und du hast recht. Ich bin besessen", sagte er. „Ich kann nicht mehr klar denken, mein ganzes Leben ist dieser Fall – und ich hab mir geschworen, dass das nicht noch einmal passiert. Also habe ich den Fall abgegeben, Lou."

Mein Kopf fuhr in die Höhe. „Was? Wirklich?" Ich sah, wie er schluckte, doch er nickte. „Ja. Er tut mir nicht gut. Mo genauso wenig. Bei keinem anderen Fall wäre ich so unaufmerksam und voreilig gewesen, dass es jemand schafft, mich mit einem Aktenkoffer niederzuschlagen – und es war eine Erfahrung, die ich nicht wiederholen will."

Mein Magen zog sich hoffnungsvoll zusammen, doch ich traute ihm nicht. „Bist du sicher, dass du das durchziehen kannst, Josh?", wisperte ich. „Den Mord an Konstantin Rubens ruhen zu lassen?"

„Er wird nicht ruhen. Ich gebe lediglich die Verantwortung dafür ab. Ich werde mich darüber informieren, wie die Ermittlungen laufen – aber ich werde mich nicht darin einmischen."

Ich lächelte müde. „Jetzt klingst du schon wie ich, kurz bevor ich wieder eines meiner Versprechen breche."

Sein Kiefer knackte. „Ich werde es halten."

Ich rieb mir über die Arme und sah ihm in die dunklen Augen. Ich wollte ihm glauben. Mehr als alles andere. „Wie kann ich mir sicher sein?", fragte ich. „Dass die ganze Misere in ein paar Wochen nicht wieder von vorne losgeht?"

„Ja, ich dachte mir, dass du das sagst und ich hab den ganzen Morgen überlegt, wie ich dich davon überzeugen kann, dass ich es ernst meine ..." Zögerlich griff er in seine Manteltasche. „... und bin zu diesem Schluss gekommen."

Er öffnete seine Faust und etwas silbrig Glänzendes kam zum Vorschein.

Es war ein Ring. Ein hübscher hellblauer Stein war in seine Mitte eingelassen. Eine kleine Mohnblume in die Innenseite eingraviert.

Mit offenem Mund starrte ich in Joshs Handfläche ... dann schnaubte ich laut und zeigte ihm den Vogel. Das konnte unmöglich Rispos Ernst sein!

„Du hast fünf Monate lang Zeit, mir einen Antrag zu machen und wählst *diesen* Moment?", rief ich ungläubig. „Was stimmt nicht mit dir? Willst du nicht lieber noch ein paar Mülleimer herkarren, damit es noch ein wenig romantischer wird?"

„Noch habe ich gar nichts gesagt! Und du meintest doch, ich soll mich für dich und gegen die Toten entscheiden, ich dachte, das hier wäre symbolträchtig."

„Es ist bescheuert", korrigierte ich ihn. „Ich heirate dich doch nicht, bevor wir unsere Probleme gelöst haben. Ich meine, was machst du das nächste Mal, wenn wir uns so heftig streiten? Ein Kind für mich austragen kannst du nicht."

„Oh, Gott“, sagte er trocken und schnaubte. „Geht es auch ein bisschen weniger dramatisch?“

Ich reckte das Kinn. „Josh: Jetzt ist der absolut falsche Moment für einen Antrag!“

„Es ist *immer* der falsche Moment!“, rief er frustriert. „Mann, ich habe diesen Ring seit einem beschissenen Jahr – und wurde von lauter falschen Momenten daran gehindert, ihn dir zu geben!“

„Aber man löst einen Streit doch nicht mit einem Heiratsantrag!“, erwiderte ich zornig.

„Nein, aber ich hatte auch eine Rede geplant“, sagte er und winkte ab. „Und dann habe ich noch deine Geburtstagsgeschenke und … ach, fuck.“ Er legte den Kopf in den Nacken und kniff die Augen zusammen. „Du weißt doch ohnehin seit Monaten, dass ich ihn habe.“

Erschrocken sah ich ihn an. „Was? Nein. Ich … Woher weißt du das?“

Er warf mir einen ironischen Blick zu. „Ich bin Kriminalkommissar, Lou – und im Gegensatz zu dir benutze ich die Töpfe! Du hast den Topf mit dem Ring nie an seinen angestammten Platz zurückgestellt. Entweder hast du also plötzlich deine Liebe zum heimlichen Kochen entdeckt – oder du hast wie eine Verrückte fast täglich nach diesem Ring geschaut.“

Meine Wangen liefen heiß an. „Ich habe Inventur gemacht, okay? Deswegen habe ich die Töpfe immer wieder verschoben“, feuerte ich zurück. „Und wenn du es wusstest, warum hast du ihn dann nicht an eine andere Stelle gelegt?“

„Weil ich nicht wollte, dass du dich erschrickst, wenn er nicht mehr da ist. Weil ich Angst hatte, dass du dann denkst, ich hätte meine Meinung geändert und das habe ich nicht! Ich würde dich noch heute Abend heiraten, wenn du dich dazu bereiterklären würdest. Wenn ich dich nach all dem Scheiß, den du schon abgezogen hast, noch immer liebe, wird sich das wohl den Rest meines Lebens nicht mehr ändern!"

Ich presste die Lippen aufeinander. „Dieser Antrag wird ja immer romantischer."

„Ein Antrag?", quietschte plötzlich eine hohe Stimme hinter mir und erschrocken wandte ich mich um.

Mama – und mit ihr die gesamte Familie – stand in der Tür und starrte uns interessiert an. „Louisa, sag sofort Ja! Darauf habe ich mein ... ähm, darauf hast *du* dein ganzes Leben lang gewartet."

„Halt die Klappe, Mama, das ist meine Entscheidung", fuhr ich sie an.

„Bitte nicht in diesem Ton, junge Dame", meinte mein Vater streng. „Aber du hast recht, es ist deine Entscheidung. Gitti, niemand kann sie dazu drängen."

„Ich will Blumenmädchen sein", riefen Lara und Isabell gleichzeitig.

„Heirate nicht, Lou", bemerkte Emmi. „Nicht aus Liebe zumindest, das geht immer nach hinten los. Tu es für die Steuervergünstigungen oder gar nicht."

„Jannis und ich haben aus Liebe geheiratet", sagte Stephanie beleidigt.

„Oh, bitte. Ihr habt geheiratet, weil du schwanger warst. Mama und Papa doch genauso."

„Was?", fragten ihre Töchter und Jannis sofort.

Stöhnend sah ich wieder zu Josh. „Siehst du jetzt, dass es eine blöde Idee war, mir hier und heute einen Antrag zu machen?"

Zu meiner Überraschung zuckten seine Mundwinkel. „Weißt du, eigentlich habe ich dich immer noch nicht wirklich gefragt. Aber bevor du auf eine Frage antwortest, die ich dir nie gestellt habe: Lou, willst du mich heiraten?“

Ich starrte ihn an, während mein Herz in meiner Brust schwebte und ich meine Mundwinkel gewaltsam davon abhielt, sich zu heben.

Doch ich blieb dabei: Es war der falsche Moment und der falsche Ort und definitiv die falsche Art und Weise!

Also murmelte ich: „Wir sollten Emilys Mülleimer durchwühlen.“

Perplex sah er mich an. „Was?“

„Der Schwangerschaftstest ist darin“, erinnerte ich ihn.

„Ach, richtig. Du hast also noch nicht nachgesehen?“

Ich schüttelte den Kopf. „Ich wollte nicht allein nachgucken. Nicht während wir …“

Er nickte und seufzte schwer, bevor er den Ring zurück in seine Tasche gleiten ließ. „Ich verstehe. Also … willst du erst noch ein wenig über unsere Probleme reden oder …“

„Emily, wir müssen fahren“, unterbrach ich ihn.

Perplex blinzelte meine Schwester mich an. „Was?“

„Ich muss zur Toilette. Bei dir.“

„Was stimmt nicht mit deiner eigenen Toilette?“, fragte sie irritiert.

„Emily, du glaubst doch nicht wirklich, dass man nicht aus Liebe heiraten sollte, oder?“, wollte meine Mutter schockiert wissen.

„Okay, fahren wir“, sagte sie hastig und eilte den Weg hinab.

Josh sah mich von der Seite her an. Er wirkte unsicher. Auf eine fast schüchterne Art und Weise, die ich so nicht von ihm kannte ... die mich jedoch zum Lächeln brachte.

Alles würde gut werden. Solange wir wieder offen miteinander reden konnten, würde alles wieder gut werden.

„Freut mich, endlich mal gemeinsam mit dir im Müll wühlen zu dürfen. Sonst muss ich das immer allein machen", murmelte ich.

„Schön, dass du dein Hobby mit mir teilen willst", murmelte Josh, bevor er zögerlich hinzusetzte: „Du hast nicht auf meine Frage geantwortet, Lou."

Ich griff nach seiner Hand und verschränkte die Finger mit seinen. „Ja", sagte ich.

Fragend hob er eine Augenbraue. „Ja?"

Ich lächelte breit. „Ja, ich habe nicht auf deine Frage geantwortet. Kommst du?"

Ich hatte die Mülltonnen, in denen ich bereits gewühlt hatte, irgendwann aufgehört zu zählen.

Doch keine war mir jemals so bedeutsam vorgekommen, wie der kleine, rote Mülleimer, der bei Emily unter dem Waschbecken stand.

Josh und ich knieten uns auf den kalten Fliesenboden, blickten einander und dann den Müll an – bevor Josh ihn kurzerhand packte, vorn überstülpte und sich Wattebausche, Toilettenpapierrollen und anderer Kram, über den ich nicht genauer nachdenken wollte, vor uns ergoss.

Wir hoben vorsichtig den Müll an, suchten nach dem Test ... und schließlich fand ich ihn unter einem angelaufenen Waschlappen.

Mein Herz sprang mir in den Hals, als ich ihn langsam umdrehte.

„Er ist positiv.“

„Er ist negativ“, sagten Josh und ich gleichzeitig.

Verwirrt sah ich auf. „Was? Er ist negativ“, wiederholte ich und schwenkte mit meinem Test.

Josh runzelte die Stirn. „Nun, meiner ist positiv.“ Er hielt ebenfalls einen Test in den Händen. Verdutzt zog ich ihn ihm aus den Fingern. „Hä? Aber ich hab nur einen gemacht. Wem gehört denn der ...“

„Es ist meiner“, drang eine dünne Stimme hinter uns her.

Emily stand mit verschränkten Armen in der Tür.

„Deiner?“, hakte ich verblüfft nach und rappelte mich vom Boden auf. „Du hast auch einen Test gemacht?“

Sie nickte.

„Aber wem gehört denn jetzt welcher?“, wollte ich wissen. „Und sind die Teile ein paar Tage später überhaupt noch akkurat, oder ...“

Emily brach in Tränen aus.

Das war auch eine Antwort.

Josh stand ebenfalls auf, legte einen Arm um meine Schultern und küsste mich sacht auf die Schläfe. „Eins muss man euch Manu-Frauen ja lassen – mit euch wird es nie langweilig.“

Ich nickte seufzend, lehnte mich kurz an seine Seite ... und nahm dann Emily in den Arm.

Ich konnte nicht sagen, ob ich enttäuscht oder glücklich war. Wäre ich gern schwanger gewesen?

Mir blieb keine Zeit, näher darüber nachzudenken, denn meine Schwester presste ihre Nase in meine Halsbeuge und ließ ihrer Verzweiflung freien Lauf.

„Alles wird gut, Emmi", murmelte ich und tätschelte ihr den Rücken.

„Das kannst du nicht wissen", flüsterte sie. „Ich meine ... Finn und ich führen eine Nicht-Beziehung, er ... Gott, wie soll ich ihm das sagen?"

Darauf hatte ich leider auch keine Antwort. Aber ich wäre liebend gern dabei.

Und sei es nur, um Finn aufzufangen, wenn er ohnmächtig wurde.

ENDE